작가들의 여름방학

본 도서는 계산여자중학교 미르나래 도서부에서 만든
작품으로 인천광역시교육청의 지원을 받아
제작하였습니다.

작가들의 여름방학

발　행 | 2023년 9월 14일
저　자 | 계산여자중학교 미르나래 도서부
표　지 | 김주원(계산여자중학교 2학년)
펴낸이 | 한건희
펴낸곳 | 주식회사 부크크
출판사등록 | 2014.07.15.(제2014-16호)
주　소 | 서울특별시 금천구 가산디지털1로 119 SK트윈타워 A동 305호
전　화 | 1670-8316
이메일 | info@bookk.co.kr

ISBN | 979-11-410-4300-1

작가들의
여름방학

계산여자중학교 미르나래 도서부 지음

CONTENT

청소년 작가 여러분 축하합니다.

계산여자중학교 교장 이상담

오늘 우리 계산여자중학교 청소년 작가들이 노력과 열정으로 빛나는 단편 소설책을 출판하였음을 축하하고자 합니다.

이 소설책은 학생들의 창의력과 끊임없는 노력이 집약된 결과물입니다. 단편 소설 하나하나가 각자의 고유한 이야기를 담고 있으며, 그 속에는 여러 감정과 생각, 상상력이 담겨 있습니다. 이 책을 통해 청소년 작가들이 세상에게 메시지를 전달하고자 한 의지와 용기가 느껴집니다.

작가로서의 여정은 항상 도전적이고 힘들기도 합니다. 하지만 이 책은 그 모든 어려움을 극복하고 성취감을 느낄 수 있는 증거입니다. 앞으로도 이와 같은 열정과 인내심을 지닌 학생들로 남아, 더 멋진 작품을 세상에 선보이기를 기대합니다. 그리고 더욱 더 성장하고 발전하여, 미래에 우리나라를 대표하는 작가로 성장하길 기대합니다.

마지막으로, 이 소설책 출판은 단순히 작품을 선보이는 것을 넘어서 청소년 작가님들의 인내와 헌신을 보여주는 기회였습니다. 앞으로도 더 많은 작품과 업적을 이루어내길 기대하며, 항상 여러분을 응원하겠습니다.

감사합니다.

수상한 할머니와 낡은 종이

김은진 지음

[작가의 말-계산여자중학교 2학년 김은진]

안녕하세요 〈수상한 할머니와 낡은 종이〉를 쓴 작가입니다.
저는 어렸을 때부터 책 읽는 것을 좋아했습니다.
그런 책을 짧은 여름방학 동안 직접 써볼 수 있어서 매우 즐거웠습니다.
이 책을 쓴 이유는 우리가 마냥 존경하고 좋아하는 직업들이 마냥 편하고 즐겁지는 않다는 것과 모든 사람의 삶은 각자만의 개성이 있고 소중하다는 것을 보여주고 싶었습니다.
감사합니다.

학교가 끝난 오후 갑자기 내린 소나기에 나는 내 단짝 채아와 함께 우산을 쓰고 나란히 길을 걷고 있었다.

어렸을 때부터 소심했던 나에게 채아는 먼저 말을 걸어 줬고 그 뒤로 우리는 친구가 되었다. 7살에 친구가 되었으니 우리는 8년 지기 소꿉친구인 셈이다.

"다온아 듣고 있어? 주말에 같이 놀자고."

채아는 나에게 이 질문을 여러 번 한 것 같다.

"응 그래."

채아는 또 내 얼굴을 보며 나에게 질문을 했다.

"넌 오늘도 바로 집에 가?"

나는 어깨를 으쓱거리며 대답했다.

"아마 그렇지 않을까?"

내 말에 채아는 부럽다는 표정으로 나를 쳐다봤다.

채아는 부잣집 외동딸로 가족들한테 기대를 한껏 받았다. 심지어 친척 중에도 애라곤 채아 하나였기 때문에, 명절에는 채아에 관한 관심이 더욱 쏠렸다.

결국 채아는 여러 가지 다양한 학원에 다니고 늦게까지 집에서 공부했다. 하지만 그런데도 채아는 전교 1등이 되지 못했다.

그 이유는 바로 나였다. 나는 학원, 과외 도움을 받지 않고 1학기 중간고사 / 기말고사에서 채아를 이기고 전교 1등을 했다.

이런 내가 채아는 원망스러울 것 같은데 채아는 원망스러운 티를 내지 않았다.

"학원 다 왔네…"

채아는 아쉬운지 날 쳐다봤다.

하지만 채아가 학원에 가지 않으면 채아가 부모님께 혼날 것을 알고 있는 나는 채아의 등을 밀며

"오늘도 열심히 해 채아야."

라고 말했고 채아는 결국

"응 고마워 너도 조심해서 들어가."

라고 말하며 학원으로 들어갔다.

그렇게 나는 채아와 헤어져 집으로 가고 있는데

"학생…"

누군가 뒤에서 날 불렀다.

"네? 저요?"

뒤를 돌아보니 어떤 할머니가 책상 위에 다양한 물건을 두고 의자에 앉은 채 나를 쳐다보고 있었다

"그래 여기 물건 좀 보고가 예쁜 거 많아."

괜찮다고 사양하려는 순간 물건을 파시는 할머니의 옷차림이 눈에 들어왔다.

낡은 모자, 색이 바랜 옷, 나는 그걸 보고 마음이 약해져 물건들을 천천히 둘러보았다. 그러다 낡은 종이가 내 눈에 들어왔다.

"할머니 저 종이는 뭐예요?"

"아 이 종이 말이지? 이 종이는 네가 가장 되고 싶은 것이 될 수 있게 해주는 종이란다. 이 종이가 마음에 들었구나?"

"네… 뭐, 근데 이거 사기는 아니죠?"

가장되고 싶은 것이 될 수 있는 종이라니 누구라도 이런 상황이면 사기라고 의심할 것이다.

그러나 그 할머니는 웃으며 말했다.

"사기 아니란다, 3,000원밖에 안 해, 속는 셈 치고 사보렴."

"… 주세요."

다른 사람들이 보면 전교 1등인 내가 뭐가 되고 싶겠냐고 생각하겠지만, 난 내 삶이 남들이 부러워할 정도라고 생각하지 않는다.

아버지는 병으로 일찍 돌아가셨고, 어머니는 아버지를 대신해서 돈을 벌러 나가신다. 물론 어머니가 돈을 잘 버시는 덕에 나는 용돈을 항상 넉넉히 받을 수 있었다. 하지만 내가 받고 싶었던 것은 돈도 좋은 성적도 아닌 '사랑'과 '관심'이다.

나는 할머니에게 3,000원을 주고 그 종이를 손에 들고 집으로 돌아왔다.

집에 돌아와서 나는 씻지도 않고 침대 위에 누웠다.

"하아… 진짜 되고 싶은 게 될 수 있다고? 거짓말…."

이렇게 뻔한 사기에 속는 나 자신이 한심했다.

하지만 내 생각과는 다르게 나는 그 할머니의 말이 사실이면 좋겠다고 생각했다. 혹시 모르니 종이를 써보자는 마음과 사기일 거 사용하지 말자는 마음이 엇갈리기 시작했다.

결국 나는 이 종이를 써보자고 마음을 다잡았다.

[당신이 가장되고 싶은 것은 _____]

이라고 적힌 종이 빈 줄에 아이돌 유린하라고 적었다.

유린하, 그녀는 요즘 제일 인기 있는 여자 아이돌이다. 얼마나 인기가 많냐면 거리를 걸을 때 어렵지 않게 유린하를 볼 수 있었다. 노래, 광고, 사진 등 유린하로 도배 되어 있다고 해도 과언이 아니었다. 또한 인기는 이렇게 많지만 2년 동안 논란이 하나도 없는 정말 완벽한 아이돌이었다.

나도 유린하처럼 모두에게 관심을 받고 사랑도 받고 싶었다.

아이돌 유린하라고 적자 놀라운 일은 무슨, 아무 일도 일어나지 않았다.

'역시 아무 일도 일어나지 않는구나'

라는 실망감에 나는 저녁도 먹지 않고 침대에 누웠고 스르르 잠이 들었다.

나는 눈 부신 햇살에 잠에서 깼다. 하지만 내가 눈을 뜬 곳은 내 방이 아닌 예쁜 침실이었다. 여기가 어딘지 확인하기 위해 주변을 둘러보다가 나는 깜짝 놀랐다. 바로 아이돌 유린하의 침실이었기 때문이다.

나는 놀라서 주위를 더 살피던 도중 내 몸이 오늘따라 더욱 가볍다는 느낌이 들었다. 평소 나보다 조금 더 마른 몸, 허리까지 내려오는 긴 노란색 머리카락 나는 깜짝 놀라 거울로 달려가 내 모습을 확인했다. 그 거울에는 평소 내 모습이 아닌 유린하의 모습이 거울에 비치고 있었다. 너무 놀라 소리를 지를 뻔했지만, 밖에 누가 있을지도 모른다는 생각에 비명을 참았다.

지금 시간은 8시 이제 계속 방에만 있어서는 안 될 것 같다고 판단한 나는 조심스럽게 방문을 열었다. 지금은 내가 유린하의 모습이고 다른 사람이 봐도 날 유린하로 볼테니까.

나는 조심스럽게 방 밖으로 나가 거실로 향했다, 다행히 이 집에는 아무도 없었다. 내가 지금 왜 여기에 있는지 생각하니 떠오르는 것은 딱 하나 어제 수상한 할머니에게 종이를 산 일 밖에 생각이 나지 않았다.

"내가 진짜 유린하가 된 거야?"

나는 두려움 반 설렘 반인 마음을 안고 어떻게 하면 좋을지 혼자 소파에 앉아 생각해보았다.

하지만 나온 결론은 아무것도 나오지 않았다.

'딩동'

누가 집 초인종을 눌렀다.

인터폰으로 확인을 해보니 유린하의 매니저였다.

'어떡하지? 지금 이대로 나가서 내가 유린하가 아니라는 걸 들키면? 뭐라고 말해야 하지?'

고민하는데 다시 한번 초인종 소리가 들렸다. 계속 어떻게 할지 고민하는데 핸드폰 벨 소리가 들렸다. 스마트폰을 확인하니 '매니저 님'이라고 저장이 되어 있었다. 아무래도 내가 아니 유린하가 문을 열어주지 않아 전화한 것 같았다. 계속 전화를 무시하면 문을 열고 들어올지도 모른다는 생각에 나는 전화를 받았다.

"여보세요?"

"린하야 왜 문을 안 열어줘?"

"앗 죄송해요. 못 들었어요 지금 열어 드릴게요."

나는 어쩔 수 없이 현관문을 열었다.

문을 열자 젊고 잘생긴 남자가 들어왔다

"왜 문을 안 열어줘, 걱정했잖아."

"죄송해요. 못 들었어요."

이 사람은 유린하의 매니저이며 4년 전까지 활동한 좀 유명한 아이돌로 5년간 아이돌 활동을 한 뒤에 아이돌을 그만두고 매니저로 활동하기 시작했다.

아이돌을 그만둔 이유는 개인 사정이라는 인터넷 기사를 본 적이 있었다.

"오늘은 그래도 일이 많이 없어 화보 촬영만 하면 될 것 같아."

나로서는 다행이었다. 화보 촬영은 노래를 부르지 않아도 되고 춤을 출 일도 없으니까. 원래 나는 춤과 노래 실력은 그다지 좋지 못했다. 이건 또 어떻게 해결해야 할지 고민이지만 지금은 아니니 다행이라는 생각만 들었다.

"이건 아침이랑 점심이야 먹고 있어 이따가 1시쯤 올게."

"네 감사합니다."

매니저가 준 봉투 안에는 과일과 샐러드와 빵이 들어있었다. 매니저가 준 음식을 입에 넣으며 내가 아까 하던 고민을 마저 하기 시작했다.

가장 중요한 것은 내가 유린하가 아니라는 것이 티가 나면 안 되는 것이 제일 중요한 일이었다. 내가 유린하가 아니라는 점이 가장 잘 드러나는 것은 아무래도 노래와 춤, 이 두 가지가 다른 사람들이 내가 유린하가 아니라는 걸 알 수 있는 위험 요소였다. 노래도 춤도 못 하는 나와는 다르게, 유린하는 춤도 노래도 심지어 인성도 완벽한 아이돌이라고 주변에서 찬양을 많이 받으니까.

이 고민을 해결하기에는 긴 시간이 걸릴 것 같았다.

"조금만 더 고민해 보자."

내가 그렇게 했던 모두에게 사랑과 관심을 받는 몸이 되었는데 생각보다 그렇게 기쁘지 않았다. 왜일까 갑자기 내 머릿속에서는 원래 있었던 내 몸은 어떻게 되었지? 라는 생각이 내 머릿속을 가득 채우고 있었다.

'원래 내 몸은 어떻게 되었을까? 죽었을까?'

나는 그 고민을 다 끝내지 못했다. 왜냐하면 초인종 소리가 들렸기 때문이다.

시간은 벌써 4시간이 지나 1시가 되었다. 나는 특별한 해결책을 찾지 못하고 일을 나가게 되었다. 하지만 나는 실수 없이 완벽하게 일들을 해냈다.

다음날 공연에서, 몸이 기억한다는 것이 이런 것인지 걱정했던 것과 다르게 유린하가 많이 연습했던 것을 몸이 기억하여 나는 완벽한 무대를 만들며 백년에 한 번 나올까 말까 한 아이돌이라며 극찬받기도 했다.

많은 사람이 나를 보고 있어서 처음엔 부담스럽고 떨렸지만, 모두가 나 하나만을 응원한다는 사실을 알고 그 뒤에는 무대를 즐기며 사람들의 사랑을 듬뿍 받았다.

눈 부신 빛에 눈을 뜨니 내 방이 아닌 다른 방에 누워있었다. 학생이 쓰는 방인 것 같았다.

그때 나는 1주일 전에 수상한 할머니에게 산 종이가 생각났다. 활동이 끝나고 이동하던 중 우연히 길거리를 구경하다가 할머니에게서 산 낡은 종이 한 장. 어렸을 때부터 연습생으로 활동하던 나는 또래 친구도 없이 5년을 보냈다. 그런 내 소원은 평범한 학생이 되어 친구들을 사귀고 그 친구들과 놀러 다니며 평범한 학생으로 지내고 싶었다. 그렇다고 아이돌 활동이 싫었던 것은 아니다. 많은 팬과 다정한 매니저님 하지만 그런 것과 다른…. 친구들과만 만들 수 있는 우정이라는 그것이 필요했다.

그래서 그 할머니에게 종이를 사 "여학생"이라고만 적었을 뿐인데. 1주일 지나도 아무 일도 없어서 그냥 사기구나 하고 넘겼는데 이게 진짜였다.

나는 조심스럽게 방문을 열었다.

책상에는

[다온아

오늘 급한 일이 있어서 먼저 갈게

아마 늦게 올 거야 기다리지 말고 먼저 자

밥은 냉장고에 반찬 있어 원하는 거 꺼내서 먹어

사랑해

                            -엄마가-]

라는 글이 적힌 메모지가 있었다. 그 글과 교복에 적힌 이름을 봤을 때 이 몸 원래 주인은 이다온이라는 이름을 가진 사람인 것 같았다.

대부분 학교는 등교 시간이 8시 40분.

지금은 7시 30분 이 몸 주인인 것처럼 하려면 지금 나갈 준비를 해야 했다. 준비가 다 끝날 때쯤 전화 소리가 들렸다. 확인하니 '이채아'라는 이름이 적혀 있었다. 나는 조금 망설이고 전화를 받았다.

"여보세요?"

"다온아 왜 안 나와? 나 지금 밑에서 기다리고 있어."

"아 미안 지금 나갈게."

'원래 학교 같이 가는구나'

라는 생각에 조금 씁쓸한 나는 얼른 가방을 들고 현관문을 나섰다.

"미안 많이 기다렸지?"

"오늘 너답지 않게 늦었네? 괜찮아 많이 안 기다렸어. 얼른 가자 학교 늦겠다."

"응응."

'이 몸 주인은 왜 이 몸을 버렸을까? 친구도 있는 걸로 봐서 왕따는 아닌 것 같은데'

학교에 도착해 가방을 내려놓기까지도 내 궁금증은 풀리지 않았다.

"얘들아, 너희 유린하 무대 봤어?"

"당연히 봤지!! 이번 무대 정말 대박이었잖아!"

'난 여기 있는데 무슨 무대….'

난 급하게 핸드폰을 켜 '유린하'를 검색했다. 최근에 올라온 뉴스 기사에는 〈유린하 완벽한 무대〉, 〈백 년에 한 번 나올까 말까 한 인제〉라는 뉴스들이 있었다.

'내 몸에도 누가 들어갔구나.'

하지만 난 저 때보다 지금이 더 좋다. 여긴 친구들도 많고 늦게까지 일을 다니지 않아도 된다. 그런 점에서 예전 몸보다 지금 몸이 더욱 좋았다.

"다온아 매점 가자~!"

"응 그래. 얼른 가자."

그렇게 나는 내 예전 몸에 미련이 없었고 쉽게 학교생활에 적응해 나가기 시작했다.

*

난 하루에 여러 가지 일을 해야 했다.

화보 촬영, 팬 사인회, 뮤비 촬영 등 많은 일을 끝내면 12시가 넘을 때도 있었고, 제대로 밥을 먹지 못한 날도 종종 있었다.

'하 아이돌이 원래 이렇게 힘든 직업이었나? 안무, 보컬 연습에 온종일 웃고 있으니까 너무 힘들어 이런데 도대체 유린하는 이 일을 어떻게 하고 지낸 거지? 논란이 없으니까 이 정도지 다른 평범한 아이돌처럼 논란이라도 있었으면 더 힘들었겠지. 아이돌도 마냥 사

랑받는 직업은 아니었어.'

창문을 열자 시원한 바람과 함께 밝은 달이 높게 떠 있었다.

'하…. 엄마 보고 싶어…. 잘 계실까? 아빠도 안 계신 데 나도 없이…. 내 몸에 누가 들어갔을까?'

갑자기 그렇게 생각하니 무서운 생각이 들었다.

'혹시 내 몸에 이상한 사람이 들어가서 엄마한테 이상한 짓을 하고 다니면? 채아는? 집에서 채아한테 많이 기대해서 채아가 힘들 텐데 내가 위로해 줘야 하는데.'

생각하면 생각할수록 불안함은 사라지지 않았다. 심사숙고 끝에 나는 그 할머니를 찾아가 다시 몸을 원래대로 바꾸는 방법을 찾는 것을 선택했다. 그러기 위해선 그 할머니를 먼저 찾아야 했다. 나는 아무 옷이나 입고 밖으로 나와 무작정 달리기 시작했다.

"헉헉…. 도대체 어디 있는 거야?"

"후후 꼬마 손님 날 찾나요~?"

어둠 속에서 수상한 할머니가 나왔고 나는 깜짝 놀라서 소리를 지를 뻔했다.

"할머니!! 절 원래 몸으로 돌아갈 수 있게 해주세요…!"

"그건 안 된단다. 네가 그 삶을 선택했잖니? 자신이 선택한 일에는 책임을 져야 해."

"제발 원래대로 돌아갈 방법을 알려주세요!"

"……"

"부탁드려요…!!"

"알겠다. 방법을 알려줄 테니, 이제 그만하렴. 하지만 이 방법은 너와 몸을 바꾼 사람도 동의해야 한단다."

"그럼 저랑 몸이 바뀐 사람을 찾아야 하는 거죠?"

"그렇지. 근데 몇 명에서 몸이 바뀌었을까?"

"네?"

"너는 아이돌을 원했지만 원래 아이돌이었던 그 아이는 의사가 되고 싶어서 의사와 몸을 바꿨을 수도 있지. 그 의사는 다른 사람이 되고 싶어 몸을 바꾸면 적게는 두 명 많게는 수만 명에 사람이 동의해야 너는 네 원래 몸을 찾을 수 있는 거야."

"ㄱ… 그럴 수가…"

"그래도 혹시 모르니 네 원래 몸부터 찾아보렴, 운이 좋다면 둘이서만 바뀌었을지도 모르지."

"찾은 다음엔 어떻게 하면 되죠?"

"의외로 간단하단다. 네가 몸을 바꿀 때 사용한 종이 가지고 있지?"

"… 아! 그때 그 종이."

"그래 그 종이를 몸이 바뀐 사람들끼리 얼굴을 보고 동시에 태우면 된단다."

"그게 말이 쉽지…"

"어쩌겠니, 남의 인생을 탐낸 것은 넌데 이 정도도 못 하겠다니."

"ㅇ… 아니에요!! 꼭 제 원래 몸을 찾을 거예요."

"그러니? 그럼 열심히 하렴."

그렇게 그 할머니는 어두운 골목 사이로 사라졌다.

"… 내 몸을 어디서 찾지…. 또 다른 사람들과도 몸이 바뀌었으면?

그럼 돌아가기 힘든데…."

어느덧 해가 뜨고 있었다.

지금 당장이라도 내 원래 몸을 찾으러 가고 싶지만, 나는 유린하의 인생을 살고 있고 난 다시 돌아갈 예정이니 유린하의 이미지와 일들에 지장을 주고 싶지 않았다.

'그래…. 슬슬 해도 뜨니까 돌아가자.'

나는 당장이라도 돌아가고 싶은 마음을 꾹 참고 숙소 방향으로 몸을 틀었다.

숙소에 도착하니 여전히 조용했다. 그리고 어김없이 전화벨 소리가 들렸다.

'매니저님'이라고 적힌 화면도 함께

"여보세요?"

"일 가자 준비해서 나와."

"네."

나는 그렇게 오늘도 무대에 섰다. 공연하는 도중 나는 내가 잘 아는 사람과 눈이 마주쳤다. 잘 알 수밖에 없었다. 그건 이다온이였으니까. 그렇게 무대가 끝나고 난 이다온 아니 유린하를 찾으러 급하게 밖으로 달려 나왔다. 하지만 아무리 찾아도 찾을 수가 없었다.

그때 등 뒤에서 소리가 들렸다.

"어?"

나는 소리가 나는 방향으로 고개를 돌렸다.

그곳에는 내가 서 있었다.

"안녕? 너 이다온이지? 나랑 서로 몸이 바뀐 것 같은데."

"아 그럼, 그쪽이 유린하….."

"응 내가 유린하였어, 지금은 이다온이고."

"제 몸을 다시 원래대로 돌려주세요!"

"일단 사람 없는 곳으로 들어가자 조금 있으면 사람이 많아질 거
야."

그렇게 린하와 다온이는 아무도 없는 대기실에 들어갔다.

"제 몸을 돌려주세요. 전 다시 그 몸으로 돌아가고 싶어요."

"왜? 네가 그 몸을 원했잖아, 난 이 몸을 원했고 그럼 원했던 그
대로 넌 유린하로 난 이다온으로 살면 돼."

"전 다시 원래대로 돌아가고 싶어요!"

"난 싫어. 지금이 자유롭고 친구도 있고, 물론 엄마가 좀 늦게 오
시고 가끔 혼자 밥을 먹기도 하지만 난 지금이 좋아."

"전 싫어요! 팬들에게 사랑은 받지만, 혼자인 건 여전히 똑같고,
채아도 보고 싶어요."

"채아? 아 뒷담 까던 그 애?"

"뒷담이요?"

"몰랐구나? 어쩐지 왜 계속 그 애랑 다니나 했어, 그 애 앞으로는
너한테 착한 척하고 뒤로는 뒷담을 까고 있었어, 그것도 몰랐어?"

"채아가 그럴 리가 없어요!"

"왜 그럴 리가 없다고 생각해? 충분히 있을 수 있는 일이잖아? 전
교 1등을 질투하는 전교 2등."

"채아는 저랑 오래된…"

"오래됐다고 질투를 안 할까? 그건 아니잖아."

"그런 말은 됐어요! 제 몸 돌려주세요."

"하지만 이건 네가 선택한 인생이잖아 누구도 너한테 내 인생을 대신 살라고 강요한 적 없어."

"그건…! 아이돌들은 다 사랑받는 줄 알았어요."

다온이의 눈에서 굵은 눈물이 뚝뚝 떨어졌다.

"모든 아이돌이 네가 생각하는 것처럼 쉽게 빨리 사랑받지 못해 그만 울어."

"……"

"돌아가면 잘 지낼 거야?"

"네 이제 진짜 잘 지낼게요."

"… 좋아 그럼 내일 밤 자정에 네가 다녔던 학교 옥상으로 와 몸을 바꾸는 방법은 알고 나한테 이야기한 거겠지?"

"네. 알고 있어요."

"그래. 그럼 내일 밤 12시 학교 옥상에서 보자 필요한 준비물 같은 거 있어?"

"네 저희 몸이 바뀔 때 적었던 그 종이 있죠? 그게 필요해요."

"그래 알겠어, 챙겨서 갈게 그럼 내일 밤에 보자."

그렇게 나는 숙소로 돌아갔다. 멍하니 천장을 보니 어둠에 잡아먹힐 것 같았다.

다음날 밤 자정에 나는 학교 옥상에 올라갔다. 그 옥상에는 유린하가 먼저 도착해서 하늘에 있는 별을 보고 있었다. 그 별들은 너무나도 많았고 조금 있으면 내게도 떨어질 것 같았다.

"저…"

"어 왔네."

"몸을 어떻게 바꿔?"

"어제 말한 종이 가져오셨죠?"

"응."

"하나, 둘, 셋 하면 태워요."

"그래."

"하나."

"둘."

"셋."

그렇게 서로 마주 보며 각자의 종이를 태웠다. 그 종이는 활활 타며 타닥, 타닥 붉은 불꽃을 만들었다. 우리는 처음 몸이 바뀔 때는 느끼지 못한 고통에 둘 다 옥상에서 기절했다.

눈을 뜨니 하얀색 천장이 보였다. 하얀색 천장 약간의 알코올 냄새 이곳은 병원이었다. 새벽에 학교 순찰을 하던 경비 아저씨가 옥상이 열려있는 것을 보고 우리를 발견했고 우리는 119에 실려 간 것이었다. 나는 서둘러 일어나 화장실로 달려갔다. 뒤에서 무슨 소리가 들렸지만, 그것보다 몸이 바뀌었는지가 제일 중요했다.

나는 화장실에 들어갔고 눈을 꼭 감았다.

'혹시라도 몸이 돌아오지 않았으면 어떡하지? 계속 유린하로 살아야 해?'

나는 그런 생각을 하면서 조심스럽게 눈을 떴다. 병원 거울에는 나 이다온이 비치고 있었다.

"돌아왔어!! 드디어!"

"이제 만족해?"

뒤에선 나와 몸이 바뀐 유린하가 웃고 있었다.

"죄송해요. 아이돌도 힘들 텐데 저 때문에 다시 몸도 바꾸고… 돌아가기 싫으셨을 텐데."

"됐어. 뭘 이제 와서 뭐가 미안해 어차피 이렇게 될 줄 알았어."

"알았다고요?"

"응 내가 처음 내 몸에서 깨어났을 때 식탁 위에 메모가 있었어. 늦을 것 같다고 원하는 반찬 꺼내 먹으라고 사랑한다고. 나는 내가 태어날 때 아버지가 돌아가셨고 어머니는 내가 아주 어릴 때 돌아가셔서 나는 이제 어머니 얼굴도 기억이 안 나."

"……"

"하지만 넌 어머니가 있잖아, 비록 아버지는 돌아가셨지만 널 누구보다 사랑하는 어머니가 계시잖아."

그때 화장실 문이 열렸다.

"다온아!!"

디온이 엄마였다.

"엄마!"

"다온아 관심이 필요하면 말하지, 그랬어. 나는 네가 혼자 잘 지내는 것 같아서, 괜찮은 줄 알았어. 친구도 있는 것 같아서 혼자서도 잘 지내는 것 같아서 안심하고 회사에 다닌 건데 네가 그렇게 외로

워할 줄 몰랐어."

"그걸 어떻게."

"네 일기장을 봤어. 몰래 봐서 미안해 그리고 외롭게 둬서 엄마가 미안해."

"아니에요, 엄마. 저도 외롭다고 말했어야 했는데 죄송해요."

그렇게 다온이와 다온이 엄마가 대화가 끝난 후 린하와 다온이는 산책을 나왔다.

"이제 어때?"

"네?"

"이제 네 인생이 조금은 소중해졌냐고?"

"네."

"그럼 다행이고."

린하는 다온이에게 스마트폰을 내밀었다.

"?"

"번호 찍어. 너 이제 나랑 친구야. 이제 그 높임말도 좀 그만하고."

"응! 잘 부탁해 린하야."

"나도."

The end.

마지막 버스 역

심화현 지음

[작가의 말-계산여자중학교 2학년 심화현]

 이 책은 소중한 사람이 버스 화물차 추돌사고가 아니라도 사고가 일어난다면 어떻게 될까 상상을 하면서 썼는데 쓰면서 감정에 와닿아 눈물을 흘리면서 쓴 책이라 더 애정이 가는 것 같습니다.

사랑하는 아빠에게

나는 히로시 요키다. 내 이름이 중요한 게 아니다. 지금 긴급뉴스에서 구마모토역에서 버스와 화물차가 추돌했다는 소식이 보도되고 있다. 사망자가 많이 나올 거라고 한다. 큰일 났다. 우리 아빠도 오늘 볼일을 보러 구마모토역에 간다고 했는데 우리 아빠는 아니면 좋겠다. 나는 아빠에게 전화를 걸었다. 전화기에서 들려오는 건

"연결이 되지 않아 소리샘으로 연결됩니다. 삐--"

전화 연결이 안 되니 더 걱정된다. 우리 아빠는 괜찮겠지, 라는 생각으로 좀 더 기다려보기로 했다. 뉴스 아나운서가

"지금까지 버스 안에서 발견된 사망자는 6명이라고 합니다. 현장에 나가 있는 아리모토 가리 기자 연결하도록 하겠습니다."

라고 하였다.

"제발 우리 아빠는 아니길."

나도 모르게 혼잣말이 나와버렸다. 전화가 왔다. 아빤 줄 알고 잔뜩 기대했으나 내 단짝 친구 쇼타였다.

"여보세요? 쇼타 무슨 일이야?"

"요키 너도 소식 들었어? 구마모토 사건?"

"응 들었는데 우리 아빠가 오늘 구마모토역에 간다고 했는데 걱정이야."

"너희 아빠 괜찮을 거야. 너무 걱정되면 경찰에 전화해 보는 거어때? 경찰에 전화해 보면 신원 확인해 주지 않을까?"

"아, 그런 방법이 있네! 고마워. 끊어."

나는 얼른 전화를 끊고 쇼타 말대로 경찰에 전화하려고 110을 눌렀다. 전화 연결이 됐다.

"저기 경찰이죠? 구마모토역 사건 때문에 전화했는데요. 신원 확인 좀 할 수 있을까요?"

"네. 이름이 뭔데요?"

"히로시 네코, 남성분이고 40대입니다."

"네 저희가 확인해 보고 전화를 드릴게요."

나는 경찰이 확인해 보고 전화를 준다 해서 조금 기다렸다. 5분 뒤 전화가 왔다.

"여보세요? 히로시 네코는 어떻게 됐나요?"

"유감입니다. 저희가 확인해 본 결과 히로시 네코도 사망으로 추정됩니다."

사망으로 추정된다는 말에 나는 눈물이 터져서 전화를 끊었다. 결국은 우리 아빠도 죽었다. 나는 쇼타에게 전화를 걸었다.

"쇼타! 어떡해? 우리 아빠가 죽었대…."

"이런 유감이네. 요키야 힘내."

다시 뉴스 보도가 나왔다. 버스에 타고 있던 승객은 총 29명이었는데 생존자는 아무도 없다고 한다. 얼마나 사고가 크게 났으면 다 죽었을까에 대해 의문도 든다. 나도 아빠를 잃었는데 다른 사람들도 소중한 사람을 잃었을 것이다. 사고가 저녁 8시쯤 일어나서 일단 오늘은 자기 위해 잘 준비했다. 아빠가 없어서 잠이 올지는 모르겠지만 자고 내일 다시 알아봐야 할 것 같다.

아침이 밝았다. 나는 잠이 오지 않아서 거의 뜬눈으로 있었다. 이른 아침인데 쇼타한테 전화가 왔다.

"요키야! 좋은 아침!"

"쇼타야 무슨 일로 전화했어? 나 장난 칠 기분 아니거든. 끊을게."

쇼타는 눈치가 없나 보다. 잠시 뒤 096-4526-8756 낯선 번호에서 전화가 왔다. 혹시나 하는 마음에 전화를 받아봤다. 아빠가 잠들어있는 병원이었다. 병원에서 장례 준비는 다 했으니까 보호자만 오면 된다고 하였다. 구마모토 병원에 기본적도 없는데 어떻게 가야 할지 앞이 막막했다. 나는 쇼타한테 전화를 걸었다.

"쇼타 아깐 미안했어. 다름이 아니라 병원에서 전화가 왔는데 우리 아빠가 잠들어 있대. 구마모토 병원이라는데 어떻게 가야 할지 몰라서. 혹시 실례가 되지 않으면 너희 엄마랑 너랑 같이 가줄 수 있니?"

"응 엄마한테 물어볼게. 조금만 기다려봐"

" … "

" … "

"요키! 엄마가 된대. 지금 우리 집으로 와."

"응 알겠어. 당장 갈게."

나는 잠옷 차림에서 검은색 옷으로 갈아입고 쇼타네 집으로 갔다.

"쇼타 나 요키 왔어. 문 열어줘."

"거기 있어. 엄마랑 나랑 나갈게."

쇼타와 쇼타네 엄마가 나왔다. 쇼타네 엄마가

"요키 마음고생이 심하겠네. 이모랑 쇼타랑 구마모토 병원으로 가자."

"감사합니다."

나와 쇼타는 뒤에 탔다. 여기서 구마모토 병원까지 20분 거리다. 병원 장례식장에 도착했다. 안내판을 보니 우리 아빠 이름 '히로시 네코'가 있었다. 이제 좀 실감이 나는 것 같았다. 쇼타랑 같이 아빠가 잠들어있는 곳으로 갔다. 아빠의 온몸이 피투성이였다. 아빠를 봤으니 됐다. 나는 병원 측에

"시신은 알아서 해주세요."

라고 말하고 쇼타네 집으로 갔다. 쇼타네 엄마가 쇼타 방에서 쇼타랑 같이 지내라고 해주셨다. 부담스러웠지만 쇼타랑 같이 지낼 생각을 하니 조금은 기분이 좋아졌다.

1달 뒤 이상한 소문이 들려왔다. 저녁 8시에 우에노역에 가면 어떤 여자가 서 있다고 한다. 그 여자랑 대화하고 나면 한 버스가 오는데 그 버스에 있던 사람들을 볼 수 있다는 소문이었다. 그래서 나는 쇼타에게 이런 이야기를 해주고 한번 가보자고 했다. 쇼타는 흔쾌히 가자고 동의해 주었다. 나는 쇼타와 8시까지 우에노역에 갔는데 진짜 어떤 여성이 서 있었다.

"저기요. 안녕하세요."

그 여자가 휙 하고 돌아봤다. 갑자기

"우에노역에 온 걸 환영한다. 먼저 규칙 4가지를 소개하마. 이 버스에 타고 있는 사람들은 진짜가 아닌 가짜이다. 따라서 사람들을 데리고 내리려고 하면 다시 현실로 돌아온다. 둘째. 구마모토역에 도착하기 전까지 내려야 한다. 안 그러면 너도 같이 죽게 된다. 셋

째, 이 버스에 타고 있는 사람들은 너를 기억할 수도 있고 못 할 수도 있다. 네가 알아서 기억을 되살려내야 한다. 마지막은 아까 말했듯이 가짜는 진짜가 아니다. 이 규칙을 듣고도 버스에 타고 싶은가?”

“네! 타고 싶어요!”

“그래 알겠다. 저기 오는 버스를 타면 된다.”

여성은 감쪽같이 사라졌다. 나랑 쇼타는 버스에 탔다. 버스에 타니 우리 아빠가 타고 있었다. 나는 살며시 아빠를 불러보았다.

“아빠. 저 요키에요 요키. ”

아빠는 날 기억 못 하나 보다. 그래서 나는 아빠랑 조금이라도 같이 있기 위해 아빠 옆자리에 앉았다. 그러고선 조심히 말을 걸어보았다.

“안녕하세요. 아저씨”

“안녕 꼬마야. 네 이름은 뭐니?”

“네 안녕하세요. 제 이름은 히로시 요키라고 합니다”

“히로시 요키…. 우리 아들이랑 이름이 같네. 아저씨 이름은 히로시 네코란다.”

우리 아빠가 맞다. 너무 반가웠다. 이렇게라도 마지막으로 아빠 얼굴을 볼 수 있고, 대화를 할 수 있어서 좋았다. 다행히 우에노역에서 구마모토역까지는 멀어서 충분히 대화를 할 수 있는 시간은 된다. 나는 아빠한테

“아저씨는 어디 가세요?”

“아저씨는 볼일 보러 구마모토역에 간단다. 너는 어디 가니?”

"저는 잠깐 바람 쐬러 왔어요"

첫 번째 위기를 모면했다. 아빠랑 시간 가는 줄도 모르고 이야기를 하다 보니 세 정거장만 지나면 구마모토역이었다. 나는 쇼타에게 내리자고 했다. 나는 아빠에게 마지막으로

"아저씨 저는 이만 가볼게요. 안녕히 계세요."

라고 말을 하고 쇼타랑 내렸는데 버스는 사라지고 나랑 쇼타는 우에노역으로 왔다. 속으로

'참 신기하네. 분명 우리는 소에니 역에서 내렸는데.'

나와 쇼타는 집으로 돌아갔다.

사랑하는 연인에게

나는 히토와 가노이다. 야노시와 아토의 남편이기도 하다. 야노시와 아토는 여느 때와 같이 출근하였다. 야노시와 아토가 집에서 나간 후에 구마모토역에서 일어난 버스와 화물차 추돌을 했다는 뉴스가 보도되었다. 곧이어 경찰한테 전화가 왔다. 아내 야노시와 아토도 죽었다는 것이었다. 나는 집에 있는 야노시와 아토의 물건을 정리했다. 집에 야노시와 아토의 짐들이 있으면 자꾸 생각나 눈물만 나오기 때문이다. 나는 과감하게 꼭 필요한 물건들 말고는 다 버렸다. 그리고 나는 부모님에게도 야노시와 아토가 사고로 죽었다고 이야기를 했더니 부모님은 이런 말을 하는 것이었다.

"엄마 아빠가 친구한테 들은 이야긴데 저녁 8시까지 우에노역으로 가면 사고 당시 버스와 그 버스에 타고 있던 사람들을 볼 수 있다는 이야기를 들었어."

"아 진짜 말 같지도 않은 소리 하지 마세요. 저 이런 거 안 믿어요."

전화를 끊고 부모님한테는 안 믿는다고 했지만, 호기심이 생겨서 한번 가보기로 했다. 나는 8시에 딱 맞춰 우에노역에 도착했다. 긴 머리 여성이 서 있었다.

"이봐요. 저 여기 구마모토 사건 관련 버스를 볼 수 있다고 해서 왔는데요. 사실인가요?"

긴 머리 여성이 4가지 규칙을 말해준다 해서 나는 말해보라고 했다.

"좋다. 우에노역에 온 걸 환영한다. 4가지 규칙을 말해주겠다. 첫 번째, 이 버스에 타고 있는 사람들은 진짜가 아닌 가짜이다. 따라서 버스 안에 있는 사람들을 데리고 오려고 하면 너는 현실로 돌아오게 된다. 두 번째, 구마모토역에 도착하기 전에는 내려야 한다. 안 그러면 너도 죽게 된다. 세 번째, 이 버스에 타고 있는 사람들은 너를 기억할 수도 있고, 못할 수도 있다. 네가 사람들의 기억을 되살려내야 한다. 마지막은 아까 말했듯이 이 사람들은 진짜가 아닌 가짜이다. 이래도 버스에 탈 것인가?"

"네 타고 싶습니다."

엄마 아빠 말이 진짜였다. 긴 머리 여성은

"저기 오는 버스를 타면 된다."

라고 말하고 감쪽같이 사라져버렸다. 마치 귀신 같았다. 나는 버스를 타서 야노시와 아토를 찾았다. 뒤쪽에 타고 있었다. 야노시와 아토는 나를 기억하고 있었다. 야노시와 아토가

"어? 히토와 가노! 당신이 여긴 어쩐 일이에요?"

"아 친구의 아버지가 돌아가셨다고 해서 가보려고요. 당신은요?"

"난 일 끝나고 집으로 가는 중인데요. 당신 저녁은 먹었어요?"

"응 먹었어요. 당신 혼자 먹으면 돼요."

위기를 모면하는 것도 일인가 보다. 나는 최대한 아내와 길게 이야기하기 위해 규칙을 지키려고 노력했다. 이렇게라도 아내랑 마지막으로 대화를 할 수 있다는 게 너무 좋아서 평소에 하지 않는 말들도 했다.

"여보, 내가 당신 많이 사랑하는 거 알죠?"

"당신 왜 그래요. 뭐 잘못 먹었어요? 왜 평소에 하지 않는 말을 하고 그래요?"

"아. 오늘따라 당신이 더 예뻐 보이고 좋아서요."

이 사람과 이야기하다 보면 많은 위기가 생긴다. 아내와 얘기하는 건 좋지만 위기가 생길 때마다 대처하는 게 힘들어서 다시는 타고 싶지 않았다. 얘기하다 보니 시간이 후딱 흘러갔다. 어느덧 구마모토역에 도착하려고 해 한 정거장 남겨놓고 아내에게

"이번 역이 친구네 아버지 장례식장 있는 곳이네요. 이만 가볼게요. 집에 조심히 들어가요."

라고 말하고 내렸다. 이상하다. 나는 분명 구마모토역 전역에 내렸는데 우에니 역으로 돌아왔다. 가짜는 가짜인가 보다. 그래도 마지

막으로 아내와 대화도 하고 인사도 하고 너무 좋았다. 누가 사고 날 줄 알았나. 있을 때 더 잘해줄 걸 후회도 든다. 하지만 이미 일어난 일이여서 받아들여야 한다. 이제 나는 사고가 왜 났는지 원인을 기다릴 차례다.

사랑하는 선생님에게

내 이름은 이토 고이치로 라고 한다. 나는 14살 중학생이고 스즈란 중학교에 다니고 있다. 오늘도 여느 때와 같이 등교 준비를 마치고 집을 나서서 뚜벅뚜벅 학교로 걸어갔다. 중학교에 입학하기 전 선생님은 어떠실까? 등등 많은 기대를 안고 학교에 입학을 하였다. 기대 이상으로 담임 선생님은 무척 마음에 들었다. 조회 시간이 10분이 지나도 담임 선생님은 들어오시지 않았고 대신에 수학 선생님이 들어오셨다. 수학 선생님께서 하는 말이

"너희 담임 선생님은 오늘 출근길에 사고가 나셨단다. 아직은 우리도 너희 선생님이 살아 계시는지는 모르겠어. 소식 들려오는 대로 알려줄게."

우리 반 선생님은 다른 선생님들과 달리 버스를 타고 출근을 하신다. 운전을 못 하시는 것도 사실이다. 우리 반 선생님 담당 과목은 국어이다. 그래서 급히 시간표가 변경되었다. 어찌어찌하다 보니 수업을 마쳤다. 종례 시간이 된 후 또다시 수학 선생님이 들어오셨다.

수학 선생님께서

"선생님이 오늘 뉴스를 지켜본 결과 너희 선생님께서 타고 있던 버스의 생존자는 없다고 한다. 유감이구나."

이를 어쩌나. 결국은 선생님이 돌아가시고 말았다. 우리 반 선생님은 나이도 얼마 되지 않았는데 일찍 생을 마감하다니 내가 더 속상했다. 나는 이게 무슨 일인가 싶어서 집에 돌아간 후 컴퓨터를 켜고 1)goo에 접속한 후 버스 사망 사건이라고 검색 해봤더니 구마모토역에서 버스와 화물차 충돌 사고가 있었다는 내용이 많이 보도되어 있었다. 진짜 생존자는 아무도 없다고 적혀 있었다. 나는 꿈인지 생시인지 구별이 안 되어서 내 볼을 꼬집어보았는데 내 볼이 아픈 걸 보니 진짜였다. 나는 얼른 내 단짝 친구 가와무라 겐키에게 전화를 걸었다.

"여보세요?"

"응. 나야. 고이치로. 다름이 아니라 선생님 돌아가신 사건에 대해 검색 해봤는데, 구마모토역에서 일어난 거래."

"구마모토역이라면 학교에서 20분 거리잖아. 선생님이 거의 다 와서 사고가 나신 거네."

"응. 그렇더라. 사건 경위는 경찰에서 조사하고 있다고 하니 좀 기다려봐야겠어."

"응. 그러자. 근데 우리 엄마한테 우리 선생님 사고 일어났다고 하니까 엄마가 들은 소문이라고 이렇게 말해주셨어. 딱 저녁 8시에 맞춰서 우에노역에 가면 한 여자가 서 있는데, 그 여자와 대화하고

---

1) 일본 검색 사이트 (우리나라의 네이버와 같음.)

나면 선생님이 타고 계셨던 버스와 그 사람을 볼 수 있대. 우리 엄마가 하도 농담을 잘해서 진짠지는 모르겠지만 호기심 삼아서 한번 가보는 거 어떨까?"

"음. 네 말 듣고 나니 좀 궁금하긴 하네. 진짜 선생님을 볼 수 있을지. 나 선생님께 못 한 말도 엄청 많아. 선생님이 이렇게 허무하게 돌아가실 줄 알았으면 살아계셨을 때 잘할 걸 그랬어. 엄청나게 후회돼. 나는 선생님을 보게 되면 사과부터 할 거야. 그럼 우리 오늘 저녁 7시 55분쯤 우에노역 앞에서 만나자."

"알겠어. 그럼 이따가 봐."

사실은 겐키에게 이야기를 듣고 나서 기대가 되었다. 나는 선생님을 보게 되면 할 말들을 노트에 적어 놓았고, 내 머릿속에 입력도 다 해놨다. 사건 관련 기사만 보고 있다 보니 어느새 겐키와 만나기로 한 시간이 다 되어 갔다. 나는 우에노역으로 갔다. 겐키가 먼저 와 있었다. 겐키가 말하기를

"실은 나도 선생님께 할 말 엄청 많아. 나도 이럴 줄 알았으면 말썽 안 부릴걸. 지금 나 자신이 정말 밉기도 하고 후회돼."

"그렇구나. 그럼 우리 선생님을 진짜 보게 된다면 할 말 다 하고 오자."

"응!"

겐키와 이야기를 하다 보니 7시 59분이 되었다. 나는 떨리는 마음에 겐키와 카운트 다운을 같이하자고 했더니 겐키가 흔쾌히 하자고 해주었다.

"1, 2, 3, 4, 5, 6, 7, 8…. 60!"

드디어 저녁 8시다. 진짜 겐키 어머니 말대로 8시가 되니 한 여성이 생겼다. 생겼다 라고 하면 웃긴 말이지만 갑자기 나타나긴 했다. 그래서 우리는 흥분된 마음에

"저기요. 안녕하세요"

라고 말했더니 여성이

"우에노역에 온 걸 환영한다. 먼저 이 버스에 탑승하기 전 규칙 4가지를 알려주도록 하겠다. 첫 번째, 이 버스에 타고 있는 사람들은 진짜가 아닌 가짜이다. 따라서 버스 안에 있는 사람들을 데리고 오려고 하면 너는 현실로 돌아오게 된다. 두 번째, 구마모토역에 도착하기 전에는 내려야 한다. 안 그러면 너도 죽게 된다. 세 번째, 이 버스에 타고 있는 사람들은 너를 기억할 수도 있고, 못할 수도 있다. 네가 사람들의 기억을 되살려내야 한다. 마지막은 아까 말했듯이 이 사람들은 진짜가 아닌 가짜이다. 이래도 버스에 타고 싶은가?"

나와 겐키는 얼른

"네! 타고 싶어요"

라고 대답했다. 그랬더니 그 여성이

"좋다. 저기 오는 버스를 타면 된다. 내가 방금 말한 규칙들 어기지 않도록 조심하고!"

이렇게 말하고는 사라졌다. 귀신 같았다. 나와 겐키는 버스에 탔다. 선생님이 바로 눈앞에 보였다. 선생님은 앞쪽에 앉아 계셨기 때문이다. 나는 선생님 옆에 앉았고 겐키는 그 뒷 좌석에 앉았다. 다행히도 선생님은 우리를 알아보셨다. 선생님은

"어? 고이치로와 겐키가 여긴 무슨 일이야?"

나는 규칙을 어기지 않기 위해 이렇게 대답했다.

"우연이에요. 저희 밥 먹으러 가기 위해 왔어요. 맛집이 있다고 들었거든요. 그래서 그곳을 찾아가는 중이죠."

거짓말이긴 하지만 어쩔 수 없는 상황이었다.

"그렇구나. 여기서 보니까 또 새롭네."

"저도 그렇게 생각해요. 학교에서 볼 때랑 기분이 다르네요."

나는 선생님에게 할 말을 하기 위해

"저 선생님. 선생님께 할 말이 있어요. 학생들이 그니까 저희가 선생님 말씀을 잘 안 들어서 많이 힘드시죠? 죄송합니다. 앞으로는 선생님 힘드시지 않게 말도 잘 들을게요. 선생님 힘내세요!"

"응. 고마워. 고이치로. 웬일이니. 생전에 하지 않는 말을 다 하고. 우리 고이치로 철이 들었나 보다!"

내가 할 말을 다 하고 겐키에게 신호를 주었더니 겐키가 이어서 말을 꺼냈다.

"저 선생님. 저도 할 말이 있는데요. 저도 선생님 힘든 줄 모르고 맨날 말썽만 부려서 죄송합니다. 이제 달라진 저의 모습을 기대하셔도 좋아요. 앞으로는 선생님 힘드시지 않게 말도 잘 듣고 모범적인 청소년이 되겠습니다."

"겐키도 웬일이야. 그렇게 말해주니 선생님은 좋긴 한데. 꼭 너희가 한 말은 지켜줘야 한다. 알겠지? 기대해볼게."

선생님이 좋아하셔서 우리의 작전은 대성공으로 끝났다. 규칙 중에서 구마모토역에 도착하기 전까지는 내려야 한다 해서 우리는 선생님께 마지막 인사와 함께 사랑한다고 말하고 내렸다.

버스에서 내렸더니 아까 우리가 버스를 탔던 우에니역으로 돌아왔다. 정말 신기했다. 우리는 우에니역에 내리지 않았기 때문이다. 겐키가

"이번엔 우리 엄마 말이 틀리지 않았네. 난 엄마한테 가서 말해줘야겠어. 엄마한테 고맙다고."

"너희 엄마 진짜 대단하셔. 나도 감사하다고 전해드려. 나는 내일 우리 반 애들한테 말해줄 거야. 그럼 늦었으니까 내일 학교에서 보자. 겐키. 안녕."

"응. 내일 학교에서 보자!"

나는 집으로 돌아가서 피곤했는지 금방 잠이 들었다. 아침이 밝았다. 오늘도 어김없이 학교에 갔다. 나는 조회 시간 전에 애들이 다 와있을 때 교탁으로 가서 어제 있었던 일을 말하면서 친구들보고도 가보라는 식으로 얘기를 했다.

"얘들아! 나와 겐키가 어제 겪었던 일인데, 저녁 8시에 딱 맞춰서 우에니역으로 가면 한 여성이 서 있거든? 그 여성에서 규칙을 듣고 나면 선생님이 타고 계셨던 버스와 선생님을 볼 수 있어! 나랑 겐키도 어제 선생님에게 할 말 다 하고 왔어. 너희도 오늘이나 내일 가보는 게 어때? 근데 버스가 작아서 갈 거면 너희끼리 조율해서 가야 할 거야."

애들의 반응이 좋았다. 애들은

"헐. 진짜야? 당연히 가야지. 우리도 선생님께 할 말이 엄청 많은 걸. 좋은 소식 알려줘서 고마워. 우리는 쉬는 시간에 조율할게. 고

마워 고이치로!"

그 이후로 애들이 다녀온 후 많은 문자 메시지가 왔다. 죄다 고맙다는 문자 메시지였다. 하지만 고마워야 할 분은 따로 있다. 바로 겐키의 어머니.

사랑하는 할머니에게

나는 다케이 가쓰히로다. 나는 할머니와 단둘이 살고 있다. 엄마는 유방암으로 제 작년에 돌아가셨고 엄마가 돌아가신 이후로 아빠도 살맛이 나지 않았는지 집을 나가셨다. 그래서 나는 할머니 곁에 와 있게 되었다. 할머니가 말씀하시기를 처음에는 네가 나한테 올 때 가기 싫다고 가기 싫다고 하도 울어대서 네 삼촌이 강제로 차에 태웠다고 한다. 그런데 이제는 할머니가 없으면 못사는 처지가 되었다. 나는 할머니를 혼자 두고 학교에 가거나, 할머니 혼자 밖에 나가게 되면 약간의 두려움과 공포감이 생긴다. 할머니가 언제 어떻게 무슨 일이 생길지 모르기 때문이다. 근데 오늘은 어쩔 수 없는 날이다. 할머니가 친구분들과 식사하기로 했다는 것이었다. 나는 웬만하면 할머니에게 약속을 잡지 말라고 신신당부를 하는 편이지만 할머니는 내 이야기를 잘 듣지 않는다. 그래서 나는 할머니에게 목적지가 어디냐고 물어보았다. 그랬더니 할머니는

"버스를 타고 가야 해. 좀 멀어서. 하카타역이래. 구마모토 다음

역이야."

"아. 그래요? 꼭 안전띠 매야 해요. 조심해서 다녀오세요."

할머니를 혼자 보내는 마음이 그리 편하지는 않았다. 그래도 어쩔수 없는 상황이니 조심해서 다녀오라는 말과 함께 가게 해드렸다. 평소에 잘 부르지도 않던 콧노래를 부르면서 할머니는 집을 나가셨다. 할머니가 나간 후 집 청소를 한 후 TV를 켜고 뉴스를 틀었다. 그런데 이게 무슨 일인가. 안타까운 일이 발생했다. 구마모토역에서 버스와 화물차가 추돌했다는 사고가 발생했다는 것이었다. 나는 할머니 일인 줄은 모르고 속으로

'아이고. 유감이네. 모두 크게 안 다치셨기를'

곧이어 전화가 왔다. 할머니한테 온 전화인 줄 알고 기대를 하였지만, 할머니가 아닌 병원이었다. 얼른 받았다.

"여보세요? 무슨 일이세요?"

"네. 가무키라 김 손녀분 되시나요? 여기는 스즈메 병원입니다. 유감이지만 손녀분 할머니께서도 방금 쟁점이 되는 구마모토역 사건에 관련된 피해자세요. 현재까지는 의식이 없는 상태세요. 만약에 의식이 돌아온다 해도 뇌를 많이 다치셔서 기억 상실증에 걸릴 위험이 큽니다."

"아. 그럼 지금 중환자실에 있나요? 제가 지금 그쪽으로 가려고 하는 데 가면 할머니를 볼 수 있나요?"

"네. 중환자실 맞습니다. 면회를 원하시면 면회를 해드릴 수는 있어요. 하지만 그 자리에서 신속 항원 검사를 한 후 음성이 나오면 들어가실 수 있습니다. 저희가 방역이 좀 철저해서요."

"아. 네. 그 정도 불편은 감수해야죠. 할머니를 볼 수 있다는 게 어딘데요. 감사합니다. 지금 당장 가겠습니다."

우리 할머니도 하필이면 그 버스에 타고 있었다니 청천벽력 같았다. 일단 나는 얼른 병원으로 가기 위해 옷을 갈아입고 병원으로 뛰어갔다. 좀 멀었지만 나도 할머니와 같은 사고를 당할까 봐 내 발로 뛰어갔다. 계속 뛰다 보니 병원 앞에 도착했다. 나는 얼른 병원으로 들어가 승강기를 탄 다음 중환자실이 있는 층을 눌렀다. 중환자실 앞에 도착했다. 나는 중환자실 앞에 있는 인터폰을 눌렀다. 중환자실 관계자에게 나는

"전화 받고 왔는데요. 신속 항원 검사를 하고 음성이라는 결과를 통보받으면 중환자실 안에 들어가 면회를 할 수 있다는 전화를 받고 왔어요."

"네 지금 나갈게요."

관계자분이 신속 항원 검사를 들고 내가 있는 쪽으로 나왔다. 나는 음성이 나왔다. 그래서 관계자분이 나를 안으로 들여보내 주신 후 할머니가 있는 쪽으로 안내해 주셨다. 할머니는 머리 쪽에 붕대를 감싼 채 산소 호흡기를 끼고 누워있었다. 할머니 모습을 보니 불쌍해 보였다. 생각해보니까 구마모토역에서 사고가 난 거면 하카타역 전 역이었다. 지금 내 마음은 할머니가 무사히 깨어나 줬으면 좋겠다는 마음밖에 없다. 나는 할머니 손을 잡았다. 그리고 못 알아들을 게 뻔하지만 그래도 말을 했다.

"할머니. 꼭 깨어나셔야 해요. 기억 상실증이나 무슨 병에 걸려도 괜찮으니까 꼭 살아만 있어 주세요. 저 할머니 없으면 안 되는 거

알잖아요."

　라고 말했는데 기분 탓인진 모르겠지만 할머니의 집게손가락이 까딱하고 움직였다. 그걸 보고 나서 할머니가 살 수 있을 거라는 희망이 생겼다. 면회 시간이 거의 다 끝나가서 나는 나가야 했다. 마지막으로 한마디 더 했다.

　"할머니. 내일 또 올게요. 그때까지 꼭 깨어나셔야 해요. 그럼 전 가볼게요. 할머니 사랑해요."

　나는 발걸음이 떨어지지 않았다. 속상한 마음을 안고 중환자실 밖으로 나왔다. 친구가 뭐가 좋다고 나갔는지 이해가 안 된다. 끝까지 할머니보고 가지 말라고 설득을 할 걸 그랬다. 내가 집에 들어가서 잠을 자려고 한 시간이 밤 10시였다. 그때 또 스즈메 병원에서 전화가 왔다.

　"여보세요? 슬픈 일이라면 저는 전화 할 마음이 없습니다."

　"그게 아니라요. 좋은 소식입니다. 손녀분 할머니께서 깨어나셨습니다. 축하드립니다. 유일한 생존자 할머니시네요."

　"네? 진짜죠? 거짓말 아니죠? 일단 끊어요."

　할머니가 깨어나셨다. 깨어나기라도 해서 다행이다. 너무 행복하다. 병원에서는 이제 깨어났으니 일반 병실로 옮긴다고 하였다. 내일 다시 가볼 것이다. 우선 나는 피곤해서 잤다. 아침이 밝았다. 나는 병원에 갈 준비를 하였다. 준비를 다 하고 나서 병원으로 또 뛰어갔다. 난 할머니께 버스 관련 사고가 일어나고 나서 버스가 싫어졌고 탈 마음도 사라졌다. 예전까지는 버스가 좋았지만, 이제는 버스에 관한 트라우마가 생겼다. 버스 하나가 많은 사람을 죽였기 때문이다. 나도 마음이 심란하지만 다른 유가족들은 얼마나 더 심란하고 속상할까. 나도 하마터면 소중한 사람을 잃을 뻔했다. 하지만 다른 사람들은 소중한 가족을 잃었다. 나는 살아 있는 할머니가 고마웠다. 왜 친구를 만나러 갔는지 따지고, 나무랄 것이 아닌 감사해야 한다. 나는 이런 생각들을 하면서 병원에 도착했다. 할머니가 이동한 병실은 6층 603병동 1003호 창가로 이동하였다. 나는

"할머니! 살아있어서 다행이에요! 이젠 어디 가지 말고 나랑 꼭 붙어있어요."

할머니는 다행히 기억 상실증에 걸리지 않은 것 같았다. 왜냐하면 할머니는

"알겠어. 앞으로는 어디 안 갈게. 걱정하지 마. 나도 이제 무서워서 밖에 못 나가겠어."

할머니는 기억 상실증에 걸리지는 않았지만, 밖에 나가는 것에 대한 트라우마를 얻었나 보다. 나는 버스에 대한 트라우마가 생기고, 할머니는 밖에 대한 트라우마가 생기고. 괜히 할머니 친구분들이 미워졌다. 곧이어 의사 선생님께서 회진하기 위해 병실 안으로 들어오셨다. 의사 선생님께서 나보고

"가무키라 김님 보호자 되시나요?"

라고 물었다. 그래서 나는

"네. 제가 보호잔데요."

"오늘 퇴원하셔도 될 것 같습니다. 그 이후에는 통원 치료로 할 생각입니다. 다음에 오셔서 MRI를 찍어 볼 계획입니다. 기억 상실증이 오지는 않았지만, 뇌 손상이 우려되네요."

"네 알겠습니다. 그럼 퇴원하면서 원무과에서 예약을 잡고 가면 되죠?"

"아 예약은 이따 간호사 한 분이 들어오셔서 도와드릴 거에요."

"네. 감사합니다."

의사 선생님은 나가셨다. 나는 할머니께

"할머니 오늘 퇴원할 수 있대."

"응. 퇴원할 수 있다니 좋네."

할머니가 오늘 퇴원을 할 수 있다는 소식을 듣고 나서 기분이 더 좋아졌다. 하늘이 돕고 있다. 살아 있는 것으로도 행복했는데 퇴원까지 해서 정상 생활이 가능하다니 더 행복하다. 나는 이제 절대 할머니를 혼자 두거나 혼자 내보내게 하지 않을 것이다.

The end

민들레 홀씨

원세희 지음

[작가의 말-계산여자중학교 2학년 원세희]

 사실 시대극으로 글을 늘 써보고 싶었는데, 이번에 기회가 되어서 글을 쓸 수 있게 되었습니다.

 방학과 개학하고 나서도 계속 글을 쓰느라 조금은 힘이 들었지만, 그래도 잊을 수 없는 경험을 해본 것 같아서 좋았습니다. 그리고 한글로 문서 작업을 하다 보니 몰랐던 맞춤법과 띄어쓰기를 많이 배운 거 같습니다.

 글을 쓰다 보면 습관적으로 같은 말을 한 문장이나 한 문단 안에 많이 쓰게 되는데, 표현이 겹치게 되면 읽을 때 자연스럽지 않아서 최대한 비슷한 의미를 가진 다른 표현을 찾는 게 조금은 힘들었습니다.

 그래도 색다른 표현들과 접속 부사를 알게 된 거 같아 뿌듯합니다. 처음부터 3만자를 써야 하는 줄 알고 어떻게 쓰지, 막막했는데 결국엔 해냈네요. 여기서 함정은 3만자가 아니라 최소 1만자였답니다.

그날은 새벽부터 이상하리만치 하늘이 아름다웠다. 저녁부터 오지 않던 잠을 억지로 청하느라 찌뿌둥해진 몸을 풀기 위해 몸을 일으켜 세웠다. 나는 힘겹게 몸을 일으키고, 두 팔을 하늘 위로 쭉 뻗어 기지개를 켰다. 그 전날, 희준이 형과 아침에 잡아두었던 약속이 떠올라 내 옆에 누워 곤히 잠들어있는 희준이 형을 바라보았다. 20살이라는 젊은 나이에 비해, 희준이 형의 얼굴은 짙은 흉터와 상처들이 가득했다. 아침부터 우리가 처해있는 상황을 다시 실감 나게 겪으니 저절로 한숨이 나왔다. 나는 희준이 형을 깨우기 위해 희준이 형의 몸에 손을 가져다 대며 말을 걸었다.

"형, 이제 일어나. 우리 아침에 책방 다녀오기로 했잖아. 중요한 서신 있다며."

형은 나의 말을 들은 건지, 못 들은 건지, 몸을 뒤척이며 웅얼거리기만 할 뿐 일어나지 않았다. 나는 그런 형을 바라보곤 어쩔 수 없이 모자를 푹 눌러쓴 채 기지의 문을 열었다.

"애기씨, 인제 그만 일어나셔야지요."

늘 듣던 다정한 목소리가 날 깨운다. 나는 그런 유모가 귀찮지 않게 피곤한 몸을 일으켜 세운다. 아직 눈도 제대로 떠지지 않는 나를 본 유모는 "몸만 크셨네요, 몸만."이라고 말을 하며 미소를 짓는다. 나도 웃어주는 유모를 보며 미소를 지은 다음, 유모가 준비해준 물바가지로 세안을 끝낸다. 어김없이 오늘도 아버지께 문안 인사를 드린 후, 다시 책상 앞에 앉아 즐겨보던 서책을 꺼내 글을 읽는다.

"아유, 애기씨. 글공부가 그리도 재미있으십니까?"

내 모습을 본 유모는 신기하다는 듯한 말투로 말을 건넨다.

"세상의 이치를 알려면 글공부는 당연지사. 그리고, 내가 모르는 것을 새로이 배우는 건 늘 즐겁고 행복한 일이라네."

그러한 유모의 모습에 나는 미소를 머금고 답했다. 이해할 수 없다는 듯, 뚱한 표정을 지으며 옷을 개는 유모를 바라보니 늘 하던 생각이 떠올랐다. 모든 이들이 글을 배워 읽고, 쓰는 것. 어릴 적부터 자주 들었던 생각이었다. 하지만, 지금은 나라가 많이 혼란스럽다. 왜놈들이 무장한 채 길거리를 돌아다니고, 조선말 대신 왜놈들의 말을 쓰게 하려고 한다. 그로 인해 사람들은 조선말을 배우지도 못한 채, 웬 이상한 지렁이 같은 글들을 배운다. 유모로 인해 다시 내 욕구와 분노가 마음 깊은 곳에서 차올랐다.

"아차, 애기씨. 그거 아셔유? 이제 곧 있으면 애기씨 단골 책방두 없어질 거라고 하던데…."

깊은 고민에 빠져 있던 순간, 유모가 말을 꺼냈다. 유모의 입에서 나온 말은 가히 충격적이지 않을 리 없었다.

"왜놈들이 이제부턴 지네들 말을 배워야 한담서, 아주 그냥 난리를 피우더래요. 접때 거리 나갔을 때, 책방 주인한테 들은 말이어유."

"예상했던 일일세. 유모도 알지 않는가, 요즘 나라 꼴이 말이 아니라는 것을."

"아유…. 이제 우리 애기씨는 뭐 하고 사셔요? 유일한 낙이셨는데."

예상했던 일이라지만, 그래도 마음 한편이 안 좋았다. 내가 사랑했던 곳이 이제 사라진다고 하니 기분이 착잡했다. 잠시나마 고민하다가, 좋은 생각이 떠올랐다.

"유모, 그러면 책방이 사라지기 전에 오늘 다녀오는 건 어떻소?"

"예? 지금 당장요?"

"응. 지금 당장. 언제 사라질지 모르지 않는가. 그러니 그전에 얼른 다녀와야지. 유모도 바깥 구경하고, 나는 갖고 싶던 서책 좀 보고."

내가 꺼낸 말에 유모는 잠시 당황한 듯 보였지만, 유모는 흔쾌히 알겠다고 고개를 끄덕였다. 유모와 함께 바깥에 나와 시장 거리를 둘러보았다. 아름다운 꽃을 파는 꽃 장수, 요즘 그리 유명하다는 서양의 무지개떡. 무지개떡의 이름이 떠오르지는 않았다. 내가 영문엔 영 소질이 없었기 때문이다. 유모는 이름 모를 무지개떡을 먹겠다고 해 나는 무지개떡의 값을 냈다. 유모는 처음 먹어보는 음식이 퍽 마음에 들었는지, 먹자마자 감탄했다.

"이야, 애기씨. 요즘 사람들이 왜 이렇게 먹어대는지 알 거 같은 맛이구만요. 애기씨는 정말로 안 드실 겁니까? 이렇게 맛난 데도요?"

"유모 많이 먹게. 내 원체 이런 걸 좋아하지 않는지라. 아, 그래서 말인데. 책방은 나 혼자 다녀올까 하네."

"예, 그러시겠⋯. 예? 책방에 혼자요?"

유모는 신난 얼굴로 무지개떡을 먹다가, 들으면 안 되는 것을 들은 사람처럼 두 눈을 동그랗게 뜨곤 나를 쳐다봤다.

"못 들었나? 책방은 나 혼자 다녀오겠네. 유모는 여기서 무지개떡 맛 나게 먹고."

나는 혹여나 유모가 잘못 들었을까, 천천히 다시 말을 해주었다.

"아니, 못 들은 게 아니라요. 요즘 세상이 얼마나 흉흉한데 혼자 다녀오겠다는 말씀입니까. 혹여나 애기씨한테 뭔 일이라도 생기면⋯. 어유, 끔찍해라. 상상하기도 싫구먼요!"

저렇게까지 걱정하는 유모가 나는 이해 가지 않았다. 다른 사람들 앞에선 절대 그러지 않지만, 믿을 수 있고 내가 사랑하는 유모니까 앞에서 속상한 티를 냈다. 내가 약점인 유모는 속상한 표정을 지은 나를 보자마자 어쩔 수 없다며 한숨을 쉬었다.

"책방 앞에서 기다리고 있을게요. 얼른 둘러만 보고 나오셔요."

"고맙네!"

나는 유모에게 환한 미소를 지으며 책방으로 향했다.

'이쯤이었던 거 같은데'

나는 속으로 중얼거리며 책방을 찾기 위해 주변을 살폈다. 이 주변에 책방이 있기는 한 건지, 이미 장사를 접은 건 아닌지 하는 생각까지 들었다.

"아, 이대로 가면 희준이 형이 잔소리 엄청나게 할 텐데."

아무리 봐도 책방이 보이지 않아 어쩔 수 없이 지나가는 사람을 붙잡고 길을 물었다. 나와 나이가 비슷해 보이는 한 소녀가 길을 알려주었다. 자기도 책방에 가는 길이라고, 같이 가자고 나에게 말까지 건넸다. 굳이 거부할 필요는 없으니, 나는 그 소녀의 제안을 수락했다.

"젊은 사내가 무슨 일로 책방에 들르는 것이오?"

갑작스레 말을 건네는 소녀 때문에 나는 나답지 않게 화들짝 놀라고 말았다.

"아, 그, 읽고 싶은 책이 있어서 들립니다! 하하, 하. 그러면 그쪽은?"

"책방에 들르는 이유가 딱히 더 있소? 나도 그대와 마찬가지요."

소녀가 옅게 웃으며 내 질문에 대답했다. 옅게 웃었지만, 환하게 웃은 것만큼 아름다운 미소였다. 소녀의 미소를 보자 떨어져 지낸 지 오래된 내 여동생이 떠올랐다. 우리 의명이, 사랑스러운 의명이. 잠깐 동생 생각을 하는 동안 책방에 도착했다. 소녀는 다시 나를 보곤 인사를 건넸다. 나도 똑같이 그 소녀에게 감사 인사를 건넸다.

나는 얼른 서신이 담겨 있는 책을 찾기 위해 책장들을 살폈다. 사람들 손에 잘 닿지 않도록 책장의 높은 곳에 꽂아두었다고 했는데. 대체 어디 있는 건지 잘 보이지 않았다. 겉에 꽃이 그려져 있는 얇은 시집이라고 했는데, 얇아서 그런 것인지 더 안 보이는 듯한 느낌이 들었다.

오랜만에 들른 책방인 만큼, 구경할 거리도 정말 많았다. 예전에 들렸을 때와 지금의 책방은 매우 달랐다. 예전엔 보지 못했던 책들이 진열대에 가지런히 나열되어 있었기 때문이다. 아름다운 문자들과 종이에서 나는 향기들을 맡으니, 금세 기분이 좋아졌다. 조금 더 책방에 오래 머물고 싶었다. 그러기 위해 나는 예전부터 갖고 싶었던 시집 한 권을 찾으러 책장 쪽으로 향했다.

"어디 있더라… 너무 오랜만에 와서 가물가물하네."

나는 내 손이 닿지 않을 위치에 놓여있는 책들을 봤다. 천천히 한 권, 한 권 살피다 보니 조금 전에 했던 혼잣말이 무색할 만큼 금방 책을 찾게 되었다.

"찾았다!"

발뒤꿈치를 살며시 들어 그 시집을 향해 손을 뻗었다. 다른 책들 사이에 빽빽하게 꽂혀 있던 탓인지, 잘 빠지지 않았다. 다시 한번 발뒤꿈치를 들어 시집을 꺼냈다. 드디어 갖고 싶었던 시집을 내 품 안에 안았다. 책을 품 안에 껴안고 계산대로 가져가는 순간, 누군가와 부딪혀 책을 떨어트리고 말았다.

"아야…. 아, 죄송합니다! 너무 급하게 책을 찾는 바람에…."

익숙한 목소리가 들려와 나는 황급히 고개를 들었다. 조금 전, 내가 이 책방으로 데려온 사내였다. 양반이라는 신분을 가져놓고, 남 앞에서 이런 추태를 보이다니. 정말이지 너무나 부끄러웠다. 나는 얼른 일어서 옷매무새를 다듬었다. 사내는 미안한 티를 내며 책을 주웠다.

"여기, 떨어트린 책…. 잠시만, 어라?"

"무슨 문제라도 됩니까?"'

"아, 아닙니다. 책 표지가 참 예쁘네요. 혹시 잠깐 이 책 좀 빌려주실 수 있으실까요?"

갑자기 남의 책을 줍고선 자신한테 책을 빌려주라니, 정말 여태껏 들었던 말 중에서 가장 황당하고 어이없는 말이었다.

"그게 지금 무슨 말이오? 이 책은 내가 먼저 발견했건만. 이런 건 먼저 발견한 자가 임자 아니오?"

"제가 급히 이 책을 읽어야 할 사정이 있어서 그렇습디다. 빌리면 안 되겠습니까? 값이라면 제가 대신 내겠습니다."

"내가 납득할 만한 타당한 이유를 댄다면, 그리하겠소. 하지만 내가 이해하지 못한다면 나는 그 책을 가져갈 겁니다."

사실은 그냥 빌려줄 생각이긴 했지만, 이 사내의 간절함을 시험해 보기로 했다. 사내는 정말로 급한 사정이라도 있었던 것인지, 최선을 다해 나에게 이유를 설명했다. 어딘가 이상한 구석이 없지 않아 있었지만. 난 어쩔 수 없이 결과대로 사내에게 먼저 책을 빌려주었다. 그러자 사내에 얼굴엔 화색이 돌았다. 그 표정을 보고 있으니 왠지 나도 덩달아 기분이 좋아지는 느낌이 들었다. 그렇게 별다른 소득 없이, 나는 책방에서 나왔다.

오늘은 정말 운이 좋았다. 길을 조금 헤매긴 했지만 친절한 소녀를 만나 책방도 금방 찾고, 그 소녀 덕분에 서신도 수월하게 얻을 수 있었다. 물론, 내가 생각해도 조금 염치없는 행동이었지만 말이다. 도움을 받은 사람의 물건을 내가 먼저 가져가다니. 왠지 마음 깊은 구석에서 양심이 내게 소리치는 것만 같았다. 나는 애써 그 외침을 무시했다.

말동무 없이 홀로 거처를 가는 일은 쉽지 않았다. 너무나 심심하기 때문이다. 희준이 형이 제때 일어나서 나랑 같이 가줬다면 그나마 즐거웠을 텐데. 너무 심심한 나머지 내가 먼저 서신을 열어 읽어볼까 했지만, 동지들과 함께 보기 위해 그런 생각은 저편에 날려보냈다.

서신도 읽지 않고 홀로 길을 걸으니, 조금 전 책방서의 일이 계속해서 떠올랐다.

"그 소녀는 사족 여인이겠지…. 말투부터 양반의 기품이 느껴졌을 정도니까."

나는 그런 소녀가 내심 부러웠다. 나와는 출발선부터가 달랐으니까. 가난하지도, 부유하지도 않은 그저 그런 집에서 태어나 제대로 된 교육을 받지도 못하고 독립운동에 참여했으니 말이다. 저런 사람들은 나라를 구하는 일에는 관심도 없을 거다. 이미 잘 먹고 잘 살고 있는데, 굳이 손해 볼 일을 할 이유가 뭐가 있겠나. 나였어도 아마 떵떵거리며 살았을 거다. 나처럼, 없는 사람들이나 이런 일에 관심이 많겠지. 조금이나마 사는 형편이 나아지길 기대하면서.

양반이라고 다 독립운동을 안 하는 건 아니지만, 여태껏 옆에서 지켜봐 온 양반들의 독립운동은 다 똑같았다. 궁지에 몰리면 결국엔 동지들을 배신하고 모든 걸 불어버리는 작자들. 아, 홀로 걸어가며 이런 생각을 하니 금세 기분이 우울해졌다. 얼른 거처로 돌아가 희준이 형과 다른 동지들이랑 함께 이 서신을 확인해봐야겠다.

다시 마음을 굳게 먹고 도착한 거처의 분위기는, 오늘 아침에 보았던 분위기와 사뭇 달랐다. 여태껏 이런 곳에선 볼 수 없었던, 밝은 분위기였다.

"어, 야! 의현아! 왜 이렇게 늦게 왔어. 너도 얼른 이리 와서 같이 준비 좀 해."

갑자기 준비를 도우라는 희준이 형의 말에 나는 당황했다.

"갑자기 웬 준비? 서신 가지고 왔어. 안 읽어볼 거야? 나 여태까지 꾹 참고 왔는데."

"야, 그건 나중에 보고. 지금은 가서 성은이랑 지연이 좀 도와."

"너는 의현이한테 왜 자꾸 일을 시켜. 의현아, 도와줄 필요 없어. 다 했거든."

나는 도무지 이 말들이 이해 가지 않았다. 대체 뭘 꾸미고 있는 건지도 파악이 안 됐다. 생일인 사람도 없고, 생일이어도 이렇게까지 난리를 피운 적이 없었기 때문이다.

"아, 의현이는 모르려나? 오늘 신시에 새로운 식구가 온다! 참 잘된 일이지. 사람도 부족했는데."

"내가 뭘 잘못 들었나? 새 식구? 대장, 그 사람이 양반이면 어쩌려고 이렇게 반겨."

"야, 정의현. 넌 그 편견 좀 가져다 버려. 양반이면 다 똑같은 줄 아냐?"

"넌 또 왜 시비야 고성은."

"아니, 네가 그렇게 꽉 막힌 말들만 하는데 그럼. 가만히 있냐 내가?"

짜증이 났다. 새로운 사람이 양반일지도 모르는데 희준이 형, 지연 누나, 그리고 대장인 정철이 형까지 반기고 있다니. 심지어 고성은은 양반을 너무 좋게 생각하고 있어서 더욱더 짜증이 났다. 그나마 막내인 예호는 아무 생각이 없어 보이긴 하지만….

"왜 싸우고 그래, 좋은 날에. 너무 열 내지 마. 그리고, 성은이가 틀린 말을 한 건 아니잖니. 의현아."

"아니 그래도, 여태까지 겪어온 일들이 있잖아요. 어떻게 쉽게 믿겠어요. 그들이 불어버리면, 불어버리면…."

순간 머릿속에 수많은 동지가 스쳐 지나갔다. 알량한 마음 하나로 독립운동에 참여했다가, 모든 걸 불어버린 양반들 때문에 희생된 내 소중한 동지들. 또 이들을 그렇게 잃을 수는 없었다.

"그럴 일 없을 거야, 의현아. 너무 걱정하지 말렴. 심지어 이분은 이양준 어르신께서 친히 소개하신 분이란다. 그러면 조금은 믿을 수 있겠지?"

"아니, 생각해보니까. 이양준 어르신, 김희연 어르신 두 분 다 양반이신데! 얼마나 우리를 위해 힘 써주시냐. 어휴, 저 바보 같은 정의현."

성은이의 말도 딱히 틀린 게 없었다. 정철이 형이 말하길 이양준 어르신이 소개한 사람이라니 조금이나마 마음이 사그라들긴 했지만, 여전히 거부감이 강했다. 이양준 어르신한테만 잘하는 사람일 수도 있으니까.

"아버지, 정말이옵니까! 정말, 금일 신시에 기지로 향한다고요? 저를 데리고?"

"그래, 그래. 선이가 많이 신난 모양새로구나."

책방을 다녀온 후, 아버지가 하신 말씀에 나는 매우 놀랐다. 왜냐면 드디어 독립운동을 할 수 있게 되었기 때문이다. 늘 아버지께선 내가 많이 어리고 여리다며 반대하셨지만, 이제는 나이가 있으니 해도 좋다고 허락하신 거다.

"당연하지요! 그렇다면, 아버지께서 도와주고 있는 그 기지로 가는 거지요?"

"그렇단다. 가서도 사람들과 잘 지내야 한단다. 그리고, 네가 생각하는 것만큼 그리 쉽지는 않을 거다. 위험한 일도 많을 것이고."

"그만큼의 각오도 없다면 어찌 나라를 구할 수 있겠습니까. 평소보다 더욱더 조심하겠습니다."

들뜬 마음을 가라앉히고, 차분한 마음으로 아버지와 대화를 마저 이어 나갔다.

"조금 있으면 신시에 가까워지겠구나. 출발하기 전에 다른 사람들에게 작별 인사하고 오렴. 이제부턴 얼굴도 보기 힘들어질 거다."

아버지의 마지막 말을 들으니, 앞으로의 일들이 예사롭지 않다는 것을 느꼈다. 하지만 어쩌겠나, 내가 선택한 길인데. 나는 집을 떠나기 전에 얼른 작별 인사를 하러 몸을 움직였다.

"어머니, 저 선이옵니다. 앞으로 저는 기지에서 지내기로 하였어요. 그래서 어머니께 작별 인사를 하러 들렸습니다."

"결국엔 거기로 가는구나. 엄마는 우리 선이가 여기서 행복하게 지냈으면 했는데…."

어머니의 아쉬운 마음이 표정에서부터 보였다. 어머니가 저런 생각을 하는 건 당연지사. 어머니와 아버지 두 분 다 독립운동을 하고 계시지만, 들킬 위험이 낮은 활동을 하고 계시니 위험할 일이

없다고 생각하셨을 거다. 하지만 저렇게까지 아쉬워하시니 마음이
좋지는 않았다.

"물론, 너의 선택이니 막지는 않을 거란다 아가. 낯선 곳에서 우리
없이 홀로 보내야 할 텐데, 괜찮겠니?"

"당연하지요. 가끔 어머니와 아버지, 유모 얼굴이 보고 싶어지는
날이 있겠지만 그래도 잘 버텨내겠습니다."

"기특하구나. 잘 다녀오렴, 선아. 많이 보고 싶을 거다."

나는 고개를 끄덕이며 어머니를 안았다. 어깨 쪽이 살짝 축축해진
느낌이 들었지만, 그게 무엇인지는 확인하지 않아도 알 것 같았다.

작별 인사를 마친 후, 나는 아버지와 함께 기지로 떠났다. 기지로
가는 내내 아버지와 못다 한 이야기를 했다. 어린 시절 이야기도
아버지와 함께 나누고, 나에게 정인은 없는지도 물으셨다. 아직은
없다고 말씀을 드렸더니, 아버지는 내심 아쉬워하시는 티를 내셨다.
아버지는 내색하지 않으셨지만, 아버지의 마음도 어머니와 같을 거
다. 아버지도 그저 내가 사랑하는 정인과 혼인을 해 안전하고 행복
하게 살아가길 바라시겠지. 하지만, 나라가 무너져가는 것을 뻔히
알면서도 그 사실을 외면한 채 나 홀로 잘 먹고 잘사는 것은 용납
할 수 없다. 그런 나의 의지를 아시기에 아버지도 별 내색을 하지
않는 것일 테다.

이것저것 생각하며 걷다 보니, 금세 기지 앞에 도착했다. 벌써 아
버지와 헤어지는 것이 아쉬웠지만 그래도 앞으로 여기에서 일어날
일들을 생각하니 가슴이 설렜다.

"선아, 어떻냐. 우리의 자금으로 만든 기지란다."

"근사합니다, 아버지. 다른 건물들과도 별 차이가 나지 않으니 들킬 위험은 적을 것 같습니다."

"역시 선이가 보는 눈이 있는 게야. 자, 이제 들어가자꾸나."

처음으로 아버지가 직접 지으신 기지에 들어왔다. 내부는 다를 줄 알았지만, 안전을 위해 내부도 지극히 평범했다. 들어가니 새로운 사람들이 날 반겨주었다.

"어르신! 정말 오랜만에 뵙는 것 같습니다. 그동안 잘 지내셨는지요?"

"그래, 정철아. 오랜만이구나. 나는 별 탈 없이 잘 지냈단다."

아버지는 정철이라는 이름을 가진 사람과 이야기를 나누셨다. 다른 사람들은 나에게 다가와 이것저것 물어보기 시작했다.

"안녕, 선아. 어르신께 이야기 참 많이 들었다. 올해로 열여덟을 먹은 아이가 있는데, 독립운동에 관심이 매우 많다고."

"아, 아버지가 그리 말씀하셨습니까? 정말…. 아버지도 못 말리십니다."

"하하, 어르신께서 자식 사랑이 얼마나 지긋하신지. 나는 이지연이란다. 언니라고 해도, 지연이라고 해도 괜찮단다. 편히 부르렴."

지연이라는 사람은 매우 다정한 사람 같았다. 나와 나이도 별로 차이가 나지 않는 것 같지만, 남들과 달리 성숙한 목소리와 마음씨를 지니고 있었다. 아직 낯을 가려 멀뚱히 서 있으니, 언니는 다른 사람들을 더 불러왔다. 그리고 나는 놀랄 수밖에 없었다.

나는 지연 누나가 이해 가지 않았다. 양반인 사람한테 저렇게 잘해주다니. 지연 누나도 양반에 대해 안 좋은 기억이 있으면서, 왜 저렇게 대해주는지 이해가 가지 않았다. 원체 다정한 성격이라지만…. 아무리 그래도 그렇지. 어떻게 저리 아무 일도 없었다는 둥 잘해주냔 말이다. 나는 그런 지연 누나와는 다르기에 벌써 얼굴을 마주 보면, 표정 관리가 힘들 거 같아 구석으로 가 있었다. 하지만 지연 누나는 기어코 나와 성은이를 데리고 나왔다. 어쩔 수 없이 투덜대며 지연 누나를 따라갔다.

"그만 좀 투덜대, 정의현. 네가 말이냐? 어우, 시끄러워. 너 때문에 나까지 괜히 불편하잖아!"

고성은은 또 저런다. 진짜 둘 다 이해가 가지 않는다. 앞까지 도착해, 나는 고개를 들고 그 사람을 봤다. 나는, 놀란 기색을 감추지 못했다. 의외의 인물이 내 앞에 서 있었기 때문이었다. 하지만 내 앞에 서 있는 사람 또한, 나와 같은 마음인 것 같았다.

"얘들아, 인사하렴. 오늘부터 우리와 함께 지낼 선이라는 아이란다. 이양준 어르신의 자녀지."

옆에서 성은이는 저 사람에게 밝은 인사를 건네지만, 나는 차마 그럴 수 없었다. 책방에서 본 사람이. 그러니까, 날 도와준 그 착한 소녀가 이 새 식구였다니. 입이 떨어지지 않았다. 뭐라고 말이라도 하고 싶었지만, 정말로 입이 떨어지지 않았다.

"야, 정의현. 아무리 그래도 그렇지. 인사도 안 하냐? 냉혈한 같으니라고. 네가 이해해. 얘가 원래 이래. 좀 별났어."

"아…. 어, 어, 그래, 성연아."

"하하, 너도 참. 얘랑 닮은 구석이 없지 않아 있네. 얘도 나한테 성연이라고 했었거든."

"이름이 선이었구나….“

나도 모르게 소리를 내서 말을 하고 말았다. 그러자 성은이는 옆에서 뭐라고 말했냐며 나에게 물었지만, 나는 다시 입을 다물고 말았다. 딱히 성은이랑 대화하고 싶지 않았기 때문이었다. 이양준 어르신의 자녀이니, 성은 당연히 이 가겠지. 이선. 이름 예쁘다.

"의현아, 안녕. 우리 또 만났네?"

"뭐야, 둘이 만난 적 있었어? 아, 뭔데!"

선이는 성은이에게 내 이름을 들었는지, 나에게 인사를 건넸다. 왠지 목덜미가 뜨거운 느낌이 들었지만, 애써 무시하며 나도 선이에게 인사를 건넸다. 선이는 이름처럼 정말 고왔다. 백옥같은 피부와 오똑한 코, 선명하게 붉은 입술까지. 너무 아름다웠다. 심지어 댕기 머리에 고운 비단 한복을 입고 있으니 정말로 선이가 빛나는 것만 같았다. 왜 책방에서는 이 아름다운 자태를 못 알아봤을까. 아마 그 땐 내가 서신에 정신이 팔려있었던 탓인가 보다. 선이를 보니 이제야 지연 누나의 마음이 조금은 이해가 갈 것 같았다.

나중에 희준 형까지 인사를 마친 후, 새 식구 환영식은 끝이 났다. 계속해서 선이에게 눈길이 갔다. 왠지는 모르겠지만, 그냥. 그냥 눈길이 갔다. 그 이유가 아름다워서인지, 다른 이유인지는 중요치 않았다.

놀란 기색은 안 했지만, 정말 많이 놀랐다. 책방에서 만났던 사내가 독립운동가였다니. 어쩐지 책방이 어디 있는지도 모르고. 곱게 자란 이는 아니겠거니, 했는데. 얘는 어쩌다 독립운동을 하게 됐을까. 성격도 좋고, 목소리도 좋고, 손도 거칠고….

"에구머니, 내가 지금 무슨 생각을 한 거람."

혹여나 다른 이들이 들었을까 작은 목소리로 중얼거렸다.

"응? 뭐라고?"

"아, 아니야. 아무것도."

의현이는 귀도 밝은가 보다. 정말 작게 중얼거렸는데, 그걸 들을 줄은 몰랐다. 이런 생각을 하고 있던 걸 의현이에게 들킨 것만 같아 괜히 부끄러워졌다. 의현이가 내가 한 말을 곱씹어보기 전에, 말을 걸 기미가 필요했다.

"있잖아, 의현아. 조금 전에 빌려 간 내 서책은 언제 돌려줄 예정이니?"

"아, 그 시집? 글쎄, 언제 돌려주면 좋을까?"

의현이는 내가 한 말에 사글사글 웃으며 대답했다. 그런 의현이의 모습을 보니, 어딘가 간지러운 기분이 들었다. 괜히 말을 걸었나, 귀뿐만이 아니라 얼굴까지 빨갛게 물드는 느낌이 들었다. 금세 더워지는 느낌에 손으로 부채질을 했다.

"선아, 더워? 이제야 춘분인데. 몸에 열이 많구나."

의현이가 한 말에 더욱더 더워지는 느낌이 들었다. 이러다간 얼굴이 터질 것만 같아 자리를 뜨기로 마음먹었다.

"그, 의현아. 나 기지 좀 둘러보고 올게."

"같이 가. 내가 소개해 줄게."

"아냐! 아니야. 거기 있어. 딱 거기 서 있어. 움직이지 마. 기지 소개는 성연이한테 받든 누구한테 받든 알아서 할게."

"성연이가 아니라 성은이."

"그래, 성은이. 어쨌든 너 거기에 있어. 오지 마. 나 혼자 둘러보고 올게."

의현이 때문에 자리에서 벗어나려고 하는 거였는데. 의현이가 따라오려고 하니, 어쩔 수 없이 의현이를 필사적으로 막을 수밖에 없었다. 아, 진짜. 얘는 대체 왜 이리 다정하게 구는 건지. 아마 이런 자들은 다른 여인들에게도 이리 대할 거다.

"그래, 나한테만 그러는 게 아니야. 모두한테 웃어주겠지."

아, 괜히 생각했나 보다. 마음속이 더욱더 복잡해지는 느낌이 든다. 대체 이게 무슨 감정인지, 무슨 느낌인지 아무것도 모르겠다. 이렇게까지 나를 무지하게 만드는 사람은 처음 본다. 나는 얼굴이 뜨거워지는 걸 가라앉히기 위해 밖으로 나왔다. 기지 바로 옆에 놓아져 있는 의자에 앉아 다시 알 수 없는 마음을 가라앉힌다. 정말 이게 무슨 감정인지. 서책에서도, 시집에서도 이런 건 알려주지 않았는데.

"선아, 무슨 일 있니? 얼굴이 너무 빨갛다."

내 얼굴이 더 붉어졌구나. 이게 다, 다…. 잘 모르겠다. 이 감정이 과연 의현이 탓일까? 일단은, 일단은. 의현이 탓으로 해둬야 할 거 같다. 그래야 이 마음이 조금이나마 진정이 될 것 같으니까.

"아무 일도 없어요. 제가 원체 몸에 열이 많아서, 금세 얼굴이 붉어졌나 봅니다."

"그래? 아무 일도 없다니 다행이다. 조금 전에 보니까 의현이랑 붙어있던데. 의현이랑 원래 아는 사이였니?"

"아, 그게…. 오늘 처음 본 사이예요. 그저 기지에 오기 전 우연히 만났을 뿐이랍니다."

내가 말을 해놓고, 더 부끄러워지는 기분이 들었다. 언니가 나를 어떻게 생각하실까. 처음 만난 사내와 여인으로서의 정절을 버리고 대화를 한 가벼운 여인으로 보이려나? 양반의 도리를 다하지 못한 이라고 생각할까?

"사교성이 좋구나. 처음 본 이와 대화하기 쉽지 않았을 텐데. 역시, 어르신 자녀분은 다른가 보네. 날도 추운데, 금방 식히고 들어와."

의외였다. 정말로 예상외의 답변이 돌아와 당황할 정도로. 여기는 어딘가 색다른 곳인 것 같다. 신분, 나이, 성별을 떠나 그저 나라를 지키려는 의지를 가진 자들이 있는 곳. 이것저것 따지지 않고 똑같은 사람으로 대해주는 곳.

선이는 내가 여태껏 보아왔던 양반들과는 전혀 다른 사람이었다. 양반이라고 잘난 척을 하지도 않고, 상대를 하대하지도 않는 마음씨가 따뜻한 사람. 선이 얼굴이 정말 붉었는데. 아, 나도 참 한심하다. 얼굴이 그 정도로 붉으면 걱정해야 하는데, 걱정은 무슨. 아름답다는 생각밖에 들지 않았다. 나 대체 왜 이러지. 왠지 평소와 다른 느낌이다. 기분도 이상하고, 어딘가 간질거리는 느낌이 계속해서 든다. 근데 그런 느낌이 마냥 싫지는 않다.

"내가 정말로 미쳐버렸나 보다. 그게 아니고서야…."

멍하니 구석에 앉아 조금 전 선의 모습을 생각하고 있으니, 나도 선의 볼처럼 얼굴이 붉어지는 듯한 느낌이 들었다. 밖에서 들어온 지연 누나는 갑자기 나를 보곤 의아한 표정을 지었다. 뭔가 내게 묻고 싶은 게 있는 듯한 표정이다.

"의현아. 너 선이랑 싸웠어?"

"네?"

"아니, 선이가 밖에 혼자 앉아있는데 얼굴이 붉길래 무슨 일 있나 했거든. 근데 들어오니까 너도 선이랑 똑같은 얼굴이라서."

누나의 말을 듣자마자 금세 얼굴이 터질 것처럼 붉어지는 느낌이 들었다. 선이가 나랑 똑같은 얼굴이라니. 아무래도 둘 다 이상해진 것 같다. 누나의 말을 들으니 정신이 멍해지는 것만 같았다.

"어쨌든, 의현아. 이따가 작전 짠다고 했으니까, 선이랑 성은이 네가 데리고 와."

"네, 알겠어요."

"저번처럼 늦지 말고. 이번에도 늦으면 희준이가 화낼지도 모른다."

선이는 아직 낯설 텐데, 첫날부터 회의라니. 성은이만 데리고 가는 게 더 나을지도 모르겠다. 선이는, 더 적응한 뒤에. 그게 선이에게도 나을 거 같으니까.

성은이한테 말을 전해주기 위해 나는 구석진 자리에서 일어났다. 성은이는 너무 많이 돌아다니는 탓에 기지 안에서도 성은이를 찾기가 힘들다. 얼른 성은이에게 말 해줘야 하는데. 2층도 가보고, 지하도 가보았지만 성은이의 머리카락 한 톨조차 보이지 않았다.

"아, 선아. 너 그거 먹어봤어?"

"아니. 유모만 먹어봤어. 유모가 먹어보고 싶다길래, 내가 사줬거든."

입구 쪽이 소란스러워 고개를 돌리니, 선이와 함께 들어오는 성은이가 보였다. 성은이에게만 말하려고 했는데, 옆에 선이가 있어서 상황이 난감해졌다. 어떻게 하면 성은이에게만 전달할 수 있을까, 고민하다가 끝내 해결책을 내놓았다. 성은이에게 다가가 할 말이 있다고 하고, 성은이만 빼 오는 것. 그게 바로 나의 방법이었다.

"성은아, 내가 할 말이 있어서. 잠깐 나 좀 보자."

나는 성은이의 손목을 잡고 성은이를 데리고 갔다. 성은이는 약간 당황한 기색으로 선이에게 급하게 인사를 했다. 선이가 조금 신경 쓰이긴 했지만, 어쩔 수 없었다. 이 일도 다 선이를 위한 일이니까.

"갑자기 왜 이래? 무슨 할 말이 있길래."

"이따가, 작전 회의 있대. 시간 잘 지켜서 오라고. 맨날 너 시간 어기잖아."

"시간 어기는 건 내가 아니라 너지. 근데, 선이한테는 말 안 해? 선이도 오늘부터 우리랑 같이해야지. 같은 동지잖아, 이제."

"선이는 아직 잘 모르잖아. 너무 부담 주지 말자고."

성은이는 내가 한 말을 듣곤 살짝 뚱한 표정을 지었지만, 끝내 고개를 끄덕였다. 선이가 조금은 속상해할지도 모르지만, 이건 선이를 위한 일이니까. 나는 성은이와 같이 기다리다가 희준이 형과 함께 들어갔다. 들어가자마자 지연 누나가 나한테 말을 건넸다.

"웬일로 너희 둘이 안 늦었네? 근데 선이는?"

"아, 선이는 아직 적응을 못 했으니까요. 나중에 알려주면 되죠."

"뭐? 너희 그러면 지금 선이만 혼자 두고 온 거야?"

"언니, 나는 선이 데리고 가자고 했어. 근데 정의현이 부담 주지 말자면서 나만 데리고 온 거 있지."

"그러면 너라도 데리고 왔어야지. 얼른 선이도 데리고 와."

이런 일에는 말을 잘 꺼내지 않는 희준이 형도 우리에게 선이를 데리고 오라고 말했다. 아직 낯설 텐데. 선이는 곱게 자라서, 많이 힘들 텐데. 벌써 이렇게 해도 괜찮은 걸까, 하는 생각이 들었다. 모두가 나에게 데리고 오라는 말을 하니, 어쩔 수 없이 선이를 데리러 나갔다.

이상하다. 의현이가 갑자기 나랑 이야기하고 있던 성은이를 데리고 갔다. 급히 할 말이 있다면서 성은이를 데리고 갔는데, 그 뒤로 보이질 않는다. 이야기가 긴 걸까, 싶다가도 기지 안에 사람이 아무도 없는 것처럼 느껴져 어딘가 낯설었다. 지연 누나도, 다른 사람들도 없는 것처럼 느껴졌다. 나 혼자 있는 듯한 기지의 분위기는, 조금 전 사람이 있던 따뜻한 기지와는 전혀 다른 분위기였다. 무슨 일이라도 생긴 걸까.

"다들 어딜 간 거람. 어디 갈 거면 말이라도 해주지. 사람 서운하게…."

홀로 서운함을 느끼고 있던 도중, 의현이의 목소리가 들렸다. 아래쪽에서 나는 듯한 소리였는데. 아마 이 건물에는 숨겨진 지하가 있나 보다. 하긴, 왜놈들에게 들키지 않으려면 꼭꼭 숨겨져 있는 지하가 나을 거다. 지상에 비해 쉽게 찾기 힘든 장소이니까.

"선아, 사실 우리가 지금 작전을 짜야 해서. 너 힘들까 봐 딱히 말을 안 했는데 다들 너 데리고 오라고 해서. 부담스러우면 안 와도 괜찮아."

"아니야. 이런 일 하려고 여기에 온 건데. 가야지."

의현이 앞이라 티는 내지 않았지만, 내심 속상했다. 내가 그렇게까지 약하게 보이나 싶기도 했다. 아무리 그래도, 난 이제 여기 사람이나 마찬가지인데. 의현이는 나름 나를 배려하려고 한 행동일 테지만, 서운한 마음은 가시질 않았다.

"다 왔구나. 이제 그럼 작전을 짜보자꾸나."

대장인 정철 오라버니께서 회의를 진행하셨다. 이번 작전은, 다른 기지와 함께 협력하는 작전이라고 하셨다. 다들 작전을 짜기 위해 머리를 골똘히 굴리는 모양새였다. 나도 도움이 되기 위해 책상 위에 올려져 있는 지도를 보며 머리를 굴렸다.

"아, 이건 어때요? 위험성을 최대한으로 낮추려면, 여기서 골목으로 들어가는 게 나을 거 같아요. 그리고 혹시 모르니까, 주변 건물에서 다른 사람들 잠복하고 있고요."

"하지만 그러면 이쪽이 비어 버리는걸."

희준 오라버니가 작전의 허점을 말해주었다. 거기까진 미처 생각하지 못한 걸, 희준 오라버니는 한 번에 찾아냈다. 나는 작전의 허점을 채우기 위해 다시 의견을 냈다.

"그러면 교란작전을 같이 시행하면 되죠. 그렇게 되면 이쪽으로 도망칠 일도 없어지게 되고요. 괜찮지 않나요?"

"괜찮은 거 같아. 다칠 위험도 낮아지고, 성공할 확률은 높아지고."

"음, 나도. 선이 의견이 제일 나은 거 같은데. 다들 어떻게 생각해?"

지연 언니랑, 정철 오라버니까지 모두가 나의 의견을 들어주었다. 처음으로 내가 도움이 되었다. 누군가에게 도움이 되는 일은 언제나 기분이 좋았는데, 이 일은 특히 더 기분 좋은 것 같다. 왜냐하면, 위태로운 조국에 도움이 되는 일이니까.

"그러면, 이제 누가 나갈지 정해야지. 중앙으로 나갈 사람 있어?"

"제가 나갈게요, 형."

의현이가 손을 들었다. 중앙은 다른 곳에 비해 조금은 더 위험할 텐데. 한 치의 고민도 없이 중앙으로 나가겠다고 손을 들다니. 의현이는 생각보다 진지한 사람이었다. 이런 일이라면 더욱더. 그런 의현이가 멋있어 보였다. 물론, 나를 빼고 회의를 진행하려고 했던 걸 생각하면 아직은 서운하긴 하지만.

"그럼, 저도 의현이랑 같이 중앙으로 나가겠습니다."

"선아, 괜찮겠니? 첫 임무부터 너무 무리하는 거 아닌가 싶구나."

"전 괜찮습니다. 할 수 있어요. 걱정해주셔서 감사합니다, 희준 오라버니."

희준 오라버니는 첫인상부터 다정해 보였는데, 역시 나의 예상은 빗나가지 않았다. 희준 오라버니는 나의 대답을 듣곤 기특하다는 표정을 지으며 내 머리를 쓰다듬었다. 그리고, 나는 목표가 생겼다.

여기서 거사를 훌륭하게 끝내는 것. 그리고, 다른 지역에 있는 동지들에게도 인정받는 것.

　회의 시간 내내 집중을 전혀 하지 못했다. 정말 무언가에 홀린 사람처럼 멍하니 선이만 계속해서 바라보았다. 작전을 짜고, 자신이 짠 작전을 말하고, 직접 나가겠다고 손을 드는 것. 심지어 희준이 형이 선이의 머리를 쓰다듬을 때는 기분도 안 좋았다. 대체 왜 이런 기분이 계속해서 드는 건지 알 수 없었다. 며칠 된 것도 아니고, 오늘 처음 만난 사람한테서 이런 감정을 느낄 수 있다는 게 이해가 가지 않았다. 아마, 내가 요즘 많이 지쳤나 보다. 아무한테나 의지하고 싶은 마음이, 선이한테로 간 게 아닐까. 의자에 앉아 차분히 생각을 정리해보기로 했다.
　"야, 정의현!"
　…생각을 정리해보기로 했는데. 역시 얘는 나한테 도움이 된 적이 한 번도 없다.
　"안 들려? 사람이 말을 하는데 대답은커녕, 왜 쳐다만 보고 있어?"
　"성은아. 나 좀 내버려 두면 안 될까…"
　계속해서 나를 귀찮게 하는 성은이의 태도에 한숨을 내쉬며 마른 세수를 했다. 왜 이렇게 나한테 관심이 많은 건지. 알 수가 없다. 누가 봐도 심란해 보일 텐데 말이다.
　"너 뭐, 무슨 일 있냐? 오늘따라 좀 낯설다?"
　"그러게…. 나도 나를 모르겠다. 나 왜 이러냐, 성은아."
　나는 또다시 깊은 한숨을 내뱉었다. 나도 내가 이해 가지 않았다.

왜 이런 행동을 하는지도, 심란해하는지도 말이다. 나의 대답을 들은 성은이는, 마치 자신이 이 상황에 부닥쳐있는 사람처럼 걱정하는 표정으로 나를 바라보았다. 그러곤 아무 말 없이 조심히 내 옆에 앉았다. 성은이는 가만히 앉아있다가 나의 등을 토닥여주었다. 나를 이해한다는 듯한 손짓으로, 부드럽게 천천히 토닥여주었다. 한번은 등을 천천히 두어 번 쓸다가 다시 등을 토닥이기도 했다.

해가 밝고, 다음날이 되었다. 어제의 일들은 있었던 건지 없었던 건지 아무렇지도 않았다. 물론, 그것도 선이를 보기 전까지였지만. 그래도 생각 외로 별다른 일이 생기지 않았다. 첫날보다는 그래도 선이와 떨어져 지내니 괜찮은 것 같았다. 그래서 나는 당분간 선이와 같이 다니되, 조금의 거리는 유지하면서 지내기로 했다.

오늘은 기지에 온 지 이틀이 되는 날이다. 아직까진 심각한 일이나 특이한 일은 없다. 다른 사람과의 갈등도 없고, 모두가 친절하다. 왠지 오늘 하루는 평화로이 지나갈 것만 같은 느낌이 든다.

"성은아, 오늘 나랑 함께 바깥에 나가지 않을래?"

"아, 너랑 같이 나가고 싶지만…. 오늘은 안 될 거 같아. 할 일이 많거든."

아쉽다. 성은이와 함께 민들레 좀 구경하러 가고 싶었건만. 하지만 어쩔 수 없다. 엿새 뒤에 있을 작전 때문에 성은이는 준비해야 하니. 잠깐만이라도 보고 오고 싶은데. 다들 여기서 나라 구할 궁리만 하느라 꽃이 핀 건 별로 보지도 못했을 성싶어서. 누가 좋으려나.

"선아. 잘 잤어?"

의현이다. 이곳에서 나와 그나마 친한 유일한 한 사람. 아, 그렇담 오늘은 의현이와 함께 잠시 밖에 나갔다 와야겠다. 민들레가 많이 피어있다면, 다른 사람들도 구경할 수 있도록 여러 송이를 따와야 겠다.

"응. 의현아, 내가 너한테 하고 싶은 말이 있는데 말이다."

"뭐길래 그래."

"혹시 오늘 나와 함께 바깥에 같이 가 줄 수 있겠니? 이제 곧 있으면 춘분인데, 민들레가 피어있을 거 같아서."

"그래서, 민들레 보러 가자고?"

"눈치가 빠르구나. 다들 여기서 일하느라 꽃 본 지 오래됐을 거 아니니. 그래서 보여주고 싶단다. 작은 노란색의 희망을 말이다."

의현이는 나의 말을 이해하지 못한 듯 보였다. 하지만 의현이의 표정이 미묘하게 변했다. 웃고 있는 것 같진 않지만, 낮에서 옅은 미소가 보이는 듯한 표정으로. 의현이는 잠시 고민하다가, 잠깐만이라며 알겠다고 했다. 다른 동지들에게 꽃을 보여줄 생각을 하니 저절로 신이 나 웃음이 새어 나왔다.

분명, 조금의 거리를 두려고 했는데. 아무 생각 없이 선이와의 약속을 잡아버렸다. 갑자기 선이는 나에게 민들레를 보러 가자고 했다. 솔직히 말하면, 조금 전 보았던 선이의 미소가 민들레 한 송이보다 더 어여뻤다. 큰일이다. 아무래도 선이와 단둘이 나가게 되면, 무슨 일이라도 생길 것만 같은데. 민들레는 기지 근처에서도 피니, 잠깐이면 될 거다. 설마, 그 잠깐 사이에 무슨 일이라도 생기겠나.

"선아, 그 대신 아주 잠깐만 보고 들어오는 거야. 이제 너도 안전하지 않아서, 우리 둘만 있으면 위험해서 그래."

"알겠어. 그러면 얼른 다녀오자. 오라버니들이랑, 지연 언니 일어나기 전에."

선이는 나간다는 사실에 그리 신이 났는지 뒷모습조차 신이 나 있는 모습이었다.

민들레는 흔히 볼 수 있는 꽃이니, 기지 근처에서 필 줄 알았는데. 어떻게 된 게, 꽃 한 송이가 안 보인다. 그런데도 선이는 아직도 기분이 좋아 보인다.

"선아, 꽃이 안 보이는데."

"그러게, 기지 근처에서는 하나도 안 보인다. 우리 조금만 더 돌아다녀 볼까?"

민들레 한 송이를 동지들에게 보여주겠다고 이렇게까지 하는 선이가 조금 신기했다. 동시에 선이는 참 마음이 따뜻한 사람이라는 것도 느꼈다. 이렇게 따뜻한 사람이 나랑 같이 있다니. 금세 기분이 좋아졌다.

"의현아. 많이 궁금해?"

"뭐가?"

"내가 민들레 보러 가자고 한 이유."

선이는 내 생각보다 더 눈치가 빠른 아이였다. 모를 줄 알았는데. 표정에서 다 보인 걸까?

"응. 궁금해."

"단순한 이유야. 내가 민들레를 좋아하거든. 민들레의 꽃말이 예뻐서.”

“민들레 꽃말이 뭐길래 그래?”

“희망. 또 다른 꽃말은 순수한 만남이래. 희망은 지금 조국에게 절실히 필요한 거고, 순수한 만남은 지금 나에게 절실히 필요해서.”

순수한 만남이 자신에게 절실히 필요하다니, 그게 무슨 말일까. 또 누군가와의 만남이 있나? 이렇게 생각하니 또다시 알 수 없는 감정이 마음속에서 들끓는 것 같아 선이에게 이만 가자고 말을 했다. 선이와 가면서 나는 많은 결심을 했다. 이 이상한 감정을 알아내기 전까진, 선이와 가까이 지내지 않기로.

봄일 때만 볼 수 있는 민들레를 겨우 발견해서 기분이 정말 좋았다. 나의 작은 희망이자 나에게 매우 소중한 꽃을 동지들에게 보여줄 수 있어서. 의현이에게 내가 민들레를 좋아하는 이유를 설명해주었는데, 의현이는 이해하지 못한 모양새였다. 의현이는 그런 내 옆에서 계속 꿍얼꿍얼 대긴 했지만, 그런 의현이의 모습도 나름대로 귀여웠다.

조금 전에 있던 일들을 다시 떠오르며 걷다 보니 눈 깜짝할 새 기지에 도착했다. 해가 뜨기 전인 이른 아침에 다녀왔는데, 하늘을 보니 벌써 해가 둥글게 떠 있었다. 그래서인지 기지 안에 있는 사람들 모두 깨어있었다. 나는 그 시간 동안 따온 민들레를 한 아름 안고 기지에 들어갔다.

“선아! 어디 갔었어!”

“나 민들레 따러 갔지. 이 꽃들 좀 봐. 참 어여쁘지 않니?”

나는 웃으며 따온 민들레를 성은이에게 보여주었다. 성은이는 못 말린다는 듯이 웃고, 민들레를 하나 가져갔다.

"선아, 손 좀 줘 봐."

민들레 한 송이를 가져간 성은이는, 나에게 손을 뻗으라고 말했다. 나는 아무 생각 없이 성은이에게 내 손을 뻗었다. 성은이는 그런 나를 보고 만족스러운 표정을 짓고는 민들레로 내 검지에 감쌌다.

"아, 예쁘다. 선이 너는 양반집 영애니까 해본 적 없었을 거 같아서."

성은이가 해준 건 바로 꽃반지였다. 검지에 있는 꽃반지를 보니 많은 생각이 들었다. 유모와의 추억이 떠올라 내심 유모가 보고 싶어졌다.

"예전에, 나 어릴 때 유모가 해줬던 적이 있었어. 물론 그 뒤로 해준 적은 없지만."

"그런 추억이 있었어? 좋겠네. 나는 우리 엄마가 해줬었어. 이제는 하고 싶어도 해달라고 못 하지만."

저 말을 하며 성은이의 눈이 촉촉하게 젖어 들어갔다. 무슨 사연이 있는 거 같았지만, 성은이를 위해서 물어보진 않았다. 아마, 가정사와 관련된 이야기일 테니까.

"어쨌든! 네가 하니까 참 어여쁘다. 정말 양반 같네."

"양반 같은 게 어디 있어. 너도 손 줘, 내가 해줄게."

사실 꽃반지를 남에게 해줬던 경험은 없지만, 성은이의 기분이 조금이나마 나아지길 바라는 마음으로 말했다. 역시, 이런 건 여러 번 해봤어야 했는데. 묶을 줄을 몰라 허둥지둥하고 있으니, 성은이가 웃으며 괜찮다고 말했다.

 그날 마음을 먹은 후로, 선이와 가까이 지내지 않은 날들이 사흘쯤 되었다. 선이도 그런 나에게 딱히 다가오지 않았다. 선이는 선이대로 사람들과 잘 지내었고, 나도 나 나름대로 사람들과 평소같이 지냈다. 그러다 보니 어느새 거사를 치러야 하는 날이 다가오고 있었다. 선이와 나, 그리고 희준이 형. 이 셋이 중앙으로 나가기로 하였는데, 이대로라면 계획에 차질이 생길지도 모른다. 아무리 내가 심란하다 해도 작전에는 영향이 가면 안 되니까. 나는 선이와 작전에 관해서 이야기를 나누기 위해 선이에게 직접 찾아갔다.
 "아니, 그래서 있잖아. 정의현이 거기서 뭐라는 줄 알아?"
 또 고성은이다. 선이가 나랑 다니지 않았던 사흘 동안, 성은이는 선이의 옆에서 쫑알쫑알 말을 해댔다. 그러면 선이는 자연스럽게 성은이의 말에 웃으며 반응해주었다. 평소였다면 그냥 내버려 두었겠지만, 오늘은 그런 이유로 선이에게 찾아온 게 아니니까.
 "선아, 잠깐 나랑 이야기 좀 할 수 있을까."
 "나 성은이랑 하던 이야기만 마저 하고 가면 안 될까?"
 의외의 대답이었다. 당황한 나는 선이에게 알겠다고 답했다. 내가 선이에게 다가가지 않아서 선이가 삐친 걸까? 하지만, 선이는 그런 아이가 아니다. 그런 거에 쉽게 삐치고 하는 아이가 아니란 말이다. 그리고 보니 요즘 부쩍 선이와 성은이 둘이 많이 친해진 거 같았다. 그 둘을 보니 기분이 이상했다. 내가 지금 느끼고 있는 이 기분이 질투인가? 내가 샘이 나 이러는 걸까? 이유를 아직도 알아내지 못했다. 왜 이런 감정이 드는 건지.

선이는 성은이와 대화가 끝났는지, 나에게 다가왔다.

"무슨 일이야 의현아?"

"우리 이제 이틀 후면 작전 개시잖아. 그래서 조금 더 자세히 이야기를 나눠봐야 하지 않을까 해서."

"그러면 진작 말을 했었어야지. 얼른 이야기하자."

왠지 선이가 변한 느낌이었다. 나한테 쌀쌀맞게 구는 것처럼 느껴졌다. 선이는 그럴 아이가 아니라는 생각 하나로 지저분한 생각들을 지웠다. 선이는 작전 관련해서 이야기를 나누기 시작했다.

드디어 오늘이다. 내가 처음으로 작전에 나가는 날. 설레기는 했지만, 실수하면 안 된다는 생각에 긴장이 됐다. 의현이는 요즘 많이 달라졌다. 처음 봤을 때는 그렇게까지 다정한 사람을 본 적이 없었는데, 지금은 그렇지 않다. 어딘가 날이 서 있고, 퉁명스럽고. 작전 때문에 긴장되어서 그런 걸까? 하지만 작전 때문이라고 하기에는 나한테만 그렇다는 거다. 다른 사람한테는 내가 알던 의현이의 모습인데. 아, 생각하고 보니 유독 성은이에게 더 그런 것 같다. 의현이가 성은이를 좋아하나. 갑자기 이 생각을 하니 기분이 묘하게 나빠졌다. 곧 있으면 작전에 들어가니 더 이상의 잡생각은 하지 않기 위해 머릿속을 비웠다.

"의현아, 여태껏 했던 만큼만 하자. 다치지 말고."

"네, 형님."

정철 오라버니가 의현이의 어깨를 토닥이며 말했다. 그러곤 나에게도 다가와 머리를 쓰다듬으셨다. 의현이는 그런 내 모습을 빤히 보다가, 정철 오라버니께서 머리를 쓰다듬는 순간 표정이 미묘하게 구겨졌다. 그러곤, 돌아서 성은이에게 갔다. 대체 왜 이러는 걸까. 정말로 의현이가 성은이를 좋아하나? 그렇다면 나한텐 왜 그렇게 잘해주었을까. 왜 나를 걱정하고, 다정하게 웃으며 말하고, 귀찮을 법도 한데 나와 함께 민들레를 따러 갔을까. 자꾸만 그런 의현이의 모습을 생각하니 마음 한구석이 시큰거렸다.

나는 지연 언니에게도 인사를 하고선 희준 오라버니와 함께 나갈 채비를 했다.

"의현아, 이제 가야 해. 얼른 와."

"아, 나 성은이랑 조금만 더 이야기하고."

아무리 성은이를 좋아해도 이건 아니지 않나. 의현이가 원래 공과 사 구분할 줄 모르던 사람이었나? 갑자기 괜히 짜증이 났다. 자꾸 나한테 차갑게 대하는 의현이가 미워서일까, 공과 사 구분할 줄을 모르는 태도가 미워서일까. 이유는 알 수 없었다.

"정의현, 가야 한다고. 얼른 와. 성은이랑은 나중에 대화해도 되잖아."

"그래, 의현아. 얼른 다녀 와. 다녀와서 마저 이야기하면 되지."

성은이는 내 말에 맞장구를 쳐줬다. 하지만 이 기분 나쁜 느낌은 사라지지 않았다. 첫 임무인데, 괜히 의현이 탓에 임무를 망칠까 걱정되어 의현이를 쳐다보지 않기로 했다. 오늘 내가 해야 할 일은, 내 임무에 성실을 다 하는 것이니까.

마음을 단단하게 먹으며 걸어가니 금세 작전을 치를 장소에 도착했다. 다른 기지에서 지내는 동지들과 함께 이야기를 나누다, 각자 자기의 자리로 찾아가기 시작했다. 하지만 나한테는 상당히 불편한 시간이었다. 하필이면, 의현이와 함께여서. 하지만 불편했던 것도 잠시, 너무나 떨리는 탓에 의현이에게 말을 걸었다. 의현이는 그런 나를 보며 예전처럼 웃고는 잘 할 수 있다고 북돋아 줬다.

"선아, 지금은 실전이야. 잘 할 수 있지?"

옆에서 긴 장총을 옆에 끼곤 나를 바라보며 의현이가 말했다. 조금 전 일 때문인지 의현이를 보자마자 심장이 미친 듯이 요동쳤다. 왜 심장이 이리 뛰는 건지 모르겠다. 아무래도 사뭇 진지해진 의현이의 모습에 긴장한 듯하다. 의현이의 모습 때문에 실전이라는 것이 크게 와닿았으니까. 그게 아니고서야, 심장이 이렇게까지 뛸 이유가 없으니까. 아니, 없어야 하니까.

이제부턴 정말 실전이다. 지금은 어떻게서든 선이 생각을 지워내야 한다. 안 그러면 나도, 선이도 위험해지기 때문이다. 그래서 오늘만을 위해 여태껏 열심히 지내왔다. 일부러 선이에게 차갑게 대하고, 성은이와 지내고. 선이가 살짝 속상해하는 모습을 보이긴 했지만 그래도 어쩔 수 없었다. 이건 다 선이를 위한 일이다. 최대한 선이와 대화하지 않으려고 참던 도중, 선이가 떨리는 목소리로 내게 말을 걸었다.

"의현아, 나 너무 떨려. 어떡하지?"

"원래 처음은 다 그런 거야. 할 수 있어, 선아."

"응, 알겠어."

그래도 선이가 걱정되는 건 어쩔 수 없나 보다. 처음인 선이에게 계속해서 걱정이 담긴 말들을 건넸다. 선이는 이 작전이 떨리는 건지, 내 말이 귀에 들어오는 거처럼 보이지 않았다. 어쩔 수 없다. 처음인데 떨리는 건 당연한 거니까. 나 역시 처음에는 덜덜 떨며 실수란 실수는 다 했었다. 그런 선이의 모습이 약간은 귀여워 보였다.

 무기가 담긴 가방을 들고 선이와 함께 가니 기분이 새로웠다. 선이는 아직도 떨리는지 눈에 초점이 없어 보였지만 말이다. 그 모습을 보니 웃음이 새어 나올 거 같았지만 선이를 놀리고 싶지는 않아서 최선을 다해 꾹 참아냈다. 하지만 긴장을 너무 많이 해 고장이 난 선이의 모습은 너무나 새로웠기에, 선이를 놀리고 싶은 마음이 계속해서 들었다.

 "선아. 그렇게 떨려?"

 "응, 너무 많이. 손도 벌벌 떨리는 것만 같아."

 "그럼 내가 손잡아 줄까?"

 "무슨, 아니, 뭐?"

 선이는 들으면 안 되는 걸 들은 사람처럼 눈을 동그랗게 뜨곤 나를 바라보았다. 내 말에 얼마나 당황한 건지 얼굴을 붉히며 선이답지 않게 말을 버벅거렸다. 그런 선이의 모습이 너무 귀여운 탓에, 결국 참지 못하고 웃음이 쿡쿡 새어 나왔다. 선이는 얼굴을 붉힌 채 입술을 앙다물곤 앞장서 걸어갔다. 나는 그런 선이를 웃으며 뒤쫓아갔다. 정말이지, 선이는 도무지 알 수 없는 사람이다. 선이 때문에 몇 번이고 다짐했지만, 선이만 보면 그런 다짐이 금세 무너진다. 도대체 이 감정들은 무얼까.

정확한 시간은 오시. 해가 중천에 뜨는 시간. 그 시간이면 항상 총독이 이 길을 거닌다고 했다. 그걸 이용해 이곳에 진을 치고, 혹여나 만일의 상황을 대비해서 이곳에서 남동쪽에도 진을 쳐놨다. 이제 준비는 끝이 났다. 정확히 맞추기만 하면, 모든 게 완벽하다.

"선아, 지금은 실전이야. 잘 할 수 있지?"

선이는 내 말에 조심히 고개를 끄덕였다. 총독이 나타날 때까지 우리 둘은 건물 주변에 잠복해 있었다. 하지만 얼마 안 가 주변에서 고함이 들렸다. 그리고, 총소리도 들리기 시작했다.

"일본군이다!"

사방으로 울려 퍼진 짧은 외마디. 그곳은 순식간에 아수라장이 되었다. 그저 장사하고 있던 상인들, 우리와 함께 작전에 참여한 다른 지역의 동지들 비명이 들려왔다. 바닥은 금세 피바다가 되었고, 다친 사람들이 굴러다녔다. 이 광경을 목격한 후부턴 선이를 지켜야겠다는 생각밖에 들지 않았다.

내가 있던 그곳은 삽시간에 아수라장이 되었다. 처음으로 사람들이 죽어가는 모습들을 보았다. 일본군들에게 끌려가고, 총을 맞고, 쓰러지고. 다친 사람은 바닥에 누워있고, 어떤 이들은 부상자들을 지키기 위해 곁에 있는 그런 광경들을. 생각보다 더욱더 참혹했던 현장 탓에 쉽게 몸이 움직이진 않았다. 하지만 이런 상황 역시 일어날 것을 예상하고 참여한 것이기에 어떻게든 몸을 움직였다. 기다란 장총을 꺼내 들어 일본군을 맞추고, 머리채를 잡혀 끌려가는 이들을 구해내고. 그러다 보니 주변에 의현이가 보이지 않았다.

"의현아 어딨어, 정의현!"

장총을 옆구리에 끼곤 주변을 둘러보며 의현이의 이름을 외쳤다. 계속해서 의현이의 이름을 부르다가 어디선가 조심하란 소리가 들렸다. 그 소리를 듣자마자 나는 바로 뒤를 돌았다. 그리고 예상했던 대로 일본군이 칼을 들고 달려오고 있었다. 이 자리에서 크고 긴 장총을 쏘기에는 시간이 부족하다. 어떻게 해야 할지 짧은 시간 동안 머리를 굴렸지만, 일본군은 계속해서 거리를 좁혀왔다.

막상 이런 일들이 닥치니 머리가 제대로 돌아가지 않는 것 같았다. 그렇지만 최대한 정신을 잡고 행동하려고 애썼다. 일본군이 코앞에 다가온 순간, 나는 기다란 장총으로 일본군의 머리를 내려쳤다. 무거운 장총에 맞은 탓인지 일본군은 비틀거렸고, 또다시 나에게로 다가오려고 했다. 이번엔 기필코 몸에 구멍을 뚫겠다는 의지로 총을 겨누는 순간, 누군가 내 팔목을 잡곤 정신없이 뛰었다.

"의현아!"

내 팔목을 잡은 사람은 다름 아닌 의현이었다. 의현이가 그 순간 팔을 잡고 뛰지만 않았더라도 그놈의 머리에다가 구멍을 내었을 텐데. 아쉬운 마음이 크게 들었다. 그것에 대해 의현이에게 말을 하려고 하자, 의현이는 나를 바라보며 말했다.

"지금은 말할 때 아니야. 도망부터 쳐야 해. 앞만 보고 달려."

상황이 상황이다 보니 어쩔 수 없이 의현이의 말대로 앞만 보고 달렸다. 일본군들이 없는 곳으로, 최대한 빨리 달렸다. 미친 듯이 뛰니 기지로 갈 수 있는 다른 길에 도착했다. 왜놈이 없는 곳. 왜놈들은 모르는 곳. 계속해서 뛰는 바람에 숨이 턱 끝까지 차오른 느낌이었다. 급하게 숨을 고르곤, 의현이에게 말했다.

"거기서 왜 잡았어. 내가 죽일 수 있었는데."

"너를 그냥 내버려 둘 수 있는 상황이 아니었어. 그 앞에만 일본군들이 있던 줄 알아? 너의 사방에 있었어."

"아무리 그래도 그렇지. 나 그렇게 약한 사람 아니야. 다른 여인들과는 다르다고."

"알아, 다른 여인들과 너는 다르다는걸. 하지만 아무리 너라도 그 상황은 가망이 없었단 말이야."

나는 의현이에게 짜증을 냈지만, 사실 의현이가 한 말 중에 틀린 말들은 없었다. 그곳에 나랑 상대하던 일본군 한 명만 있었던 것도 아니고, 정말로 어쩌면 내 사방에 있었을 수도 있다. 그리고 나는 운이 좋지 않았더라면 거기서 운명했겠지. 의현이 덕분에 목숨을 지킬 수 있었던 거지만, 그래도 의현이가 나를 약하게 보는 것 같아 기분이 썩 좋지는 않았다.

선이를 지키기 위해 최대한 선이에게 가려고 하는 일본군들을 죽였다. 총으로 쏘고, 일본군이 차고 있던 칼을 이용하고, 더는 탄이 없는 총으로 일본군들을 때리고. 정신없이 처리하다 보니 주변에 선이가 보이지 않았다. 당황한 채로 주변을 둘러보니 선이는 체격이 좋은 일본군과 대치 중이었다. 아마 선이는 몰랐겠지만, 그런 선이의 뒤로 일본군이 한 명 더 달려오고 있었었다. 이제는 우리에겐 쓸모 있는 무기가 없었기에, 선이를 붙잡고 도망칠 수밖에 없었다.

그리고 나는 그 과정에서 내가 여태껏 느꼈던 감정의 해답에 조금 가까워진 듯한 느낌이 들었다.

선이는 아까 전 내가 했던 선택이 원망스러웠나 보다. 맑았던 눈망울에는 약간의 속상함과 분노가 담겨 있었고, 하얗던 피부엔 누구의 것인지 모를 핏방울들이 튀어 묻어 있었다. 그런 선이를 달래주기 위해 나는 선이에게 말을 걸었다.

"선아. 많이 놀랐지."

"응. 근데 조금 전에는 정말 내가 혼자 할 수 있었어."

"알아, 너라면 당연히 이겨냈을 거야. 하지만 정말로 어쩔 수 없었어. 너의 뒤쪽에서 또 다른 일본군이 뛰어오고 있었던걸."

"하지만 그래도 속상해."

"선아, 우리 이제 겨우 열여덟 살이야. 벌써 그렇게 큰 짐을 짊어지려고 하지 마."

선이는 자신이 도움이 되지 않은 것 같아서 속상해하는 표정을 지었다. 그 마음 충분히 이해한다. 왜냐, 나도 그랬었으니까. 별 도움이 되는 거 같지 않아서 기가 죽었던 적이 있었으니까. 그래서인지 선이를 조금 더 챙겨주고 싶은 마음이 들었다.

"선아, 우리 이제 슬슬 이동할까. 얼른 기지로 안 가면 다들 걱정할 거야."

"그래, 가자."

선이와 함께 기지로 걸어가던 중, 선이가 좋아하는 민들레 한 송이가 보였다. 나는 곧장 민들레를 따서 선이에게 보여주었다. 풀이 죽어있던 선이는 민들레를 보자마자 금세 얼굴을 환하게 밝혔다.

그나마 웃는 선이의 얼굴을 보니 덩달아 기분이 좋아졌다. 그리고, 이놈의 심장도 요란해졌다. 시끄럽게 뛰는 심장 박동 소리가 선이에게도 들릴까 걱정이 되었다. 이제야 나는 깨달았다. 나는, 선이를 좋아한다.

이 생각이 들자마자 심장이 더욱더 미친 듯이 뛰기 시작했다. 이제는 정말 심장이 입 밖으로 튀어나올 것만 같았다. 선이를 처음 보았던 그 날처럼, 목덜미가 발갛게 달아오르는 느낌이 들었다. 그런 선이는 걱정하는 표정으로 내게 손을 가져다 댔다.

"의현아, 어디 아파? 열은 안 나는데."

정말이지, 선이는 어디로 튈지 모르는 아이 같다. 내가 다가가면 부끄러운 듯 얼굴을 붉히면서도, 이럴 때는 서슴없이 내게 다가온다. 선아, 너는 대체 어떤 사람인 거니.

의현이랑 같이 기지로 걸어가면서 여러 이야기를 했다. 의현이에게 어리광도 조금 피워보고, 의현이는 그런 나를 달래주기 위해서 내가 좋아하는 민들레를 따오고. 내 기분 하나 풀어주겠다고 저렇게까지 애쓰는 의현이가 귀여워 보였다. 내가 지금 무슨 생각을 한 걸까. 귀엽다니. 약혼을 한 정인인 것도 아니고, 그저 나와 함께 지내는 정인일 뿐인데. 그런 생각을 한다니. 정말이지, 이제는 양반의 지조와 절개는 내다 버린 지 오래인 것 같다. 아마 아버지께서 이런 내 모습을 보시면 깜짝 놀라시겠지. 하지만 그만큼 기뻐하실 분이라는 것도 안다. 다른 여인들과는 다르게 살아가기를 원하셨으니 말이다. 시대가 변해가는 만큼, 마음가짐도 그 시대에 맞춰 마음가

짐을 먹어야 한다고 늘 내게 말씀하셨었다. 어머니는 그런 아버지를 이해하지는 못하셨지만.

의현이와 있으면 마음이 그나마 편해지는 느낌이다. 물론 성은이와 있을 때도 마찬가지지만, 의현이 앞에서는 왠지 어리광을 피워도 괜찮을 것만 같은 느낌이 계속해서 든다. 그래서인지 어린아이처럼 떼를 쓰기도, 삐치기도 하는 것 같다. 이렇게까지 편하게 있어본 적이 없었다. 늘 의젓해야 했으니까. 의현이는 짧은 시간 동안 나를 많이 바꿔놓았다.

하염없이 걷다 보니 드디어 기지 앞에 도착했다. 하지만, 멀리서 보인 기지의 모습은 내가 알던 그런 기지의 모습이 아니었다. 외관부터 어딘가 어수선해 보였기 때문이다. 의현이와 나는 당황한 채로 황급히 기지 안으로 들어섰다. 들어가자마자 누군가 기지에 들어와 모든 걸 헤집어 놓은 것처럼 기지 내부는 엉망이 되어 있었다. 그 모습을 보자마자, 여기 있던 사람들이 떠올랐다.

"지연 언니, 성은아! 희준 오라버니!"

이게 대체 무슨 상황인지 금세 파악되지 않았다. 의현이와 나는 사람들을 찾기 위해 기지 내부를 계속해서 살펴보았다. 혹시나 지하에 대피해 있을까 싶어 의현이와 함께 지하로 내려갔다. 힘겹게 내려간 지하 또한 위층과 다를 거 없었다. 모든 문서와 지도들이 갈기갈기 찢겨 있었고, 떨어진 종이에는 군화 발자국들이 찍혀있었다. 구석으로 가보니 성은이와 지연 언니가 몸을 웅크린 채 숨어있었다.

"언니…! 성은아! 괜찮아? 어디 다친 데 없어?"

"응, 나는 괜찮아…. 그런데, 희준 오라버니랑 정철 오라버니가 많이 다치셨어."

"그게 무슨 말이야, 다치다니."

"보면 모르겠어? 일본군들이 갑자기 들이닥쳤어. 대체 여기를 어떻게 안 건지. 오라버니들은 우리 지키겠다고 일본군들이랑 맞서 싸우셨어."

성은이의 말에 나는 놀라고 말았다. 일본군들이 여기에 들이닥치다니. 대체 어떻게? 성은이를 붙잡고 머리를 굴렸다. 순간, 머릿속을 스쳐 지나가는 한 단어가 떠올랐다. 부모님. 나는 그 생각이 든 순간 다급해져 성은이에게 계속해서 물었다.

"몇 시쯤? 몇 시에 들이닥쳤는데?"

"오시가 거의 가까워질 때쯤."

"그놈들이 뭐라고 말하는지는 못 들었고?"

"나는, 왜놈들 말 할 줄 몰라. 그래서 못 알아들었어. 지연 언니가 그나마 할 줄 아는데…."

나는 성은이의 말을 듣고 의현이의 도움을 받는 지연 언니에게 가서 물었다. 어쩌면, 우리 부모님도 위험해졌을지 모른다.

"언니, 혹시 왜놈들이 무슨 말 하는지 알아들은 거 있어요?"

"정황이 없어서, 잘 듣진 못했어. 얼핏 듣기론 조선인의 집에 쳐들어갔다가, 우리 기지를 알게 돼서 찾아왔다고 했던 것 같은데."

역시, 내 예상이 맞았다. 시간도 정확히 맞아떨어진다. 왜놈들이 부모님 댁은 어찌 알아낸 건진 모르겠지만, 거기서 우리 기지의 위치가 노출됐던 거다. 기지에 들이닥친 왜놈들은 우리가 짜놓은 작전을 다 읽고, 금세 총독을 대피시켰던 건가 보다.

나만 힘든 게 아니고 모두가 힘든 상황이니 티를 내지 않으려고 했지만, 부모님이 위험에 처했다고 생각하니 자꾸만 굳게 먹은 마음이 무너진다. 모두 무사하셔야 할 텐데. 이곳에 의현이만 있는 것도 아니고 성은이와 지연 언니가 있으니 최대한 울지 않으려고 했지만, 눈물이 볼을 타고 하염없이 흘러내렸다. 의현이는 그런 내 옆으로 와 나를 안아주었다. 그 순간, 나는 정말 어린 아이처럼 주저앉아 엉엉 울기 시작했다.

"선아, 울지 마. 다 괜찮아질 거야…."

다정하게 들려오는 의현이의 목소리에 나는 더욱더 넋 놓아 울었다. 성은이와 지연 언니도 숨죽여 흐느끼는 소리가 들려왔다.

솔직하게 말하자면, 처음엔 상황 파악이 되지 않았다. 대체 왜 기지가 이렇게 엉망인지, 지연 누나랑 성은이는 왜 이러고 있는지, 형들은 어디로 갔는지. 선이는 성은이와 지연 누나를 발견하자마자 이것저것 묻기 시작했다. 그러곤 충격적인 말을 들은 양, 눈물을 흘리기 시작했다. 지연 누나와 선이가 대화하는 걸 들어보니 그 조선인은 이양준 어르신인 것 같았다. 그러니까, 왜놈들이 이양준 어르신 댁에 들이닥쳐 우리 기지의 위치까지 알아낸 것이다. 선이는 부모님이 걱정되어서, 성은이와 지연 누나는 이양준 어르신과 잡혀간 형들 생각에. 나도 정말 울고 싶은 심정이었지만, 여기 있는 모두를 위해서라도 꾹 참았다. 지금 상황으로는 선이에게 의지할 사람이라곤 나밖에 없을 테니까.

선이는 내 품에 안겨 어린아이처럼 울어댔다. 성은이와 지연 누나는 금방 눈물을 그쳤지만, 선이는 이런 게 처음이니까. 기지에 있던 우리는 선이를 이해해 주었다. 지연 누나는 성치 않은 몸을 일으켜 세워 선이를 위해 물 한 잔을 떠왔다. 선이는 지연 누나가 준 물을 벌컥벌컥 마시곤, 다 쉰 목소리로 고맙다고 인사했다. 눈시울이 발개진 선이의 모습을 보니 마음이 아팠다. 이양준 어르신을 데리고 간 일본군을 어떻게서든 복수하고 싶었다.

"선아, 인제 그만 뚝하자. 어르신은 무사하실 거야."

"언니, 저 이제 어떡해요. 아버지, 어머니 끌려가셔서 어떡해요…."

지연 누나는 그런 선이를 꼭 안아주었다. 선이의 등을 토닥여주며 괜찮을 거라고 연신 말했다. 성은이는 그런 모습을 보면서 또다시 몰래 눈물을 훔쳤다.

낮 동안 한바탕 소동이 일어난 후, 성은이와 지연 누나는 많이 지쳤던 탓인지 금세 잠이 들었다. 선이는 생각이 많아지는지, 기지 바깥에 있는 의자에 홀로 앉아 하늘을 바라보고 있었다. 나는 그런 선이의 옆에 털썩 앉았다. 그러곤 선이를 따라 밤하늘을 올려다보았다. 하늘에는 작은 별들이 총총 박혀있었고, 그 주변에는 밝은 달이 휘영청 떠올라 있었다.

"선아, 그거 알아?"

아무 말 없이 하늘을 보던 선이에게 말을 걸었다. 물론, 돌아오는 답은 없었지만. 난 내 나름대로 선이를 위로하기 위해 이야기를 꺼냈다.

"우리 처음 만났던 날 말이야. 내가 동생한테 시집을 줘야 한다고 했었잖아."

선이는 건조한 눈으로 고개를 끄덕였다.

"사실, 나 동생 없어. 이제는 밤하늘을 봐야만 만날 수 있거든. 부모님도 마찬가지야. 우리 집이 그렇게 잘 살지는 않았거든, 그래서 부모님이 항상 나한테 미안해하셨는데."

오랜만에 가족 이야기를 꺼내려니, 나도 목이 멨다. 나는 울컥하는 감정을 차분히 쓸어내리고선 다시 말을 이어 나갔다.

"하고 싶은 거 다 못 해줘서 미안하다고. 근데 오히려 나는 그런 부모님이 좋았어. 뭔가, 다른 집이랑은 다르게 조금 더 자유로웠다고 해야 하나. 힘도 돈도 없는 우리 부모님이 유일하게 내게 해줄 수 있었던 게 그거였거든. 내 마음대로 하는 거."

선이를 위로하기 위해서 꺼낸 이야기였는데, 옆을 보니 선이는 또다시 눈물을 흘리고 있었다. 아무래도, 내 위로 방식이 조금은 잘못된 거 같은 느낌이 들었다.

"너 울지 말라고 꺼낸 이야기였는데. 오히려 더 울려버렸네. 나중에 어르신 만나면 나 혼나겠다. 그렇지, 선아."

"...아니, 안 혼나."

선이는 하도 울어서 잠긴 목소리로 겨우 말을 꺼냈다. 나는 웃으며 선이의 말에 대답했다.

"왜? 네가 나 안 혼나게 해줄 거야?"

"응. 내가 혼내지 말라고 할게. 의현이 착한 아이라고."

"널 울렸는데도?"

선이는 말할 기운이 없는지, 작게 고개를 끄덕였다. 그나마 선이의 기분이 풀어진 것 같아서 다행이다. 선이를 바라보다가, 고개를 들어 다시 밤하늘을 바라봤다.

"선아, 저 달 보여?"

선이는 또다시 조용히 고개를 끄덕였다. 내가 묻는 족족 고개를 끄덕이는 선이가 귀여워 웃음이 피식 새어 나왔다. 나는 숨을 크게 들이쉰 후, 말을 꺼냈다.

"내가 비록, 우리 가족은 못 지켰어도"

달을 살짝씩 가리던 구름이 걷히자, 달빛이 더욱더 밝게 빛났다.

"너는 어떻게서든 내가 지켜줄게. 달빛에 대고 맹세해."

선이의 눈에 비치던 달빛은 정말이지 아름다웠고, 사월에만 들을 수 있는 풀벌레 소리와 선선한 바람들이 우리를 감쌌다.

그 일이 있고 난 후, 많은 시간이 지났다. 희준 오라버니와 정철 오라버니는 겨우 살아 돌아오셨지만, 부모님과 유모는 돌아오지 못했다. 그 소식을 들었을 때는 또다시 엉엉 울고 싶었지만, 눈물을 꾹 참아냈다. 나만 소중한 사람을 잃은 게 아니니까. 그리고, 아버지랑 어머니는 그런 약한 모습을 싫어하시니까. 일부러 더욱더 마음을 독하게, 굳세게 먹었다. 의현이는 그 후로 내 곁에서 나를 계속 챙겨주었다. 다시 처음에 왔던 날처럼 돌아가고 있었던 날이었다.

"선아, 내가 묻고 싶은 게 있어서 그런데."

"네, 언니."

"너 혹시, 의현이 좋아하니?"

언니 입에서 나온 말은 정말 당황스러웠다. 놀란 나머지 나는 대답을 할 수 없었다. 언니는 그런 나의 모습을 보곤 살며시 웃으며 알겠다고 하고 가셨다. 언니의 질문으로 인해 머릿속이 복잡해졌다. 정말로 내가 의현이를 좋아하나. 그렇지만, 우리 둘은 혼인할 사이가 아닌데. 하지만 아니라고는 정확히 말할 수 없었다. 왜냐하면 정말로 내가 의현이를 좋아하고 있을 수도 있으니까. 곰곰이 생각해 보니 부모님이 총독부에 끌려가셨던 날부터 의현이를 향한 내 감정이 달라진 듯한 느낌이 들긴 했다. 한데, 그건 나의 착각일 수도 있지 않나. 그날은 내가 심적으로 힘들기도 했고, 저녁 분위기도….

"선아. 무슨 생각을 그렇게 해."

이상하다. 분명 조금 전까지만 해도 심장이 이리 뛰지 않았는데….

"오늘 나갔다 오는 길에 민들레를 봐서. 요즘은 민들레 홀씨도 보이더라."

정말 모르겠다. 왜 의현이만 보면, 심장이 이리도 요란히 뛰는지.

"선아?"

아, 언니 말이 맞았구나. 나는…. 나는 의현이를 좋아하고 있었구나….

"생각할 거리가 조금 있었어. 민들레 홀씨를 봤다고?"

"응. 민들레 홀씨도 보이더라고. 나중에 같이 가서 불자."

"그래, 그러자."

의현이는 모르겠지. 민들레 홀씨가 무슨 의미를 지니고 있는지. 나중에, 정말 나중에 민들레 홀씨에 관해서 이야기해 줘야겠다. 그 이야기가 필요해지는 순간이 오면 말이다.

이제 모든 것들이 원래대로 돌아왔다. 모두가 평범하게 지내고, 오늘도 변함없이 작전을 짜고. 오늘 이야기할 작전은 꽤나 위험한 작전이었다. 운이 좋지 않다면 죽을지도 모르는 그런 작전. 나는 오늘도 머리를 굴렸다. 최대한 안전하게 해낼 수 있도록.

"그러면, 이제 다 짰으니까 나갈 사람만 정하면 되겠네."

정철 오라버니가 말했다. 아마 이 작전에 정철 오라버니와 희준 오라버니는 나가지 않을 거다. 아직 그 둘은 몸이 완전히 낫지 않았기 때문이다. 그렇다면 나, 의현이, 성은이, 지연 언니 이 넷인데. 성은이와 지연 언니도 기지에 남아 있는 게 낫겠지. 그래, 이번 기회에 제대로 내 능력을 보여주는 거다.

"제가 나갈게요."

"선이 네가? 이건 네 생각보다 위험한 작전이야. 괜찮겠니?"

"할 수 있어요. 이번에야말로, 제대로 보여 드릴게요."

손을 들자마자 정철 오라버니는 매우 놀란 얼굴로 내게 계속해서 괜찮겠냐고 물었다. 다들 나를 걱정하지만, 어쩔 수 없다. 난 어떻게서든 이 작전에 나가서 완벽하게 성공하고 돌아올 것이다. 그래서, 내 힘을 제대로 보여줄 거다. 정말로.

회의가 끝나고 의현이는 내 팔목을 붙잡곤 기지 밖으로 데리고 나왔다. 의현이의 표정이 아침과는 사뭇 다른 표정이었다. 어딘가, 화가 나 있는 듯한 표정 말이다.

"이선. 너 왜 그래. 정철이 형이 그랬잖아, 죽을지도 모른다고. 그런 곳을 네가 왜 나가?"

"나는 나가면 안 돼? 나도 할 수 있어."

"그래, 너 할 수 있는 거 다 알아. 다른 사람들이랑 다른 거도 다 알고, 너 능력 좋고 머리 똑똑한 거 다 아는데 이건 아니야. 차라리 지원을 보내."

왠지 모르게 의현이의 말들이 사납게 느껴졌다. 작전에 나가고 말고는 내 마음인데, 왜 자꾸 이리 사사건건 간섭하는지 이해 가지 않았다. 그렇게까지 화를 낼 일은 아니었지만, 의현이의 모습에 괜히 더 화가 나 말을 날카롭게 뱉고 말았다.

"할 수 있다고. 솔직하게 말해서, 저번에 그때. 네가 나 데리고만 안 갔어도 내가 다 할 수 있었어."

"아직도 그 이야기야? 총알도 다 떨어지고, 칼 같은 무기도 없었으면서 왜 자꾸 할 수 있었다고 우겨. 너 그때 그렇게 안 피했으면 정말 죽었어. 여기 있지도 못했다고."

"그렇게 걱정되면 나랑 같이 가든가! 너도 죽을까 봐 무서워서 그러는 거 아니야?"

"어, 너 죽을까 봐 무서워서 그러는 거야. 그니까 가지 말라고."

순간 내가 잘못들은 줄 알았다. 내가 죽을까 봐 무서워서 그런다니. 자기 자신이 아니라, 나 때문에? 대체 왜일까. 원래 좋아하면 다 이런 걸까? 내가 사랑하는 사람이 죽을까 걱정되고, 자신이 지켜주고 싶은 마음이 드는 걸까? 순간 얼굴이 발갛게 달아올랐다.

"어, 어쨌든. 난 나갈 거야. 신경 쓰이면 같이 나가든, 네 마음대로 해."

의현이는 내 말을 듣고 잠깐 한숨을 쉬긴 했지만, 자신이 졌다는 듯이 고개를 끄덕였다.

선이는 대체 왜 이렇게 무모할까. 아무리 자기 몸은 자기가 알아서 하는 거라지만, 자신을 사랑하고 아껴주는 사람의 입장도 생각해야 하지 않나? 혹여나 선이가 거기에 나갔다가 죽어서 돌아오면…. 상상도 하기 싫다. 정말로 끔찍하다. 어떻게서든 선이를 말리고 싶었지만, 선이의 대쪽 같은 고집 탓에 어쩔 수 없이 고개를 끄덕이고 말았다. 그날 달빛에 대고 맹세했으니 내가 죽는 한이 있더라도 선이를 지켜야 한다. 나는 선이를 지키기 위해서 정철이 형에게 선이와 함께 작전에 나가겠다고 했다. 정철이 형은 미심쩍은 표정으로 날 바라보았지만, 애써 모른 척했다.

정말이지 선이라는 아이를 좋아하는 일은 쉽지 않은 것 같다. 언제 어디서 튈지 모르는 그런 아이다. 그래서 내가 좋아하는 것도 있지만. 선이를 좋아한 것에 대해서 후회하냐고 묻는다면, 나는 아니라고 답할 것이다. 선이를 사랑한 건 내 인생 최고의 선택이었다. 물론, 조금은 힘들지만 말이다.

"의현아! 우리 나갔다 오자. 민들레 홀씨 불러."

"알겠어. 뛰지 말고. 어, 뛰지 말라니까 선아!"

선이는 아는 게 참 많은 박학다식한 여인이다. 그래서 가끔은, 선이가 하는 말들을 잘 알아듣지 못할 때도 있다. 그래도 뭐, 못 알아듣는다고 문제 되는 건 없으니 괜찮다. 이제 이대로, 작전에 나가기 전까지 평화롭게 지내야겠다. 그날 운이 좋지 않다면, 이런 일들도 마지막이 될 테니.

"의현아. 이리로 와 봐."

선이가 이리로 오라고 해서 갔더니, 웬 이상한 걸 씌워놓곤 좋다며 까르르 웃어댄다. 황당하지만, 그런 마음도 선이 웃는 모습을 보면 금세 녹아버린다. 아, 선이가 이렇게 좋아서 선이 없이 어떻게 살아간담.

정말이지 시간은 너무나도 빠르게 가는 거 같다. 부모님이 총독부에 끌려가신 날이 엊그제 같은데, 벌써 작전에 나가는 날이 왔다. 왠지 잠자리가 뒤숭숭한 걸 보니, 오늘 작전은 깔끔하게 끝이 나지는 않을 거 같은 느낌이 든다.

"선아, 벌써 일어났어?"

"얼른 일어나서 준비해야지. 그래야 완벽하게 해내지 않겠어?"

나는 직감적으로 느꼈다. 오늘이 민들레 홀씨의 의미를 이야기해줄 날이라는 걸. 어쩌면, 이 기억들이 마지막 기억이 될 수도 있다는걸.

"우리 오늘은 여유롭게 천천히 걸어가자."

"그래, 그러자 선아."

기지를 나서기 전, 아직 잠에서 깨지 않은 성은이와 지연 언니, 그리고 오라버니들을 눈에 다 담고 나섰다. 의현이와 웃으며 길을 걷다가, 풀벌레도 보고 다른 꽃들도 보고 그러면서 의현이와 많은 이야기를 나누었다. 최대한, 할 수 있는 많은 이야기를.

그러다 보니 어느새 장소에 도착했다. 분명히 이 작전에 나갈 사람을 고를 때만 해도 떨리지 않았는데, 막상 오니 너무나도 떨린다. 살고 싶다. 오래오래 살아남아서 의현이와 함께 하고 싶다. 하지만, 내게는 사명감이 있다. 나라를 구해야 한다는 사명감. 의현이에게는 정말로 잔인하고 슬픈 이야기지만 말이다.

"오늘 우리 둘이서만 하는 거지?"

"응, 그렇지. 여기서 우리 둘이 수행하면 돼."

이번 작전은 폭탄을 사용하는 작전인지라, 아마 의현이가 내 곁에 있다면 의현이마저 안 좋게 될 가능성이 크다. 의현이가 내 곁에 있으면 안 되니, 최대한 내 곁에서 떨어지는 방법을 구색해야 한다. 무슨 방법이 있을까. 아, 민들레. 내가 좋아하는 민들레로 의현이를 떨어트려 놓자.

"의현아. 나 민들레 보고 싶어."

"갑자기? 곧 있으면 사시잖아. 조금만 기다렸다가 보면 안 돼?"

"응, 안 될 거 같아. 나 지금 보고 싶어."

"그럼 어쩔 수 없지. 조금만 기다리고 있어, 금방 다녀올게."

의현이는 내 말대로 민들레를 따러 빨리 발걸음을 옮겼다. 아마 의현이는 금방 돌아오지는 못할 거다. 의현이와 이야기를 나누면서 오는 동안, 그 길에는 민들레가 피어있는 걸 보지 못했으니까. 그러면 이제 그 시간 동안 나는 작전을 수행하면 된다.

얼마 전까지만 해도 내가 이 위험한 작전에 들어가는 걸 걱정하는 의현이가 이해 가지 않았었는데, 정신 차려 보니 지금은 내가 의현이랑 똑같은 짓을 하는 게 웃음이 났다. 정말로 사랑하면 그 사람이 걱정되는구나. 아, 많이 아프면 어떡하지. 내 몰골 엉망이면 어쩌나, 우리 의현이 많이 울면 안 되는데.

이제 정말 의현이와 작별이다. 그래도, 의현이 덕에 지금 이렇게 있을 수 있었다. 의현이가 없었더라면 아마 나는, 의현이 말대로 일본군 손에 죽었을지도 모르겠다. 의현이가 많이 보고 싶을 텐데. 하늘에서 반짝이는 별이 되어서, 아니. 커다란 달이 되어서 의현이를 지켜봐야겠다. 가서 의현이 부모님께 인사도 드리고, 의현이 잘 지내고 있나 계속해서 봐야겠다. 다른 여인 데리고 와서 달에 맹세하지는 않는지도 봐야지. 의현아, 많이 보고 싶을 거야. 우리 나중에, 먼 훗날에는 이런 일 하지 않아도 되는 평화로운 삶에서 만나자.

선이가 갑자기 민들레를 구하고 오라고 했다. 사시까지 얼마 남지도 않았는데 다녀오라니. 왠지 모르겠지만, 선이가 구하고 오라고 하면 그리해야지. 요즘은 민들레가 잘 안 보이는 것 같다. 민들레보단 민들레 홀씨가 더 자주 보이던데. 근데 정말 이해가 가지 않는다. 혼자서 위험하게 왜…. 아, 나 또 선이에게 당했구나. 순간 들어서는 안 된 생각이 머릿속을 스쳐 지나갔다. 민들레 홀씨를 따다 말고 선이가 있던 장소로 달려가려는 순간, 멀리서 폭발하는 굉음이 들려왔다. 혹시나, 정말 혹시나 살아있을 수도 있으니까. 최선을 다해서 선이에게 달려갔다. 눈물이 앞을 가려서 잘 보이지 않았지만, 그래도 달렸다.

쉴 틈 없이 달려온 곳에는 일본군들의 시체와 선이가 있었다. 나는 선이를 보자마자 놀라서 선이에게 뛰어가 선이를 끌어안았다.

"선아, 선아…. 선아 눈 좀 떠봐, 응? 제발…."

선이의 모습을 눈에 담아야 하는데 계속해서 눈물이 앞을 가렸다. 선이의 고운 얼굴 위에 눈물이 한 방울, 한 방울 떨어졌다. 선이는 정말이지…. 정말로, 알 수 없는 여인이다.

"선아 제발…. 제발 일어나. 우리, 우리 민들레 홀씨도 불러 가기로 했고…. 우리 해야 할 일 많잖아, 응? 제발 일어나."

내가 끌어안은 선이의 몸이 점점 차가워지는 게 느껴졌다. 우리 선이, 민들레 좋아하는데. 민들레…. 아, 이제야 깨달았다. 선이가 민들레를 좋아하는 진정한 이유를. 자신 같아서 좋아했구나, 너는 처음부터 이럴 생각이었구나.

"선아, 잠시만 여기서 기다려. 네가 보고 싶어 하는 민들레 홀씨 가지고 올게…. 가지고 오면, 그러면 눈 뜰 거지? 장난 그만 치자, 이제…."

"의현아, 사실 나는 민들레보다 민들레 홀씨를 더 좋아해."

"왜? 민들레 홀씨는 별로 안 예쁘잖아."

"이유가 다 있지. 언젠가 저절로 알게 될 거야. 그때까지 조금만 기다려."

이렇게 기다리라고 하는 게 어디 있나. 야속한 사람 같으니라고. 어떻게 이별은 망설임도 없이 그리움만 두고 가는 게 어디 있어. 두고 갈 거면, 내 품에서 두고 가지. 왜 혼자 차가운 바닥에서 두고 갔어, 왜. 정말 민들레 홀씨 같은 우리 선이 어쩌면 좋을까. 너의 염원이 이거였구나, 선아. 조국의 독립이 너의 염원이었어. 그래서 홀씨처럼 땅에서 죽은 거야? 그곳에서 희망을 싹틔우려고. 나는 민들레 홀씨를 한가득 따와 선이 곁에 두었다. 그리고, 선이의 손에다가는 아름다운 민들레를 쥐여주었다. 네가 남기고 간 씨앗, 잘 키워볼게. 희망이라는 싹을 틔워볼게. 그러니까, 우리 곧 만나자. 달이 되어서 나 응원해줘. 네 몫까지 열심히 살게.

The end.

무지개

이보경 지음

[작가의 말-계산여자중학교 2학년 이보경]

 이 책은 어린 시절, 어린 시절 엄마 아빠의 연애 일기를 본 경험을 바탕으로 썼습니다.

 너무나 커 보이는 부모님의 청춘의 일부를 일기를 통해 볼 수 있어서 너무 재미있기도 하고, 또 한편으로는 이런 청춘들이 우리들을 위해 열심히 생활해 주신다는 것을 생각하니 다시 한번 부모님에 대한 감사한 마음이 들었던 기억이 납니다.

 정말 부족한 점이 많은 이야기지만 열심히 가르쳐 주시고 도와주신 사서 선생님과, 최숙향 선생님께 감사드립니다. 그리고 힘들었을 텐데도 같이 글을 쓴 도서부원들에게도 감사를 드립니다. 그리고 마지막으로 항상 곁에서 사랑을 주는 가족들, 진심으로 감사하고 사랑합니다. ❤

아 젠장. 또 비다. 일기예보에서는 오늘 비 소식은 없다고 했었는데. 역시 일기예보는 믿을 게 아니다. 지금이 여름방학이라 다행이지 만약 학교였다면 꼼짝없이 비를 맞게 되었을 것이다. 한참을 비 오는 창문을 바라보다가 문득 아침에 아빠와 외출하시던 엄마가 하셨던 말씀이 생각났다. 옥상에 빨래를 널어두었으니 혹시 비가 온다면 빨래를 걷어오라고 하셨었는데.

급하게 빨래 바구니를 챙겼다. 슬리퍼를 대충 구겨 신은 후 급하게 옥상으로 올라와 보니 이불과 빨래가 걸려있었다.

엄마는 날씨가 좋지 않은 날을 빼고 거의 모든 날 이불을 널어놓곤 하셨다. 엄마의 말씀으로는 따뜻한 햇살 아래에 이불을 널면 살균이 되기도 하고 햇살의 따뜻한 기운으로 좋은 잠을 푹 잘 수 있다고 하셨다. 이불과 빨래에 꽂혀 있는 빨래집게를 뽑고 이불을 먼저 걷기 시작했다. 이불을 다 걷어 빨래를 걷어 갈려고 하던 찰나 빗줄기가 더욱더 거세졌다. 나는 더욱 빠른 속도로 빨래를 걷었다. 빨래를 걷던 도중 빨래가 손에서 미끄러지더니 떨어졌다. 내가 아끼는 하얀 블라우스다. 옥상 바닥이 더러워서 그런지 하얀 블라우스가 다시 더러워졌다. 괜히 찜찜해 하얀 블라우스는 다시 빨기로 하고, 나머지 빨래를 걷었다.

이불과 빨래를 담은 바구니를 가지고 서둘러 집으로 내려갔다. 비가 꽤 많이 내렸는지 내 옷은 축축하게 젖어있었다. 너무 찜찜해 샤워하는 것을 결심했다. 샤워하기 위해 보일러를 트는데 아까 떨어뜨린 블라우스가 생각났다. 샤워하면서 블라우스도 손빨래하기로 정했다.

먼저 손빨래부터 하는데 블라우스에 배지가 없다. 원래는 배치가 있는 블라우스인데. 나는 속상했다. 그때 갑자기 생각났다. 엄마가 빨래하실 때는 배치를 빼두시고 한다고 하셨던 적이 있었다. 안심하는 마음으로 손빨래를 마친 후 빗물에 젖은 몸을 씻었다. 샤워를 마친 후 대충 수건을 두르고 나의 방으로 가 편안해 보이는 옷을 입었다. 확실히 샤워하니 몸이 뽀송뽀송하다. 손빨래한 블라우스는 집안 건조대에 널어놓았다.

팬스레 다 큰 것 같아 뿌듯한 마음에 블라우스를 보던 중 문득 블라우스의 배치가 어디 있는지 궁금해졌다. 궁금한 마음에 엄마가 배치를 보관할만한 장소를 생각해보았다. 한참을 생각하던 중 엄마가 평소 아끼시는 서랍장이 생각났다. 서랍장을 열어보았다. 서랍장은 꽤 오랜 시간 열리지 않았는지 잘 열리지 않았었다. 끼깅거리며 서랍장을 열어보니 서랍장 안에는 낡은 다이어리가 있었다. 다이어리도 꽤 오래됐는지 표면에는 하얀 먼지가 뿌옇게 앉아있었다. 궁금하다. 평소 엄마는 일기를 자주 쓰시는데 이 다이어리는 엄마가 어린 시절 쓰셨던 다이어리 같다. 다이어리는 가죽으로 된 연갈색 표지로 덮여있었다. 그리고 열고, 닫을 수 있도록 노란빛 단추가 있었다.

손으로 먼지를 털어낸 후 단추를 열어, 다이어리를 펼쳤다. 다이어리를 열어보니 첫 페이지에는 엄마가 만드신 건지 책갈피가 꽂혀있었다. 책갈피는 노란 종이에 해바라기를 그려 만들어진 것 같다. 한 페이지를 더 넘겨보니 엄마가 쓰신 글이 보였다.

1998년 7월 2일 목요일

오늘은 최근 계속 내리는 비 때문에 학교에 가기 너무 싫었다. 한참을 빈둥거리고 있다가 엄마의 잔소리에 떠밀려 학교에 갈 채비를 하고 학교에 갔다. 교실에 들어가 보니 교실은 조금 소란스러운 상태였다. 무슨 일인지 궁금해 진희에게 물어보니 오늘 우리 반에 전학생이 올 거라고 했다.

그렇게 진희와 수다를 떨던 중 조회 시간을 알리는 종이 쳤다. 종이 치자마자 담임 선생님을 뒤따라 전학생이 들어왔다. 전학생은 하얀 피부를 가지고 있었다.

그리고 키가 얼마나 큰지 꽤 키가 크신 담임 선생님이 작게 느껴질 정도였다.

담임 선생님께서 전학생을 소개해 주셨다.

"앞으로 우리 반에서 생활할 박상현이다. 서울에서 전학을 왔고, 시골로 온 지 얼마 안 됐으니 잘 적응할 수 있도록 도와줘라."

"그리고 마침 지금이 자리를 바꿀 때이기도 하고, 전학생도 왔으니 자리 배치를 했다. 참고로 전학생은 53번이니 전학생과 짝이 된 학생은 전학생을 잘 챙겨줄 수 있도록 해라."

담임 선생님은 말씀을 마치신 후 좌석표를 칠판에 붙이셨다.

"1교시가 시작하기 전에 자리를 빨리 바꾸도록 해라."

담임 선생님은 한마디 덧붙이시고 교실을 나가셨다. 선생님이 나가시자마자 친구들은 누가 먼저랄 것 없이 자신의 자리를 확인하기 위해 칠판 앞으로 우르르 달려 나갔다. 나도 자리를 확인하려고 나가려는데 반장이 교탁 앞으로 나왔다.

"그렇게 우르르 나와 버리면 자리를 못 보는 친구들도 생기잖아. 내가 자리를 불러줄게."

그렇게 반장이 자리를 불렀다.

"1분단 첫째 자리, 7번. 1분단 둘째 자리, 12번. 1분단 셋째 자리, 17번."

친구들의 이름이 한, 두 명씩 호명되었고, 친구들은 반장의 말에 따라 자리를 바꾸고 있었다.

나는 나의 번호인 19번이 나오기를 기다리고 있었다.

"1분단 네 번째, 52번. 1분단 다섯 번째, 19번."

1분단 첫째 자리다! 수업 시간에 졸아도 선생님께 쉽게 들키지 않고, 수업 시간이 지루하면 창문으로 바깥을 볼 수 있는 명당에 걸린 것이다. 어쩐지 요즘 운이 안 좋더니. 이렇게 좋은 자리에 걸리기 위해서였다고 생각했다. 나는 이제 나의 짝이 불리기를 기다렸다. 나의 단짝인 진희가 나와 짝이 되길.

"2분단 세 번째, 49번. 2분단 네 번째, 26번. 2분단 다섯 번째, 53번."

아뿔싸. 전학생이라니! 나는 엄청나게 소심하다. 그냥 소심한 것도 아니고 소심한데다가 낯가림 또한 매우 심하다.

'전학생이 나 때문에 학교에 적응하지 못하면 어쩌지?'

'전학생이 사실은 일진들과 친한 애여서 나를 해코지 하면 어쩌지?'

혼자 별의별 생각을 하던 중 반장이 말했다.

"지음아 자리 안 바꾸고 뭐 하니?"

"미안. 잠시 딴생각을 하느라. 빨리 바꿀게."

나는 작게 대답한 후 자리를 바꿨다. 자리를 바꾸느라 쉬는 시간까지 시간을 쓴 건지 바로 1교시 영어 수업이 시작했다. 전학생을 보니 책을 준비 못 한 눈치였다. 나는 영어책을 가운데에 놓았다. 전학생은 고마운지 나에게 눈인사를 한 후 교과서를 같이 보기 시작했다. 그렇게 마지막 시간까지 교과서를 같이 보았다. 종례가 끝난 후 도서관에 책을 반납하느라 도서관에 다녀왔었다. 도서관에서 교실로 후다닥 돌아가는데 전학생이 교실에서 나왔다. 전학생은 나와 눈이 마주치더니 놀라며 계단으로 달려갔다. 교실로 들어가 보니 작은 메모지에 알사탕이 올라가 있었다.

[교과서 빌려줘서 고마워.]

글씨를 너무 못 써서 나도 모르게 웃음이 났다.

지금까지 친구 사귀는 방법이라곤 활발한 친구가 다가와 주는 것뿐이었는데, 이번에는 내가 스스로 새 친구를 사귀고 싶다. 물론 엄청 소심한 나에게는 큰 도전이다. 이 다이어리를 쓰는 이유도 이것이다. 이 다이어리를 보고 그날 나의 행동을 객관적으로 평가하고 성찰하는 것이다.

엄마가 나에게 하셨던 말씀이 떠올랐다.

"너는 그날 이후로 계속 그 시간 속에서만 머물고 있어. 진희가 너를 매일 챙겨주긴 하지만 이제는 너도 스스로 친구들과 어울려야지."

엄마 내가 어떻게 친구를 사귀는지 보여줄게요!

1998년 7월 7일 화요일

 첫날 보였던 자신감과는 다르게 막상 전학생과 친해지는 것은 꽤 어려운 일이었다.

 친해지려고 다가가면 무슨 말을 꺼내야 할지 생각이 나지 않았고, 꺼낼 말을 생각했을 때는 상현이가 자리에 보이질 않았다. 그렇게 삼일을 허탕 치니 이제는 안 되겠다. 오늘은 기필코 말을 걸어보자는 마음으로 아침 일찍 일어났다.

 전학생은 부지런한 성격인 건지 반에서 늘 1등으로 등교하는 나보다 더 빨리 등교한 것이다. 언제 학교에 왔는지 물어보고 싶었지만, 상현이가 독서에 너무 열중하고 있었다. 고개를 숙여 책 표지를 보니 "우리들의 일그러진 영웅"이라는 책을 읽고 있었다. 초등학교 5학년쯤에 영화가 있어 부모님과 함께 관람했던 기억이 생생한데, 오랜만의 그 책을 다시 보니 그때의 추억이 떠오른다. 혼자 속으로 생각하다가 자리에 앉아 책을 읽으며 진희가 오기를 기다리고 있었다. 진희를 기다리며 책을 읽던 도중 문득 전학생이 뭐 하는지 궁금해 무심코 옆을 봤다. 전학생은 언제 수학 문제집을 꺼냈는지 다음 중간고사 수학을 공부하고 있었다. 수학 문제집을 보니 나도 공부해야겠다는 생각이 들면서 혼자 부담감이 들었다.

 그렇게 혼자 생각하다가 다시 전학생 쪽을 보니 문제가 잘 안 풀리는지 낙서를 하고 있었다. 무엇을 낙서하는지 궁금해 더 자세히 보는데, 공부하는 중인 것 같은 오리를 그리고 있었다. 오리가 너무 귀엽기도 하고 그림을 너무 못 그려 무심코 웃어버렸는데 교실에 사람이 없었던 지라 작게 웃었는데도 전학생이 웃음소리를 들은 것 같다. 전학생은 놀란 표정으로 나를 바라봤다.

"오리 귀엽지? 내가 제일 좋아하는 캐릭터야."

전학생은 밝게 웃으면서 말했다.

"응. 오리 귀엽다."

나의 짧은 대답 후 정적이 흘렀다. 괜히 민망해지려던 중 진희가 왔다. 나는 기다렸다는 듯이 진희에게 갔다. 진희에게 방금 있었던 일을 말하니 진희가 조용히 속삭였다.

"전학생이 너와 친해지고 싶은 거 아니니?"

"정말! 나도 사실 전학생이랑 친해지고 싶었어!"

"너 전학생 좋아해?"

"아니! 그건 아니야! 나는 한 번도 친구를 나 스스로 사귀어 본 적이 없어. 너랑도 네가 먼저 나에게 다가와 줘서 친해진 거였잖아. 그래서 전학생과 친해져 보고 싶어! 그리고 전학생이니 학교생활에 어려움이 있을 수도 있잖아! 내가 도와주고 싶어!"

"근데 친구를 사귀려면 어떻게 해야 해?"

내가 말을 덧붙이자 진희가 웃으며 말했다.

"우선 친구를 사귀려면 공통의 관심사를 찾아야 하지 않아?"

"전학생이 무엇을 좋아하는지 물어봐!"

그때 조회를 알리는 종이 울리고, 진희와 나는 각자의 자리로 후다닥 달려갔다.

담임 선생님이 들어오셨다. 선생님은 전학생에게 물으셨다.

"상현아, 학교생활은 괜찮니?"

"네!"

전학생은 밝은 목소리로 대답했다. 선생님은 흡족하시단 듯이 말씀하셨다.

"역시 상현이가 참 적응력이 좋아."

전학생은 멋쩍게 웃었다.

담임 선생님은 말씀을 마치신 후 나가셨다. 진희가 했던 말을 해야 한다. 용기를 가지고 전학생에게 물었다.

"상현아, 혹시 뭐 좋아하는 거 있어?"

내가 질문하자 상현이가 답했다.

"나는 책 읽는 거 좋아해."

"오! 그렇구나."

더 이어갈 말이 생각나지 않았다. 사실은 나도 책 읽는 것을 매우 좋아하는데 평소 대화에서도 상대방의 말에 호응만 할 줄 알았었지. 말을 이어 나가는 것은 초등학교 때 이후 해본 적 없다. 지금에서야 생각하는 것이지만 그때 [나의 일그러진 영웅] 이야기를 해보던 것은 어땠을까? 하지만 그때 당시 난 그 이후의 답변을 생각하지 못했었고, 나의 대답 이후 긴 정적이 흘렀다. 멋쩍어진 나는 갑자기 자리에 앉아 공부하기 시작했다. 어쩌면 엄마의 말씀이 옳을지도 모르겠다.

그날에서부터 성장한 것이 없으니까. 이제 슬슬 펜을 내려놓을 시간이다. 뭐 오늘은 만족스럽지 않지만, 내일은 내일에 해가 뜨는 것이니. 너무 낙담하지 말아야지.

1998년 7월 16일 목요일

오늘은 아침부터 기분이 좋지 않았다. 어제 너무 늦게까지 책을 읽었던 건지 시계를 보니 8시 10분이다. 지각을 할 것 같아. 아침을 먹고 가라는 엄마에게 괜히 짜증을 내고 말았다.

"엄마 저 늦었다고요!

그리고 아침을 꼭 챙겨 먹어야 하는 것도 아닌데 왜 맨날 잔소리하세요!"

버스는 이미 놓친 지 한참이었다. 다음 버스까지는 1시간이 걸린다. 하는 수 없이 달리기 시작했다. 달리던 중 엄마에게 죄송해 눈물을 훔치며 학교로 뛰어갔다. 열심히 뛰었지만, 시간은 8시 55분이다. 조회 시간보다 5분이다 늦은 것이다. 눈치 보다 교실에 들어가니 담임 선생님께서 말씀하셨다.

"지은이가 지각하는 날도 있고, 오늘은 해가 서쪽에서 뜨겠어."

선생님은 한참을 웃으시더니 말씀하셨다.

"오늘은 지은이랑 상현이가 음악실 청소다."

상현이라고? 어제는 분명 일등으로 등교했었는데. 그건 그렇고 전학생과 같이 청소해야 한다니! 생각만 해도 어색하다. 그러게 왜 지각했을까? 지각한 내가 원망스러웠다. 그러다 보니 엄마에게 짜증을 낸 것이 생각난다. 내가 왜 그랬을까? 엄마는 그냥 단지 내가 아침밥을 먹기를 바라셨을 뿐인데. 지각하게 된 이유는 난데 괜히 엄마에게 나의 화풀이를 하였다. 생각이 거기까지 가자 엄마에게 너무 죄송스러웠다.

그렇게 죄송스러운 마음으로 수업을 들었다. 상현이는 수업을 어찌나 열심히 듣던지 평소 수업 시간 꾸벅꾸벅 졸던 나도 괜한 승부욕이 생겨 수업을 졸지 않고 들었다. 그렇게 수업이 끝나고 어느덧, 청소를 해야 할 시간이 왔다. 괜히 어색해 쭈뼛대고 있었는데, 상현이가 먼저 말했다.

"음악 선생님께서 음악실 한번 쓸고, 칠판 한 번만 닦아주고 가라고 하셨었어."

"아. 그래?"

내가 답하자 상현이가 말했다.

"그럼 우리 음악실 먼저 쓸고, 칠판을 닦을까?"

"그래."

내가 답하자 우리는 청소도구함으로 가 빗자루를 들고 음악실을 쓸기 시작했다. 음악실은 빗자루가 움직이는 소리만 들릴 뿐 어색한 정적이 감돌았다.

나는 용기를 내 말을 꺼냈다.

"어제는 반에서 1등으로 등교했었는데, 오늘은 왜 지각했어?"

"책을 보느라 밤을 새웠어. 슬램덩크 알아?"

"잘은 모르는데, 내 친구가 좋아해."

"아. 그렇구나."

짧은 대화가 끝난 후 또다시 어색한 침묵이 감돌았다. 어색한 침묵을 깨고 상현이가 말을 했다.

"오늘 무슨 일 있어?"

"응?"

"오늘 조금 시무룩해 보여서."

오늘 엄마에게 죄송해서 시무룩해 있던 걸 본 것 같다.

"아침에 엄마한테 잘못해서."

"무슨 실수를 했는데?"

"오늘 아침에 늦게 일어났었는데 엄마한테 괜히 짜증을 내고 나왔었어. 근데 생각할수록 엄마한테 너무 죄송해서."

직접 입 밖으로 꺼내어 나의 잘못을 말하니 엄마에게 죄송한 마음이 더 크게 들었다. 엄마는 내가 힘든 순간에도 항상 내 옆에 있어 주셨는데. 내가 너무 심하게 말했다. 마음이 너무 안 좋아 눈시울이 붉어지던 중 상현이가 말했다.

"나도 엄마한테 잘못한 적이 많아. 식사 시간에 반찬이 마음에 들지 않는다고 반찬 투정을 하기도 하고, 언제는 엄마가 나한테 잘못하신 것도 아닌데, 그냥 내가 기분이 안 좋다는 이유로 짜증을 내기도 했으니까."

상현이의 목소리가 떨리기 시작했다.

"내가 그렇게 엄마한테 잘못해서 벌 받는 것 같아. 사실 우리 엄마 조금 아파. 시골로 내려온 이유도 엄마가 안정을 찾아야 해서 엄마의 고향으로 내려오게 된 거야. 내가 그때 왜 그랬었는지 모르겠어. 엄마도 나와 같은 사람일 뿐인데. 단지 나를 너무너무 사랑하는 사람일 뿐인데. 나는 엄마가 너무 큰 사람이라고, 생각했었어."

상현이의 눈에는 눈물이 고여 있었다. 뭐라고 말해야 할지. 뭐라고 위로해야 할지.

나는 상현이에게 다가가 손수건을 건넸다.

"아직 늦지 않았어. 지금이라도 너의 마음을 어머니께 표현해봐. 너의 잘못을 인식했으니 이제는 잘못을 해결해야지."

상현이는 손수건을 집더니 말했다.

"위로해줘서 고마워. 네 말이 맞아 이렇게 울고만 있다고 해결되는 일은 없지."

괜히 쑥스러워 옅은 미소를 보인 후 다시 자리로 가 청소를 하기 시작했다.

집에 가자마자 엄마에게 잘못을 용서받을 생각으로 머릿속은 가득 차 있었다. 그렇게 빨리 청소를 마쳤다. 칠판을 닦으면서 상현이에게 말했다.

"나는 오늘 엄마에게 아침에 있었던 일에 대해 용서를 받을 생각이야. 그러니 너도 용기를 내봐. 엄마는 항상 우리에게 열려있어. 너 늦기 전에 너도 꼭 용서를 구해."

내가 말을 마치자 상현이가 말했다.

"안 그래도 너의 말을 듣고 많이 생각했어. 오늘 꼭 엄마에게 용서를 구할래."

"좋아! 내일 우리 같이 얘기하자."

내가 밝게 말했다.

"좋아!"

상현이도 덩달아 밝게 대답했다. 그렇게 음악실 청소를 끝낸 후 우리는 누가 먼저랄 것 없이 집으로 가기 위해 달렸다. 나는 버스를 타기 위해 버스를 기다렸다. 버스는 마침 5분 뒤에 도착했고, 나는 엄마에게 어떻게 하면 용서를 받을 수 있을지를 고민하며 사죄 내용을 생각했다. 엄마에게 용서받을 내용을 생각하다 보니 버스는 금방 우리 동네로 향했고, 나는 집으로 달리기 시작했다. 열쇠로 집을 열기 전 심호흡을 한 후 집으로 들어갔다.

집으로 들어가자 엄마가 말씀하셨다.

"우리 딸 왔어?"

나는 엄마에게 다가가 엄마에게 말씀을 드리기 시작했다.

"엄마 제가 아침에 엄마에게 짜증을 내고, 소리 지르고 가서 죄송해요. 엄마."

아침에 그렇게 짜증을 냈는데도 나를 반겨주시는 엄마를 보니 눈시울이 붉어졌다.

엄마가 나를 안아주시며 말씀하셨다.

"우리 딸이 엄마도 생각해 주고, 엄마가 참 감사해. 우리 딸 힘든 일이 있었는데도 열심히 학교에도 가고, 엄마는 정말 우리 딸이 너무 자랑스럽다."

엄마 품에서 조용히 눈물을 흘렸다. 그리고 다시 한번 다짐했다. 엄마의 마음을 아프게 하지 않겠다고. 오늘은 정말 많은 일이 있었다. 이러한 하루하루들이 모여 멋진 미래가 되는 거겠지? 내일 상현이에게 오늘 있었던 일을 말해야지!

1998년 7월 17일 금요일

오늘은 신나는 금요일이다! 오늘은 아침 일찍부터 눈이 떠졌다. 서

둘러 준비를 한 후 집을 나섰다. 내가 나가는 것을 본 엄마가 말씀하셨다.

"어머! 지은아 왜 그리 학교에 일찍 가니? 무슨 일 있어?"

"아니요! 그냥 학교에 빨리 가고 싶어서요."

"그래~ 우리 딸 잘 다녀와."

엄마와 짧은 대화 후 집을 나섰다. 상현이와 함께 얘기할 생각에 들뜬 마음으로 버스를 탔다. 설레는 마음으로 학교에 도착하니 상현이가 교실에서 책을 읽고 있었다. 나는 장난스럽게 말을 걸었다.

"상현아, 나의 조언이 조금 도움이 되었어?"

나의 말이 끝나자 상현이가 웃으며 말했다.

"너의 말을 듣기를 정말 잘했어! 어제는 정말 우리 가족이 서로를 더 이해할 수 있었어. 엄마가 많이 우시면서 나를 안아주셨었어. 전에도 충분히 할 수 있었는데 왜 그러지 않았는지 모르겠어."

성현이는 그렇게 말을 이으며 말을 이었다.

"너는 어땠어?"

"나도 비슷했어. 엄마가 나를 안아주셨었어."

"아! 그리고 여기."

상현이가 건넨 것을 보니 그것은 어제 내가 주었던 손수건이었다.

"어제 고마웠어. 이거 햇살에 말려서 너 이거 쥐고 자면 좋은 꿈을 꿀 수 있어."

"진짜?"

내가 되묻자 상현이가 웃으며 말했다.

"뭐. 확실한 정보는 아닌데. 우리 엄마가 한번 나한테 말씀해 주셨었어."

"그리고 햇빛에 말리면 뽀송뽀송해져서 기분도 좋잖아."

상현이는 말을 덧붙인 후 멋쩍은 듯이 웃었다. 어제 이후 상현이와 더 많이 대화하게 된 것 같다. 이러면서 친구와 더욱더 친해지는 거겠지? 벌써 잘 시간이 넘었는지 자라고 잔소리하시는 엄마의 목소리가 들린다. 오늘 일기는 이쯤에서 쓰고 빨리 자러 가야지!

1998년 7월 20일 월요일

우리 학교는 점심시간마다 남자아이들끼리 모여 축구를 하곤 한다. 하지만 최근에 비가 너무 많이 와 운동장 흙이 질퍽질퍽 해져 피구를 못 했었는데, 오늘 운동장 흙이 말라서 다시 축구가 시작되었다 이번에 상현이도 축구에 나간다는데. 빨리 점심을 먹은 후 진희와 함께 운동장 벤치에 앉은 축구를 관람하기 시작했다. 아이들은 축구를 시작했다. 뜨거운 여름, 태양보다 뜨거운 친구들은 땀을 뻘뻘 흘리며 축구를 한다. 그렇게 아이들끼리 패스를 주던 중 상현이에게 축구공이 갔다. 상현이는 축구공을 차며 돌파하다가 골을 넣었다! 그렇게 골을 넣은 것을 시작으로 상현이는 수비수들을 제치며 골을 넣기 시작했다. 축구가 끝나고 상현 이의 팀이었던 아이들은 상현 이의 축구 실력을 칭찬하고 있었다. 상현이는 쑥스러운 듯이 머리를 긁적이다 나를 보았는지 나를 보며 밝게 웃으며 손을 흔들었다. 내가 처음 스스로 사귀어본 친구가 이렇게 인사를 해주다니! 조금은 감동하여 손을 높이 치켜든 후 웃으며 손을 흔들었다. 축구가 끝난 후 옆 반에 혜영이가 상현이에게 파워에이드 건네는 것을 보았다. 혜영이는 상현이에게 파워에이드를 건네어 주더니 도망가 버렸고, 상현이는 멍하니 파워에이드를 손에 쥐고 있었다. 괜히 못 볼 것 본 것 같아서 빨리 자리를 피하려는데 상현이가 나를 불렀다.

"나 이거 혜영이에게 받았는데 마실까?"

나는 당황하며 말했다.

"응? 그거야 당연히 네 마음이지! 네 마음 가는 데로 해."

왜 그런지는 모르겠지만. 얼굴이 붉게 물들었다. 황급히 교실로 들어갔다. 그날 수업은 어떻게 들었는지 모르겠다. 상현이가 왜 그런 말을 했을지 이유를 생각해보았지만 아무리 생각나지 않는다. 역시 사람의 마음은 참 어렵다. 내일 상현이에게 꼭 물어봐야지!

1998년 7월 21일 화요일

오늘은 아침부터 비가 내렸다. 일기예보에서는 장마가 시작되었다고 한다.

"지은아, 괜찮아? 엄마가 같이 학교에 가줄까?"

"아니에요! 괜찮아요."

나는 밝게 대답한 후 가방을 챙기며 서둘러 학교에 갈 채비를 했다. 학교에 도착하니 오늘도 어김없이 내가 1등이다! 괜히 뿌듯해하며 자리에 앉아 상현이를 기다리며 책을 읽고 있었다.

그때였다. 갑자기 빗줄기가 점점 더 거세졌다. 갑자기 가슴이 답답해졌다. 또 공황장애가 시작된 것 같았다. 숨이 안 쉬어져 가슴을 치던 중 상현이가 교실에 들어왔다.

"지은아, 괜찮아?"

상현이는 나의 어깨를 두드리며 심호흡을 하도록 했다. 그렇게 나의 숨은 점점 작아졌다.

"괜찮아?"

"응. 고마워."

나는 짧게 대답했다. 나의 대답 이후 잠시의 정적이 있었다.

"우리 엄마도 공황장애 셔서, 내가 많이 도와드린 적이 있었어."

"우리 엄마처럼 너도 어서 공황장애가 나았으면 좋겠다."

상현이는 짧게 덧붙인 후 나를 일으켜 주었다.

한참의 정적 후 상현이가 말을 꺼냈다.

"지은아 혹시 시간이 괜찮으면 방학 중에 우리 집에 놀러 올래?"

"정말 그래도 돼?"

"응! 내가 엄마에게 네 말을 한 적이 있었는데 엄마가 너 한번 집으로 초대하라고 하시더라.

혹시 시간이 안 되면 얘기해줘!"

나는 신이 난 목소리로 대답했다.

"당연히 시간 되지!"

내가 대답하자. 상현이는 밝게 웃었다. 요즘 상현이가 나를 보고 자주 웃는 것이 느껴진다.

나는 어제의 의문에 대해서 상현이에게 물어봤다.

"상현아, 어제 음료수 마실 건지 안 마실 건지 왜 물어봤었어?"

내가 질문하자 상현이의 얼굴이 순식간에 붉어지더니 나에게 말했다.

"그냥… 뭐…. 너한테 물어보고 싶어서."

상현이는 이렇게 말한 후 급하게 자리에서 일어나버렸다. 하여튼 요즘 박상현이 많이 이상하다. 툭하면 얼굴을 붉히지 않나, 나와 눈이 마주치면 눈을 깔아버리질 않나.

하여튼 이제 일주일만 더 지내면 방학이다. 빨리 방학이 오길.

1998년 7월 27일 월요일

오늘은 드디어 기다리고 기다리던 방학식이다. 오늘은 버스를 타던 중 진희와 마주쳤다.

"진희야 너 왜 이리 일찍 왔니?"

"오늘 방학식이잖아. 어차피 1교시만 하는데 일찍 가서 애들이랑 수다 떨어야지."

역시 친화력 좋은 진희라고 생각하던 찰나 진희가 말했다.

"지은아, 마침 오늘 1교시만 하는데 우리 반 애들이랑 조금 놀다 갈까? 애들이 너 많이 궁금해해."

진희의 물음에 고민했다. 하지만 결국 가기로 마음먹었다. 내가 막상 전학생하고만 친해지려 노력했었지, 반 친구들과 친해지기 위해 노력하지는 않았기 때문이다.

"그래!"

내가 흔쾌히 수락하자 진희는 놀란 표정을 짓더니 말했다.

"지은아, 네가 정말 많이 변했다. 옛날에는 같이 가자고 해도 무시했으면서. 너 뭔가 전학생이 오고 나서부터 많이 밝아진 것 같아."

진희의 말에 나는 웃으며 대답했다.

"나도 그렇게 느껴. 정말 상현이 덕분에 내가 많이 밝아졌지."

그렇게 진희와 한참 수다를 떨다 보니 어느새 학교에 도착했다. 교실에 들어가 보니 진희의 말대로 꽤 많은 아이가 1학기의 회포를 풀려나온 건지 모여 수다를 떨고 있었다. 그때 진희가 큰소리로 외쳤다.

"오늘 학교도 금방 끝나는데 떡볶이 먹으러 갈 사람!"

진희의 외침의 한, 두 명의 아이들이 손을 들기 시작했고, 어느새 친구 대부분이 손을 들고 있었다. 진희가 상혁이에게 다가와 물었다.

"전학생! 학교 끝나고 같이 떡볶이 먹으러 갈래?"

상혁이는 잠시 고민하다 떡볶이를 먹기로 했는지, 이내 고개를 끄덕거렸다.

그렇게 학교에서는 방학식이 끝나고, 친구들 진희를 따라 떡볶이 가게로 향했다.

나는 진희의 성격이 이렇게 밝은 이유 중 하나는 부모님의 떡볶이 장사라고 생각한다. 진희의 부모님들 또한 손님들과 대화를 통해 좋은 관계를 형성하시어 단골손님이 많다고 들었는데 진희도 마찬가지다. 진희도 부모님을 쏙 빼닮은 말솜씨로 우리 반 친구들과 모두 친하니까. 떡볶이집으로 들어가자 진희네 부모님은 우리를 반겨 주셨다. 진희와는 중학교 시절부터 친구였던 지라 떡볶이 가게에는 몇 번 가본 적 있던 터였다.

오랜만의 온 떡볶이 가게는 여전히 따뜻한 분위기였고, 달콤한 떡볶이 냄새와 고소한 튀김 냄새가 공간을 가득 채웠다. 친구들은 맛있는 냄새에 군침을 삼켰고, 진희의 부모님은 떡볶이랑 순대 튀김 등 분식들을 가지고 와 주셨다.

"잘 먹겠습니다."

아이들은 단체로 합창하듯이 크게 대답한 후 분식을 먹기 시작했다. 나도 분식을 먹었는데 역시 분식은 중학교 때 먹었던 맛 그대로였다. 아이들은 분식이 입에 맞았는지 게 눈 감추듯이 먹어 치우기 시작했다. 그렇게 한참을 먹기만 하던 중 같은 친구인 민용이가 말을 꺼냈다.

"오늘 이렇게 오랜만에 너희들과 분식을 먹게 되어 정말 좋다."

민용이는 크고 강해 보이는 것 모습과는 달리 속은 여리고 감정적이기 때문에 자신의 감정을 말로 표현하는 것에 익숙한 친구다. 그렇게 민용이가 한참 동안 자신의 감동 포인트를 말하고 있었다.

대부분 친구는 민용이의 말에 크게 집중하지 않고 있는데 유독 한 사람이 민용이에게 집중하고 있었다. 바로 진희인데, 평소라면 민용이 말을 자르고 자기 말을 했을 진희가 민용이가 하는 말에 눈을 반짝이며 집중하고 있었다.

그렇게 진희네에서 식사를 마친 후 진희와 함께 버스를 탔다. 덜

컹거리는 버스 안에서 진희에게 아까 있었던 일을 얘기했다. 진희는 나의 말을 듣더니 얼굴이 붉어지더니 이내 말을 꺼냈다.

"그렇게 티 났어?"

"뭐가?"

내가 말하자 진희가 웃으며 말했다.

"그럼 무슨 말을 하고 싶었던 거야?"

"너의 태도를 칭찬하고 싶었어. 아무도 집중하지 않는 친구의 얘기도 계속 들어주고."

내가 말을 마치자 진희가 깔깔거리며 웃었다.

"너는 아직 정말 어리구나."

"내가 민용이 말에 집중한 이유는 민용이를 좋아하기 때문이야."

"아…. 그랬구나. 혹시 언제부터였니?"

"얼마 안 됐어. 그냥 어느 순간부터 눈길이 갔어."

진희가 이렇게 진지하게 말한 적이 처음인 것 같아 조금은 당황스러웠다. 진희는 버스가 도착할 때까지 어떤 생각을 하는지 조용히 있었고, 우리는 각자 헤어져 집으로 갔다.

정말 진희가 민용이를 좋아할 줄은 꿈에도 몰랐었는데, 사람 일은 역시 모르는 것 같다.

내일 모래는 상현이의 집으로 놀러 가기로 한 날이다. 오랜만에 친구네 집에 놀러 가는 것이라 벌써 설레기도 하고 긴장되기도 한다! 내일 모래 다녀와서 또 다이어리 써야지!

1998년 7월 29일 수요일

　오늘은 상현이네 집에 놀러 가는 날이다. 참 신기한 일이다. 불과 몇 주 전까지는 상현이와 인사를 하는 것도 어색했었는데, 이제는 집까지 초대받다니. 역시 노력해서 안 되는 것은 없는 것 같다. 아침 일찍 일어나 세수를 하고, 로션도 바르고 작년 생일에 진희에게 선물 받은 립밤을 바르고 전날 미리 고른 옷을 입고 머리는 반묶음을 했다. 그렇게 준비한 후 설레는 마음으로 집을 나섰다.

　"지은아 8시 전까지는 들어와라."

　엄마의 말씀을 듣고 집을 나섰다. 집을 나선 후 상현이에게 줄 선물을 고르기 시작했다. 내가 처음으로 다가가 사귄 친구이니 지금처럼 좋은 사이를 유지했으면 좋겠다. 무엇을 줄지 한참을 생각하다가 저번에 상현이가 책을 읽었던 것이 생각난다. 나는 서둘러 동네 서점으로 향했다. 서점에 들어가 책을 골랐다. 한참을 고민하다가 결국 단편 소설집을 선택했다.

　[옛 우물에서의 은어낚시] 라는 책이었는데 내가 평소에 애정하는 작가들의 단편 소설들이 가득 담겨 있었다. 선물을 고른 후 상현이와는 학교 앞에서 만나기로 약속했던 터라 서둘러 버스를 탄 후 학교에 가기 시작했다. 그렇게 20분쯤 달렸나? 버스는 정류장에서 내렸고 나는 서둘러 학교로 걸음을 향했다. 시계를 보니 시간은 9시 30분이었다. 상현이와 만나기로 한 시간은 10시였으니 근처 공원에서 20분 정도 앉아있다 와야겠다는 마음으로 학교를 떠나려는데 멀

리서 나를 부르는 소리가 들렸다. 뒤를 돌아보니 그곳에는 상현이가 손을 흔들며 나를 부르고 있었다.

뜨거운 태양 아래 선선한 바람이 부는 여름, 상현이가 뛰어오고 있는 걸 보니 괜히 마음이 싱숭생숭해졌다.

"왜 이렇게 일찍 왔어?"

상현이가 묻자 내가 답했다.

"어쩌다 보니 그렇게 됐어. 너는 왜 이렇게 일찍 나왔어?"

내가 질문하자 상현이는 머리를 긁적이며 답했다.

"그냥. 오늘은 조금 일찍 나오고 싶었어."

"빨리 집으로 가자 엄마가 기다리셔."

상현이는 말을 덧붙인 후 길을 안내하기 시작했다.

한 30분쯤 걸었을까? 상현이의 집에 도착했다.

상현이의 집은 우리 동네에서 가장 큰 아파트였다. 집에 들어가 보니 집은 전체적으로 고급지고 아늑한 분위기를 자아냈다. 게다가 집안 곳곳에는 귀여운 장식이나 액자가 있었다. 거실은 큰 창이 나 있고 고급스러워 보이는 하얀 커튼이 있었으며 한쪽 구석에는 큰 책장이 보인다. 책장은 꽤나 커 보였는데 큰 책장을 가득 채운 책들이 눈에 들어왔다. 한참 거실을 살펴보고 있는데 상현이네 어머니가 나오셨다. 상현이의 어머니는 상현이와 마찬가지로 무쌍인 눈매와 하얀 피부를 가지고 있으셨다. 그런데 어딘가 익숙했다. 어디서 많이 본 듯한….

"혹시 정가령 작가님이신가요?"

"어머! 나를 알아보는 사람도 있네."

깜짝 놀랐다. 작가가 장래 희망인 나로서는 모를 수가 없는 분이셨다. 내가 본받고 싶은 부분이 정말 많으신 분이시다.

"네! 작가님 정말 저의 롤 모델이세요."

"그렇게 말해줘서 내가 다 고맙네."

"아닙니다."

"오늘 우리 집에서 편하게 놀다가."

"저번에 우리 아들이 나에게 사과를 한 적이 있었는데 그게 다 우리 지은 학생 덕분이라며? 정말 고마워."

가령 작가님께서는 나의 손을 꼭 붙잡으시며 말씀하셨다. 롤 모델이 그렇게 말씀해주시니 너무 좋아서 어찌해야 할 바를 몰라 얼굴만 붉어지고 있었는데 가령 작가님이 말씀하셨다.

"내 작품을 읽는 독자라 그랬죠? 혹시 괜찮다면 이것 좀 읽어 줄 수 있겠니? 내가 새 작품을 출간하려는데 독자들의 반응을 보고 싶어서."

가령 작가님은 나에게 작은 책을 하나 건네셨다. 가령 작가님께서 쓰신 글은 흡입력이 좋고, 흥미 있었으며 감동적이기도 하였다. 나는 감동하며 글을 다 읽었다. 너무나 영광스러운 경험을 하게 되었다. 내가 책을 내려놓자 가령 작가님은 웃으면서 물으셨다.

"책 내용은 괜찮니?"

내가 답했다.

"너무나 감동적입니다. 정말 가문의 영광이에요."

"나야말로. 독자를 만나 정말 영광이야. 내가 지금 병원에 가야 해서 집을 비워야 할 것 같아. 10시 30분쯤에 상현이 동생이 오니 잘 돌봐주렴. 아! 그리고 냉장고에 먹을 만한 음식이 있으니 배고프면 먹어라. 잘 놀다 가렴."

"네."

나는 배꼽 인사를 했다. 휴. 가령 작가님이 가셨다.

"너 완전, 얼어 있더라."

상현이는 나를 보며 웃었다.

"얼지 않는 게, 이상한 거 아니야? 가령 작가님은 나의 우상이야."

괜히 발끈해 맞받아쳤다. 내가 발끈하니 상현이는 움찔하더니 방에서 무언가를 가지고 왔다.

"너 혹시 수학 잘해?"

가지고 온 것은 수학 문제집이었다.

"잘은 못하는데 한번 같이 풀어보자."

상현이와 함께 식탁에 앉아 수학 문제집을 풀던 중 문을 여는 소리가 났다. 문을 보니 아까 가령 작가님이 말씀하셨던 상현이의 동생이 온 것 같다. 상현이의 동생은 얼핏 보기에는 초등학생 정도로 보였다. 상현이의 동생은 상현이와 퍽 닮아 보이지는 않았다. 하얀 피부는 같았지만 상현이의 동생은 고양이상에 유쌍 이었다.

"저 언니 뭐야."

상현이의 동생이 물었다. 목소리가 생각보다 더 얇고 귀여워 놀랐다.

나는 재빨리 나의 소개를 시작했다.

"안녕? 언니는 상현이 오빠 친구 이지은이야. 너는 이름이 뭐야?"

"나는 박아현. 연두초등학교 4학년."

아현이가 너무 귀여워 한참을 보고 있는데 아현이가 말했다.

"언니 나 숙제 좀 도와줄 수 있어?"

"알았어. 근데 왜 오빠한테는 안 부탁해?"

내가 질문하자 아현이가 말했다.

"나는 언니가 더 좋아!"

"아현아!"

상현이는 서운한 듯이 소리 질렀다.

"아현아 숙제가 뭐야?"

내가 묻자 아현이가 스케치북을 꺼냈다.

"내가 되고 싶은 거 그리는 거야. 근데 나는 아직 내가 뭐가 되고 싶은지 모르겠어."

"언니는 아현이가 무엇이 되고 싶어 하는지 모르는 게 오히려 더 당연하다고 생각해."

"맞아. 아직 너는 경험해본 일이 많지 않잖아."

상현이가 나의 말에 덧붙였다.

"네가 잘하거나 좋아하는 것을 생각해봐. 나중에 네가 어른이 되었을 때 네가 잘하고, 좋아하는 일을 해야지 행복한 것 아니겠어?"

상현이가 말했다.

"언니도 그래. 언니가 사실 중학교에서 따돌림을 당했었어. 2년이라는 시간 동안 갖은 폭행과 심부름에 희생양이었지. 특히 비가 오던 날에는 일진들이 더욱 심한 폭행을 했었어. 그러던 어느 날 엄마가 내 멍 자국을 보신 거야. 그날 엄마가 처음으로 우셨어. 그날 이후 엄마는 직장을 그만두시고 나를 돌보시기 시작하셨어. 처음에는 너무 힘들고 괴로웠었어. 그래서 어느 순간 나를 괴롭히지 않았던 친구들과도 멀어져 그나마 남아 있는 친구는 한 명뿐이더라. 그런데 어느 순간부터 내가 책을 읽기 시작했어. 책을 읽으면서는 내가 괴로웠던 기억들이 생각나지 않으니까. 그렇게 책을 많이 읽다 보니 나도 책을 쓰는 사람이 되고 싶어졌었어."

남에게 이런 얘기를 한 것은 이번이 처음이었다. 생각보다 아무렇지 않게 말한 나 자신에게 놀랐다. 상현이는 내 말을 듣고 생각에 잠긴 표정이었고, 아현이는 좋은 생각이 났는지 스케치북에 무언가를 그리기 시작했다. 아현이는 칠판 앞에서 웃고 있는 본인을 그리고 있었다.

"나는 다른 사람을 도와주는 거 좋아하고, 학교가 좋아! 나는 다른 사람들을 도와주는 선생님 할 거야!"

아현이가 기특해 머리를 쓰다듬어 주었다. 그 이후 상현이와 아현이와 점심도 먹고 같이 놀면서 시간을 보냈다. 시계를 보니 이제 어느덧 엄마가 말씀하셨던 시간이 다가오고 있다.

나와 헤어질 때가 오니 아현이가 나에게 안겨 떨어지지 않았다. 나는 아현이의 머리를 쓰다듬으며 말했다.

"아현아 언니가 꼭 다시 올게."

아현이는 울먹거리는 표정을 하더니 책갈피를 가지고 왔다.

"언니 이거. 언니 선물이야. 나중에 꼭 다시 와야 해."

"조심해서 들어가."

상현이가 말했다. 맞다! 잊을뻔했다.

"상현아 여기 선물!"

나는 아침에 샀던 책을 건넸다.

"나랑 친구 해줘서 고마워!"

고맙게도 아현이와 상현이는 버스 정류장까지 나를 배웅해 주었다. 나는 두 사람의 배웅을 받으며 집에 도착했다. 아현이가 너무 귀여웠다. 나도 아현이 같은 여동생이 생기기를.

1998년 8월 16일 수요일

한동안 다이어리를 쓰지 못하였다. 왜냐하면 내가 상현이와 사귀게 되었기 때문이다.

내가 상현이 집에 놀러 간 이후부터 이상하게 상현이를 보면 얼굴이 붉어지고 괜히 그랬었다.

그러다 깨달았다. 내가 상현이를 좋아한다는 것을 깨달았다. 헌중이와 사귀는 진희에게 물어보았더니

"너의 감정에 솔직해져!"

라고 충고를 하며 상현이와 앞으로 어떻게 지낼 것인지 고민하라고 조언해 주었다.

그렇게 시간을 보내고 있었는데, 상현이가 나를 불러냈다. 그러면서 나를 좋아하고 있다고 고백하는 것이 아닌가? 알고 보니 사실 상현이는 내가 상현이를 좋아하기 전부터 나를 좋아하고 있었다고

한다. 상현이가 나를 좋아하는 것을 알고 있었던 진희가 상현이에게 나의 마음을 전해 상현이가 용기를 낸 것이라고 한다.

이 다이어리를 처음 썼을 때가 생각난다. 그때 당시에는 아직 따돌림의 기억으로 힘들었었는데 무엇이라도 해야겠다.라고 생각한 나의 작은 용기가 결국에는 작은 기적을 만들어낸 것 같다.

*

픽 삐비빅 문이 열리는 소리가 들리고 부모님이 오시는 목소리가 들린다.

"우리 딸 아빠 왔다!!"

내가 있는 곳의 방이 열었다.

"아! 이거 자기가 고등학교 때 나랑 처음 만났을 때 쓴 거지?"

"맞아! 정말 너무 추억이다."

"대한민국 대표 작가의 다이어리를 볼 수 있다니! 딸 이건 영광인 거야!"

"여보 부끄럽게 왜 그래?"

"자랑스러워서 그러지."

"아… 그리고 딸, 진희랑 민용이가 우리 딸이 좋아하는 마늘빵 줬어."

마늘빵을 먹으며 하늘을 보았다. 조금 전에 내렸던 비는 언제 내렸냐는 듯이 하늘에서는 무지개가 피어있었다.

The end

우리들의 텃밭 이야기

이수민 지음

[작가의 말-계산여자중학교 2학년 이수민]

 일상이 지치고 힘들 때, 저는 자주 힐링 관련 노래를 듣거나 자연과 관련된 영상을 찾아보곤 했는데요, 그러다 보니 최근 들어 귀농에 관한 관심이 커졌습니다. 비록 지금 당장 이루기엔 무리가 있지만 언젠간 꼭 직접 작물을 재배하여 요리도 해 보고, 자연에서만 느낄 수 있는 그런 힐링을 느껴보고 싶어 제 버킷리스트와 같은 나만의 작은 텃밭 가꾸기를 이 책을 통해 대신하는 마음으로 이 글을 써 내려갔습니다.

오늘도 잠에 덜 깬 채로 집을 나선다.

"야 백설 밥 먹고 가!"

엄마의 부름에 잠깐 멈칫했으나 오늘따라 왠지 배가 별로 고프지 않았기에 다시 집을 나섰다.

"엄마 저 다녀올게요."

오늘은 개학 첫날. 오랜만에 걷는 등굣길이라 그런지 학교로 향하는 발걸음이 너무나 무겁게 느껴졌다. 우리 학교는 산 아래에 있어서 우리 집에서는 꽤 걸리는 거리라 아침부터 찌뿌둥한 채로 나는 겨우겨우 한 걸음 한 걸음 발을 내디디며 학교로 향했다. 투덜투덜거리며 아무 생각 없이 걸으니 예상했던 것과는 다르게 생각보다 빨리 학교에 도착했다. 겨우 몽롱했던 정신을 차리니 나는 이미 반 앞까지 도착해 있었다. 실내화로 갈아신으며 천천히 반을 둘러보았다. 역시 개학 첫날이라 그런지 일찍 등교한 친구들이 별로 없었다. 방학 동안 먼지가 쌓인 내 책상을 물티슈로 한 번 쓱- 닦고 자리에 앉았다. 그때, 신발장 앞에서 누군가가 큰 목소리로 나를 불렀다. 신발장 쪽으로 고개를 돌리니 나를 부르던 그 목소리의 주인공이 보였다. 그 아이는 다름 아닌 나의 오랜 소꿉친구 설하였다. 나와 오랫동안 알고 지낸 사이인 설하는 훤칠한 키에 찰떡같이 어울리는 숏컷 머리, +모델 뺨치는 비율을 가진 175cm 장신 친구다.

"야! 백설!!"

"어, 왜."

"너는 못 본 사이에 말투가 더 딱딱해졌냐. 이거 참 서운하게 시리…."

"사람 말투가 그럴 수도 있지 뭐…. 그리고 나 평소에도 이 말툰데?"

"그런가?? 뭐 어쨌든 나 오늘 너랑 같이 분리수거 못 할 것 같다."

"엥? 우리 오늘 분리수거 없지 않나?"

"무슨 소리야, 교무실 분리수거도 우리 담당 아니냐."

"아 맞네! 잊고 있었다…. 일단 알겠어! 담에는 꼭 같이해야 한다 진짜."

"아 알겠어! 잘 좀 부탁한다.~!"

'2학기 첫날인데 뭐 할 게 있겠어??' 하면서도 등교 내내 마음 한편이 찜찜했었는데 이것 때문이었나보다. 방학 전에 담임 선생님께서 개학 첫날에는 교무실 분리수거만 해주면 된다고 하셨었는데, 설하가 말해주지 않았더라면 새카맣게 까먹었을 것이다.

- 딩동 댕동 딩동댕 동

분리수거 얘기로 설하와 한창 대화를 하고 있을 때, 종이 쳤다.

"일단 종 쳤으니까 자리에 앉자"

곧이어 문이 드르륵- 열리더니 담임 선생님께서 들어오셨다.

"얘들아! 자리에 앉아 조례 시작한다."

"1번…! 2번…!"

그렇게 조례와 개학식을 마치고, 1교시 국어, 2교시 역사, 3교시 수학…. 그날은 이상하리만치 시간이 빠르게 흘렀다. 시계를 살피니 시간은 벌써 5교시가 끝나가고 있는 시점이었다. '아 맞다 집에 가서 동아리 개설 신청서 작성해야 하는데…!' 선생님께 말씀드려서 미리 분리수거 해놔야겠다. 그리하여 쉬는 시간이 되자마자 나는 분리수거 봉사 담당 선생님께 미리 말씀을 드리고 교무실 쓰레기들을 들고 분리수거장으로 달려갔다.

"아 빨리 분리수거 해야 하는데."

1. 첫 만남

그때였다.

분리수거장 뒤편의 화단에서 무언가 알 수 없는 물체가 꿈틀대는 것이 보였다.

"어 저건 또 뭐지??"

나는 양손에 쥔 쓰레기봉투들을 양옆에 살포시 내려놓고, 무엇인지 알 수 없는 그것을 주시했다. 그런데 갑자기 그 형태를 알 수 없는 것은 화단 앞으로 불쑥 튀어나왔다. 동글동글하고 맑은 눈에 쫑긋 세운 작은 귀, 손을 살짝 들고 서 있는 그것의 정체는 족제비였다.

"아 뭐야~ 족제비잖아? 음? 근데 뭔가 내가 알고 있는 족제비랑은 생김새가 좀 다른데?? 그건 그렇다고 해도. 왜 족제비가 여기까지 내려왔을까? 그것도 우리 학교 화단 쪽으로?.?"

알 수 없는 의문들이 내 머릿속을 복잡하게 헤집어 놨다. 나는 학교에서 그것도 분리수거장 바로 뒤편의 화단에서 족제비를 만났다는 사실이 너무 신기해 그 족제비를 뚫어지게 보고 있었다. 족제비는 참 봐도 봐도 적응되지 않는 귀여운 외모를 가지고 있었다. 시간 가는 줄 모르고 쪼그려 앉아 흥미롭게 족제비를 보고 있었는데 갑자기 예비령이 울렸다. 나는 학교 건물 쪽으로 고개를 돌리며 말했다.
"헉 분리수거 해야 하는데 어떡하지 망했네…."
나는 다시 족제비가 있던 방향으로 고개를 돌리며
"너를 보느라 시간이 다 갔네."
하며 말을 꺼내려 했다. 그런데
"어? 뭐야 언제 저기까지 갔대?"
내가 시선을 뗀 지 얼마나 되었다고, 그새 그 귀여운 족제비는 분리수거장 바로 옆에 있는 안 쓴 지 오래된 컨테이너 창고 문 앞에 앉아 있었다.
"얘, 왜 거기 있어 그 안엔 아무것도 없을걸? 안 쓴 지 꽤 되었다고 들었거든."
하며 내가 말하자 그 족제비는 살짝 열려있는 컨테이너 문 안쪽으로 휙 들어가 버렸다.

- 딩동 댕동 딩동댕 동

헉! 나는 본령 소리가 들리자마자 놀라 소리치며 서둘러 반으로 향했다. 다행히도 수업 시작 전에 반에 도착했다. 비록 교과 선생님과 함께 들어가 조금 혼나긴 했지만 말이다. 잠시 후 수업을 마친다는 선생님의 말씀, 종소리와 함께 6교시 체육 시간을 마치고 아까 미처 하지 못한 분리수거를 하러 분리수거장 쪽으로 걸어갔다. 분리수거장에 도착하여 차근차근 할 일을 하기 시작했다.

"이건 플라스틱…. 이건 떼서 하나는 비닐…. 하나는 플라스틱. 다 했다!"

천천히 하나하나 정리하며 수거하다 보니 수월하게 일찍 끝내게 되었다. 그러다

'아, 그러고 보니 아까 그 족제비 저 창고 안으로 들어가지 않았나? 아직도 있으려나.'

하는 궁금증이 생겼고, 나는 마지막으로 가져온 쓰레기봉투까지 수거함에 분리하여 버린 다음 창고로 한 걸음씩 다가갔다. 금세 도착한 오래된 철문 앞에서 나는 천천히 컨테이너의 문을 열었다.

끼익-

소름이 끼치는 문소리가 들렸고, 문을 열자마자 갑자기 순식간에 많은 빛이 내 눈 앞을 가렸다. 곧이어 눈이 덜 부시게 되자 눈을 살며시 뜬 나는, 눈 앞에 펼쳐진 광경에 놀라지 않을 수 없었다. 눈 앞에 말로 표현 못 할 정도로 넓은 온실이 있었기 때문이다. 상식

적으로 낡아서 이제는 사용하지 않는 컨테이너 창고를 열었더니 허름한 창고의 내부는커녕 넓은 온실이라니 이게 무슨 일인지 어안이 벙벙했다.

2. "?"

"안녕!"

어디선가 낯선 목소리가 들려왔다. 한 번도 들어본 적 없는 목소리였다. 이 목소리는 누가 내는 것인지, 인사는 나에게 한 것인지, 이 공간은 도대체 무엇인지 등 수많은 호기심이 머리에 가득했다. 그러나 많이 당황스러웠던 나머지 나는 이 알 수 없는 곳을 벗어나려, 다시 내가 열었던 컨테이너 문손잡이를 잡고 돌려 밖으로 나갔다. 문손잡이를 돌리고 문밖으로 나오니 내가 아까 쓰레기들을 분리수거 했던 분리수거장 옆 컨테이너 앞으로 되돌아왔다. 나는 생각을 정리할 시간이 필요했다. 나는 우선 집으로 갔다. 집에 도착하여 방문을 열고, 내 책상에 앉아 일기를 썼다.

2023. 7. 17. 월요일 [이상한 날]

오늘 설하가 일이 있어서 나 혼자 분리수거를 하러 5교시 쉬는 시간에 분리수거장으로 향했다. 5교시 쉬는 시간에 미리 분리수거를 해놓고 하교하여 내일까지 제출해야 하는 '동아리 개설 신청서'를 작성해야 했기 때문이다. 그런데 그곳에서 예상치 못한 귀여운 생명체를 만났다. 바로 족제비였다. 생김새는 다른 족제비들과 살짝 다르지만 확실한 족제비였다.

 그 족제비를 구경하다 시간이 훌쩍 지나 어느새 6교시 본종이 쳐서 학교 건물 쪽을 쳐다보다가 다시 그 족제비 쪽을 바라보았는데 그 족제비는 컨테이너 앞에 있다가 컨테이너 안으로 들어갔고, 그리하여 나는 반으로 향했다. 모든 수업이 끝나고 하굣길에 분리수거를 하게 되었다. 그런데 분리수거를 하며 아까 보았던 귀여운 족제비가 생각나 컨테이너 근처에 가서 족제비가 들어갔던 그 컨테이너의 철문을 열었는데 얼굴 주변에 빛이 쏟아지더니 내 눈 앞을 가렸고, 살짝 눈을 떠보니 이상한 공간이 펼쳐져 있었다. 나는 놀라 다시 문을 열고 허겁지겁 나왔고, 짐을 챙겨 서둘러 집으로 향했다.

 일기를 다 쓰고 나니, 어느 정도 오늘 일어났던 이해할 수 없었던 일들이 머릿속에서 좀 정리되는 것 같았다. 그래서 나는 내 방 침대에 누워 조금 쉬다가, 오늘 마무리 지어야 하는 일인 동아리 개설 신청서를 작성하기 위해 침대에서 일어났다. 책상에서 노트북을 켜고 신청서를 작성하기 시작했다. 작년만 해도 동아리 개설에 대해 동아리를 만들고 싶은 마음도 없고, 관심도 일절 없어서 동아리 같은 걸 내가 직접 만드는 것에 대한 고민조차 안 하고 있었는데 1년 전, 우연히 외할머니댁에 놀러 갔다가 마당에 있는 작은 텃밭에 방울토마토, 딸기 등 작물들이 심겨 있는 것을 보곤 나도 모르게 잘 익은 작물들과 식물들을 보면 기분이 좋아졌고 그 뒤로부터 작물 재배 활동이나 식물을 키우는 것에 대한 흥미가 생겼다. 그래서 지금 내가 만들려고 준비 중인 동아리는 바로 작은 텃밭을 가꾸는 텃밭 동아리다. 평소에 반복되는 일상이 매우 힘들고 지루했던 나에게 왠지 내가 하루도 관심을 안 가지면 안 될 것 같은, 그리고 매일매일 조금씩 성장해나가는 작물의 모습을 볼 수 있는 텃밭 가꾸기는 요즘 내 최대의 관심사이다. 또한 어렸을 때부터 동물 키우기나 화초 가꾸기를 좋아했기에 지금 이렇게 텃밭 가꾸기에 대한 흥미가 생기는 게 어찌 보면 당연한 것 같다고 내 주변 사람들은 그렇게 얘기하지만, 내 생각엔 평소에 무언갈 키우거나 가꾸는 취미가 없었어도 나는 분명 지친 내 마음을 힐링시켜주는, 무엇을 키우냐에 따라 키우는 방법, 적당한 때에 잘 수확하는 방법 등 찾아보면 찾아볼수록 새로운 지식을 얻을 수 있고, 그만큼 다양한 작물들을 키움으로써 나중에 여러 종의 작물들을 수확하며 느낄 수 있는 뿌듯함을 오롯이 느껴볼 수 있다는 텃밭 가꾸기의 장점이 꼭 언젠간 내가 하고 싶은 것 몇 가지 중 하나가 되었을 것이라고 나는 그렇게 생각한다.

3. 새로운 공간

다음날, 학교에 지각할 뻔했다. 어제 참 많은 일을 겪었고, 또 각 일에 대해 깊게 생각하다 보니 몸이 피곤할 대로 피곤해져, 잠깐

눈만 붙인다고 침대로 가서 누웠는데 그대로 잠이 들었다. 그래서 일어나자마자 개운한 느낌에 시간을 확인하려 핸드폰을 켠 순간 나는 꽤 당황했다 학교 종이 울릴 때까지 20분도 남지 않은 상황이었다. 허겁지겁 정신없이 옷을 갈아입고 학교로 뛰어 가까스로 지각은 면했지만, 하마터면 지각이라 생활기록부에 기록될 뻔했다. 급하게 뛰어온 나머지 숨이 차, 앉아서 숨을 고르고 있던 나에게 설하가 다가왔다.

"야 그래도 겨우 지각은 면했다 급하게 뛰어온 것 같던데 좀 괜찮아?"

"응 아직 숨차긴 한데 괜찮아. 아 맞다 그리고 보니 어제 나 이상한 일 있었다?"

"응? 무슨 이상한 일?" "뭐 분리수거장에서 쓰레기 분리하다가 귀신이라도 봤어?"

"아니 그건 아닌데 아 아냐."

"아 뭔데 원래 사람이 말하다가 끊으면 그게 제일 짜증 난다?"

"그냥 그런 게 있어 나중에 다 설명해줄게."

"도대체 뭐길래 그러냐 진짜 그럼 다음 분리수거같이 할 때 말해줘."

"알겠어! 다음에 같이 분리수거 가면 꼭 말해줄게."

어제 있었던 일에 대해 설하에게 말해주려 했으나 문득, 그 공간에 대해 지금 알려주기에는 어떤 곳인지도 모르는 마당에 너무 섣부른 거 것 같아 다음에 꼭 말해주는 것으로 하고 각자 자리로 향했다. 곧이어 1교시 수업 시작종이 울렸고 수업을 듣기 시작했다.

1, 2, 3, 4교시 수업을 다 듣는 동안 생각해보았는데 결론은 나는 어제 그 컨테이너 안의 공간에 다시 한번 가보기로 마음을 먹었다. 왜냐하면 어제 나에게 인사를 한 목소리의 주인공이 누군지 궁금하기도 하나, 이런 일이 처음이라 나에게 많은 궁금증과 호기심을 갖게 해준 그 장소에 다시 가보고 싶다는 작은 호기심이 아직 어떤 곳인지도 모르고, 위험할 수 있다는 나의 또 다른 생각을 잠재웠기 때문이었다. 가보기로 마음을 먹은 찰나 수업의 마침을 알리는 종이 울렸고 급식을 먹으러 우리 반 차례가 왔을 때 급식실로 향하여 설하와 같이 밥을 먹고는 급식실을 빠져나왔다. 나는 서둘러 분리수거장 쪽으로 향했다. 분리수거장에 도착하여 주변을 살펴보니 어제 그 문제의 컨테이너가 놓여있었다.

"아 근데 진짜 들어가야 하나 어떡하지 시간은 괜찮나?"

시계를 돌아보니 예비령이 울리려면 40분 정도 남은 시간이었다.

"시간도 괜찮고 맘도 단단히 먹었는데 뭐, 괜찮을 거야."

나는 천천히 컨테이너 쪽으로 다가가 철문에 있는 손잡이를 잡고 천천히 돌렸다. 그리곤, 철문을 열고 안으로 들어갔다. 안으로 들어가자 어제와 똑같이 밝은 빛이 순식간에 눈 앞을 가리더니 곧이어 전에 보았던 그 온실이 보였다. 그러자 저 멀리 어딘가에서 또다시 누군가의 인사 소리가 들렸다.

"안녕!"

이번에는 나도 똑같이 인사를 건넸다.

"안녕!"

그러자 저기 온실 안 풀더미에서 무언가 꿈틀거렸다. 그러다 갑자

기

"어휴 힘들다, 도대체 이거 왜 안 빠지지??."

그 풀더미 안에 있는 것이 말했다. 크기가 작은 걸 보니 동물인가? 근데 말을 하네?? 그럼 동물이 아닌 것 같은데 뭐지? 싶어 천천히 다가가는데 가까이 다가가면 다가갈수록 무언가 동그랗고 조그만 하얀 물체가 무언가를 빼내려 힘겹게 힘을 주고 있는 모습이 보였다.

"저 혹시 누구세요?"

내 말이 끝나자마자 그 하얀 물체는 풀더미 밖으로 세게 굴렀다.

"아, 아퍼라 아고고…. 휴 그래도 지팡이를 빼냈으니 됐지 뭐!"

라고 그 하얀 물체는 말을 하며 내 쪽으로 고개를 돌렸다. 그렇게 서로 얼굴을 바라보게 되었는데 나는 그만 놀라 자빠지고 말았다. 볼살이 아주 많고 하얀 털이 온몸에 덮였으며 밀짚모자와 짧은 반소매 티셔츠와 반바지를 입은 그것은 절대 사람의 형상이 아니었다. 내가 놀라며 자빠지자 그 하얀 그것은 내 쪽으로 천천히 다가오더니

"아이구 많이 놀랐나보다, 나 이상한 요정 아니니까 너무 두려워하지 않아도 돼."

라며 내게 안심하라고 말하였다. 그런데 요정이라니 지금 이 현대 사회에 요정이라는 말이 나오자 나는 당황했다.

"요정요? 무슨 요정요?"

나는 내가 꿈을 꾸나 싶어 내 오른손으로 오른쪽 뺨을 살짝 꼬집었다. 그러자 자기 자신을 요정이라고 칭하는 그것은 나에게

"아 너 혹시 요정이 뭔지 모르니? 나는 여기 이 '밭'이란 공간을 가꾸는 요정이야 그냥 요정이라고 불러."

나는 이 상황이 이해가 가질 않았지만, 저번에 인사를 무시한 것이 미안해져 이번엔 이 상황을 피하지 않으려 노력해 보기로 했다. 그리하여 나는 먼저 이 요정과 대화해보기로 했다.

"요정이라 부르라고?? 넌 따로 이름이 없는 거야?"

"응, 아직은! 근데 딱히 그건 생각 안 해봤어! 왜?"

"아니 이름이 없으면 어떻게 불러야 하나 해서"

"나는 네가 좋다면 어떤 이름으로 부르든 상관없어! 그냥 요정이라 불러도 되고."

"음, 그렇다면! 일단 그럼 요정이라고 부르는 걸로 하고 나중에 부를 만한 이름 생각나면 꼭 말해줄게!"

"좋아!"

그래서 나는 얼떨결에 요정과 예상보다 길게 대화를 나누고 약속을 하게 되었다. 그리고 대화가 끝났다는 생각이 들 무렵 요정이 다시 내게 말을 걸어왔다.

"근데 너에게 말해줄 것이 하나 있어."

"뭔데??"

"원래 나 같은 밭 요정들은 이 주어진 공간을 가꿔야 하는데, 보통 밭 요정들이 만든 인간계와 이 공간 사이의 통로를 따라 제일 먼저 이 공간에 들어오는 사람이 보통은 그 밭 요정과 함께 밭을 가꾸거든?"

"어."

"근데 나에게는 아직 그런 친구가 나타나지 않아서 기다리고 있던 참에 네가 나타난 거야. 그래서 혹 싫으면 안 해도 되긴 하지만…! 나랑 이 밭을 함께 가꿔볼 의향이 있을까?"

계약이라니 이건 또 무슨 소린가 싶어 잠시 당황했으나 곧이어 생각해보니 이 공간을 가꾸는 계약을 하게 된다면 이 공간을 동아리 관련 활동을 하는 곳으로 쓰는 건 어떨까? 하는 생각이 들어 밭 요정에게 질문했다.

"혹시 또 다른 친구와 함께 이 공간을 관리해도 괜찮아?"

심장이 빠르게 뛰었다. 우리 학교에는 밭으로 사용할 만한 공간이 따로 준비되어 있지 않기 때문에 만약 요정이 안 된다고 하면 나는 두 개의 밭을 관리해야 하고, 또 동아리 활동을 할 수 있는 텃밭을 가꿀 만한 공간을 다시 찾아야 했기 때문이다. 곧이어 요정이 대답했다.

"음 그런 사례가 없진 않은데 왜?? 같이 밭을 가꾸고 싶어 하는 친구가 있어?"

"아니 그건 아닌데…. 그 내가 만든 학교 모임 같은 게 있는데 텃밭 가꾸기를 좋아하는 친구들이 함께 모여 텃밭을 가꾸며 활동하는 그런 동아리 모임이야, 근데 우리 학교엔 아직 텃밭으로 사용할 만한 마땅한 곳이 없어서 방금까지도 계속 고민하고 있었거든. 그래서 이 공간을 혹 동아리 활동 텃밭으로 가꿔도 괜찮을지 물어보고 싶었어."

라고 솔직하게 이야기했다. 그러자 요정은 나에게

"그랬구나…. 당연히 괜찮지! 다만 하나만 부탁을 하자면 혹 동아리? 친구들과 함께 밭을 가꿀 때 작물들을 소중히 대하며 밭을 가꾸어 주었으면 좋겠는데 혹 그래 줄 수 있을까.??"

하며 나에게 부탁을 하나 하였고 나는 당연히 요정과 약속한 것도 있지만 자율적으로 신청하는 동아리 모임인 만큼 이 동아리에 들어올 때 그런 마음가짐을 갖추고 있어야 한다고 생각했기에 요정에게 알겠다고 꼭 명심하겠다고 말하였다. 그렇게 나와 요정은 이 밭이라는 공간을 같이 관리하는 사이가 되었고, 대화 중 곧 점심시간이 끝날 것 같아 인사말을 하며 문 쪽으로 다가갔다.

"일단 지금 내가 시간이 별로 없어서 이따가 꼭 올게! 좀 이따가 보자."

그러자 그 요정은 고개를 끄덕였다. 나는 서둘러 문고리를 잡고 돌려 그 공간 밖으로 나왔다. 예상대로 점심시간은 거의 끝나가고 있었다. 그래도 반까지 천천히 걸어갈 수 있을 정도로는 시간에 여유가 있었기에 천천히 반으로 걸어갔다. 반에 도착하여 5교시 과학 수업을 들었고, 수업이 끝나자마자 나는 동아리 개설 신청서를 제출하러 담당 선생님께 종이를 들고 갔다. 교무실 문을 열고 들어가 선생님께 종이를 제출하고, 다시 반으로 돌아가 자리에 앉으니 생각이 많아졌다.

'동아리에 한 명도 들어오고 싶어 하지 않으면 어쩌지, 만약 들어온다고 해도 그 공간에 대해선 어떻게 설명해야 할까?'.

수많은 생각이 내 머릿속을 스쳐 지나갔다. 그렇게 또 많은 생각을 하다 보니 어느새 종례를 마치고 있었다. 집으로 가서 오늘 하루를 되짚어 보며 생각하다 몸이 피로했는지 금세 졸다 잠이 들었다.

 다음날 학교 점심시간, 점심시간에 설하와 함께 분리수거를 가던
길이었다.
 "야, 근데 그때 너 혼자 분리수거 갔을 때 뭔 일 있었다며 말해주
기로 했잖아 언제 말해줄 거야?"
 그러고 보니 다음 분리수거 같이 갈 때 설하에게도 말해주기로 했
었는데 잊고 있었다.
 "아 맞다, 그랬지 근데 내가 말해주는 것보다 직접 보는 게 더 나
을걸."
 "그래? 뭔데 그러는 거야."
 설하와 대화하는 사이 어느새 그 컨테이너 옆 분리수거장에 도착
했다. 우리는 분리수거장에 도착해 쓰레기를 버리기 시작했다. 분리
수거가 끝나갈 때쯤, 나는 설하에게 전에 있었던 이상한 일에 대해
일단 얘기해주기로 마음먹고, 이야기를 꺼내기 시작했다.
 "그 내가 이상한 일 겪은 곳이 저기 옆에 있는 컨테이너랑 관련된
일이야."
 "응? 저기 안 쓴 지 꽤 되지 않았나?"
 "그게⋯."
 나는 그동안 있었던 일들을 설하에게 천천히 얘기해주었다. 그러
자 내 얘기를 차분하게 듣던 설하는 곧 나에게,
 "에이 말이 안 되잖아 뭐 잘못 본 거 아니야?"
 라며 못 믿겠다는 말투로 말했다.

"아니야 내가 똑똑히 봤는 걸. 정 못 믿겠으면 같이 가보든가."

하지만 무턱대고 설하를 그 공간에 데려갈 수는 없기에 설하에게 다른 친구들이나 연관이 없는 사람들에게 이 공간에 대해 단 하나라도 발설하지 말라고 강조하기 전한 후, 설하의 알겠다는 대답을 듣고, 설하의 손을 이끌며 그 컨테이너 앞으로 데려가 마음의 준비는 해두라고 말하며 문을 열었다.

끼익-

손잡이를 돌리고 문을 열자 철문이 열리며 처음 그 공간에 갔을 때처럼 환한 빛이 눈 앞을 가렸다. 눈앞에 있던 환한 빛이 없어졌을 때 설하와 나는 눈을 떴다. 잠깐의 정적이 생겼고, 1분 정도 지나자 설하가 입을 열었다.

"여기 뭐야?. 뭔데…?"

"왜 이런 공간이 컨테이너 안에 있는 거야???"

설하는 많이 당황한 눈치였다. 그때 내 등을 무언가가 톡톡 건드렸다. 내가 뒤를 돌아보자 그 뒤엔 어제 잠시 얘기했었던 그 하얀 털북숭이 요정이 동글동글한 눈으로 우리를 바라보고 있었다. 내가 뒤를 돌자 설하도 나를 따라 뒤를 돌았는데 그 털북숭이 요정을 보고는 털썩 주저앉았다.

"얘가 네가 말했던 그 요정인가 뭐시긴가 걔야?"

나는 고개를 끄덕였다.

"응 이 요정이 내가 말했던 그 밤 요정이야."

말을 마치자마자 우리를 보고 있던 그 요정이 입을 열었다.

"안녕! 또 왔구나:) 기다렸어"

"옆에 온 친구는 새로운 친구네 우와 키도 엄청 크구나!"

"혹시 너도 백설이랑 같이 동아리라는 걸 하니?"

"네? 동아리요?"

"응! 설이가 텃밭 동아리를 새로 개설했는데 학교란 곳에 마땅히 동아리 활동을 할 곳이 없어서 이 공간에서 작물을 재배하며 동아리 활동을 하고 싶다고 했었거든!"

"혹 같이 동아리 활동을 하나 해서!"

"아! 네 맞아요. 저도 이번에 새로 텃밭 동아리에 들어온 동아리 부원이에요."

"야 너 무슨…."

"(가만있어 봐)"

"그렇구나! 사실 오늘 설이한테 줄 게 좀 있었는데 이왕 주는 김에 둘 다 줄게 잠시만!"

투두둑-

"이게 뭔가요???"

"씨 같은데.?"

"맞아! 이건 씨야 장담은 못 하지만 아마 딸기랑 블루베리, 방울토마토 씨일 거야!"

"이 씨들을 왜 저희한테 주시는 건가요??"

설화가 물었다. 그러자 요정은 텃밭을 가꾸려면 먼저 키울 작물이 있어야 하니 밭에 심을 씨가 필요할 것 같아 작은 선물이지만 만나서 반갑다는 의미로 전해주고 싶었다고 말했다. 우리는 요정에게 꼭 선물로 받은 이 씨들을 잘 키워보겠다고 말했고 요정은 그 말을 듣고 기뻐했다. 요정에게 소중한 선물을 줘서 고맙다고 한 후, 내일 다시 오겠다는 약속을 한 후에 설화와 나는 다시 문손잡이를 돌리고 컨테이너 밖으로 나갔다.

"근데 왜 아까 그렇게 말한 거야? 원래 너 내가 동아리 만든다는 것만 알고 들어온다는 말 없었잖아."

"아 이왕 그렇게 말한 김에 내가 첫 동아리 부원 하면 안 될까?"

"제발…."

"어휴…. 알겠어 그 대신 나랑 했던 약속은 꼭 지켜야 한다! 동아리 애들 더 뽑기 전까지 연관이 없는 애들한테 절대로 말하지만 마!"

"아 알겠어! 약속 꼭 지킬게!"

그렇게 설화와 나는 텃밭 동아리의 부원이 되었다.

4. 민준

설하에게 컨테이너 안의 그 공간을 보여주고 난 다음 날, 설하와 나는 동아리 홍보용 포스터를 만들려고 겸사겸사 학교에 일찍 등교해서 포스터를 만들고 있었다. 그때 우리 반에 누군가 등교 시간 한참 전인데, 반 뒷문을 드르륵- 열고 들어왔다. 그러곤 대충 가방 짐만 자리에 내려놓고 금방 반을 빠져나갔다.

"? 쟤는 누구지 우리 반인 것 같은데."

분명 본 적이 있지만 같은 반이라고 하기에는 마주친 적이 별로 없어 이름도 제대로 모르는 친구였다.

"아 쟤? 강민준이잖아. 소문으로는 전교 꼴등이라던데?"

"아 쟤가 그 강민준이야? 왠지 이름이 익숙하더라."

아까 반으로 들어온 그 애의 이름은 강민준이었다. 듣기로는 자전거 동아리 부 활동 때문에 종종 일찍 온다고 한다. 과묵하고 말 수도 별로 없어서 저 애에 대해 잘 아는 친구가 없을 정도로 존재감이 별로 없는 친구였다. 그때까지만 해도 그 애랑은 다시 볼 일이 없을 줄 알았는데 그건 오산이었다. 사건의 발단은 점심시간에 점심을 다 먹고 설하를 기다리고 있을 때 일어났다.

"야 네가 백설 맞지?"

큰 키에 자전거 동아리 활동 때문에 햇빛에 그을린 피부, 부스스한 머리를 가진 그 애는 아침에 봤던 강민준이었다.

"어 맞는데 왜…?"

"너 텃밭 동아리 새로 만들었다고 들었는데 혹시 아직 부원 모집해??"

"어…. 어? 아직 모집 전이야 지금 막 포스터 디자인하고 있는걸."

"아, 그럼 아직 모집 안 끝난 거네?"

"응!"

"아 알겠어, 갑자기 불러서 당황했을 텐데 대답해줘서 고맙다. 다음에 보자."

당황스러웠다. 텃밭에 일절 관심조차 없어 보이던 친구가 갑자기 텃밭 동아리에 관해 물어보다니. 그것도 다른 사람도 아닌 강민준이… '세상 오래 살고 볼 일이네.' 과묵하고 말 수도 별로 없다더니 말도 잘 걸고, 생각보다 친절하네. 내가 쟤를 오해하고 있었나 보다. 그때 설하가 급식을 다 먹고 찾아왔다.

"뭐야 나 기다리는 동안 무슨 일 있었어?"

"아니 그냥…뭐. 강민준이 텃밭 동아리 부원 모집 끝났냐고 물어보러 왔었어."

"엥? 우리 홍보 시작도 안 했잖아. 근데 걔가 어떻게 알지?"

"그러게, 뭐 같은 반이니까 내가 언제 너랑 얘기할 때 우연히 들었을 수도 있고."

"일단 그것보다도 우리 그 밭 요정이랑 약속했잖아, 오늘 꼭 들린다고."

"아 맞다! 그래, 얼른 가자."

우리는 빠른 걸음으로 분리수거장으로 향했다. 어제 요정이 준 씨들을 작은 주머니에 종류별로 나누어 담은 채로 말이다. 점심시간이 가기 전에 서둘러 가려고 빨리 걸으니 어느새 눈 깜짝할 사이에 컨테이너 앞에 도착해 있었다. 우리는 주변에 누가 있나 한 번 살피고는 문을 열고 컨테이너 안으로 들어갔다. 안에 들어가니, 밝은 얼굴로 요정이 우리를 반겼다.

"바빠서 못 올 줄 알았는데 약속 지켜줬구나!"

"당연하죠! 어제 약속했는데, 와야죠:)."

"그래도 약속 지켜줘서 고마워!"

"에이 아니야 오히려 선물도 주고 우리가 더 고맙지. 근데 저건 뭐야?"

"아 맞다! 내가 어제 대략 밭을 갈아났거든, 혹 오늘 씨를 심는 건 어때??"

"헉 혼자서 어디에 뭘 심을지 구역까지 나눠놨네."

"그럼 오늘은 일단 딸기랑 방울토마토만 심어볼까? 씨 심는 데 그리 오래 안 걸리니까 괜찮을 거 같아."

"그래 그럼 그 두 종류만 미리 심어보자."

그리하여 나와 설하는 요정의 도움을 받아 생각보다 빨리 씨를 심게 되었다.

"챙겨오길 잘했다 그치?"

"그러게, 근데 우리보다 저기 폴짝폴짝 뛰고 있는 밭 요정이 더 기뻐하는 것 같은데??"

"나도 그렇게 생각해. 아무래도 저 녀석은 빨리 밭을 가꾸고 싶었나 봐, 하긴 요정은 온종일 밭에만 있을 테니까 심심할 만도 하지."

"그나저나 쟤는 도대체 이름이 뭐야?"

설하가 궁금하다는 듯이 나에게 물었다.

"글쎄, 아직 딱히 정하진 못했어."

"아직도?? 어휴…. 텃밭 동아리 내일 홍보한 후에 좀 대략 얘기해 보자."

"그래 그러자."

우리는 그날, 요정과 함께 방울토마토와 딸기 씨앗을 구역에 따라 뿌리고 물을 준 후, 앞으로 어떻게 이 작물들을 키울지 서로의 의견을 얘기했다. 얘기가 대략 끝나갈 때쯤, 우리는 내일 있을 동아리 홍보 활동에 관해 얘기해야 할 게 있기도 하고 점심시간이라 시간이 촉박하다는 점에서 요정에게 인사를 한 후 컨테이너 밖으로 나왔다.

5. 새로운 부원

 동아리를 홍보하기로 한 당일, 우리는 홍보 포스터를 학교 곳곳에 붙이고 다녔다. 다른 동아리들도 이맘때쯤 새로운 부원들을 모집하는 곳이 많아서 혹여나 신청자가 별로 없으면 어쩌나, 많은 걱정을 했지만, 걱정과는 달리 다음날이 되니 꽤 많은 학생이 메일을 보내주었고, 우리는 홍보를 한 지 얼마 되지 않아, 일주일 후 부원을 뽑게 되었다. 그리하여 결과적으로 텃밭 동아리의 부원은 강민준, 김설하, 백설, 박현우 이렇게 4명이 되었다. 우선 나는 제일 먼저 텃밭 동아리 부원들에게 필요한 사항들을 공지해주기 위한 단톡방을 만들었다. 단톡방에서 우리는 부원들의 의견을 통해 시간을 조정하여 첫 모임 날짜를 정했고, 며칠 후, 첫 오리엔테이션 날짜가 다가왔다.
 "안녕하세요! 텃밭 동아리의 부장을 맡은 백설이라고 합니다. 이 자리에 계신 분들 모두 앞으로 텃밭 동아리의 부원으로서 항상 최선을 다해주시길 바랍니다!"
 "저는 부부장을 맡은 '김설하'라고 합니다, 다들 잘 부탁드립니다!"

"안녕하세요, 저는 이번에 텃밭 동아리에 새로 들어오게 된 박현우라고 합니다."

"아, 저는 강민준이라고 합니다."

이렇게 우리는 다들 자기소개를 마쳤고, 나는 간단히 이번 2023년도 활동 계획에 관해 설명하기 시작했다.

"일단 오늘은 앞으로 하게 될 활동 계획에 대해 말씀드릴 건데요…."

생각보다 순조롭게 발표는 잘 흘러갔다. 그렇게 발표가 끝나고 우리는 서로 대화를 통해 많은 이야길 하다가 마지막 오리엔테이션 일정으로 텃밭 동아리에서 활동할 장소에 답사를 다녀오기로 하여 분리수거장으로 향하였다. 방금까지는 모든 게 순조로웠으나, 이제 눈앞에 벌어질 말도 안 되는 상황에 박현우와 강민준이 어떻게 반응할지 알 수 없었기에 사전에 설하에게 괜찮을 거라는 위안을 받았음에도 불구하고, 불안하기는 마찬가지였다. 역시나 분리수거장과 가까워질수록 그 둘의 눈빛은 '왜 이쪽으로 가는 거지?'라고 말하고 있는 듯해 보였다. 그렇게 점점 활동 장소에 가까워질수록 불안이 커지던 중, 컨테이너 앞에 다다랐고, 나는 컨테이너의 철문 앞에서 그 둘에게 너무 놀라지 말라고 미리 말해둔 뒤, 문을 열고 그 안으로 들어갔다. 밝은 빛으로 인해 눈을 감았다 뜨니 눈앞에 온실이 펼쳐졌다. 나는 곧바로 눈을 뜨자마자 박현우와 강민준 쪽으로 고개를 돌렸다. 그 둘은 눈이 동그래져 사방을 살폈고, 나는 이 공간에 관해 설명하려 입을 떼려 했다. 그런데 그때 밭 요정이 우리에게로 걸어왔다.

"어? 이 친구들은 또 누구야? 새로 들어온 동아리 친구들이야?"

그 둘은 하얀 털북숭이 모습을 한, 작은 요정을 보자마자 한 명은 말을 잊지 못했고, 또 다른 한 명은 입을 벌린 채 다물지 못하고 있었다.

그 잠깐 사이에 정적만이 감돌았는데, 그 정적은 깬 건 다름 아닌 강민준이었다.

"와… 컨테이너 안에 이 공간은 또 뭐고, 이 털북숭이 동물은 또 뭐야?"

그러자 밭 요정은 발끈하며

"동물이라니! 이래 봬도 여길 관리하는 요정이거든?"

이라며 소리쳤다. 그렇게 정적이 흐르던 분위기를 깨니 박현우도 입을 열었다.

"여기 왜 이런 공간이 있지? 진짜 좀 당황스럽네, 저 요정이니 뭐니는 또 뭐고?"

"그게 원래는 텃밭 동아리를 처음 생각해냈을 땐, 학교 뒤편에 있는 화단을 활용해서 미니 텃밭으로 만들려 했는데 어쩌다 보니 여길 발견해서 이 공간을 활용해 동아리 활동을 하기로 했어."

처음에는 박현우와 강민준 둘 다 이해가 안 되는 듯한 눈치였으나 상황 설명을 자세히 해주고 몇 분 동안 그동안에 있었던 여러 이야길 하다 보니 어느 정도 이해를 하고, 이 공간에 대한 비밀을 지켜주기로 했다. 그러다 분위기는 자연스럽게 좋아졌고, 나와 설하는 저번에 심었던 딸기와 방울토마토 얘기를 하게 되었다.

"저번에는 요정이 선물해준 방울토마토랑 딸기 씨앗을 구역대로 심어봤는데, 그때 심었던 게 지금도 잘 크고 있어. 이대로라면 아주 잘 커 줄 듯해."

"맞아 우리가 저번에 심은 방울토마토랑 딸기가 벌써 내 손 한 뼘 크기까지 컸어!"

그때 밭에 씨를 뿌린 이후에 나와 설하는 날짜에 맞춰 당번을 정했다. 매일 번갈아 가며 상태를 확인하거나, 물을 주고 어느 정도 자란 후엔 식물용 영양제를 주며 정성껏 돌본 결과 방울토마토, 딸기 씨앗이었던 것은 어느새 길쭉한 줄기에 연결된 푸른 잎이 가득했다. 이번에 새로 부 활동을 하게 된 그 둘도 방울토마토와 딸기가 자란 모습을 보곤 함께 돌보고 싶다고 하여 우리는 돌아가면서 딸기와 방울토마토를 키우기 시작했다. 그러자 많은 관심과 돌봄을 받는 것을 식물들도 아는 건지 딸기와 방울토마토는 무럭무럭 자라 열매를 맺게 되었다. 동글동글하고 탐스러운 열매가 잘 열린 것을 보니 기분이 좋았다. 설하와 나, 그리고 요정은 딸기와 방울토마토의 열매를 딸기는 딸기잼을 만들고, 방울토마토는 잘 씻어 부원들과 요정에게 주었다. 다들 첫 수확물을 나눠 먹으며 뿌듯함을 느끼고 행복해했다.

6. 경비아저씨

그렇게 사소한 행복들로 나날을 보내던 중, 우리는 다음에 심을 작물에 관한 얘기나 부 활동을 하기 위해 그날도 학교가 끝나고 난 뒤에, 컨테이너 속의 온실에 모여 있다가 밖에 나가려 슬슬 다들 짐을 챙기고 컨테이너 문을 활짝 연 어느 날이었다. 벌써 시간을 보니 저녁때였다. 그렇게 컨테이너 문을 열고 서로 인사를 한 후 헤어지려는데 조금 어두운 학교 복도 사이에 조그만 불빛이 보였다. 그 불빛은 점점 커지더니 우리의 바로 앞까지 다가왔다. 가까이서 보니 조그만 불빛은 경비아저씨께서 들고 계신 손전등이었다.

"얘들아, 여기서 뭐 하니?"

"아, 저희 부 활동 때문에 조금 늦게 끝나가지고요! 이제 슬슬 가려고요."

"그래 그럼 알겠다 얼른 준비하고 가렴."

"네!"

우리는 경비아저씨를 뵙고 나서, 학교 정문 앞에서 각자 서로에게 인사를 한 후 헤어졌다.

"얘들아, 다들 잘 가고 내일 봐!"

인사를 하고 헤어진 다음 날, 나는 텃밭에 가서 미리 확인할 것이 좀 있어 아침 일찍 등교해 컨테이너 쪽으로 가던 참이었다. 그런데

"어? 저기 왜 경비아저씨가 계시지?"

분리수거장으로 가는 길목에서 옆으로 돌아 발을 내딛으려는 찰나 컨테이너 앞에 누군가가 보여 잠시 벽에 붙어 바라보았는데, 그 뒷모습은 누가 봐도 경비아저씨셨다.

"그래서 그 아이들이 이 공간을 알게 되었다고…??"

경비아저씨는 꼭 마치 누군가와 대화하는 것 같아 보였다.

"밭 요정이 지팡이가 풀더미 안에 빠졌다고 해서 도와주려고 가던 길에 어떤 여자아이랑 마주쳤는데, 제가 그 컨테이너 안으로 들어가는 모습을 봤거든요. 아마 그 아이가 제일 처음 그 공간을 발견하고 다른 아이들을 초대한 것 같아요."

경비아저씨와 대화하던 다른 이의 목소리가 들려왔고, 나는 또 다른 목소리의 주인을 찾으려 경비아저씨의 주변을 눈으로 살폈다. 그러자 경비아저씨의 발 쪽에 작은 족제비 한 마리가 앉아 있는 것이 보였다.

"어 저 족제비는 내가 전에 분리수거장에서 봤었던 그 족제비네?"

경비아저씨가 말을 걸고 대화한 상대는 사람이 아닌 내가 전에 분리수거장에서 봤었던 그 족제비였다.

그때 족제비를 바라보고 있던 내 눈과 족제비의 눈이 마주쳤고 나는 놀라 도망쳤다.

분리수거장으로 벗어나 나는 반으로 향했다. 반 문을 열고 들어가니 강민준과 설하가 일찍 등교해 자리에 앉아 있었다. 나는 다급히 설하와 민준이가 있는 곳으로 다가가 말을 걸었다.

"얘들아, 경비아저씨가 우리 텃밭으로 쓰는 공간이 컨테이너 안의 공간이라는 걸 아시는 듯해. 혹시 너희도 경비아저씨가 아시는 거 알고 있었어?"

"그게 무슨 소리야?"

"경비아저씨께서 아신다고? 다른 학교 애들도 아니고?"

"응, 경비아저씨께서 그 공간의 존재를 알고 계셨던 것 같아 우리보다 훨씬 오래전부터."

"어쩌지, 경비아저씨께 한 번 말씀드려볼까?"

"근데 오히려 우리가 진짜 그 공간을 안다는 것을 들키면 그곳에 앞으로 못 들어갈 수도 있잖아 경비아저씨께서 어떻게 대처하실지 우리가 아는 게 아니니까."

"그건 그렇지….."

"근데 지금으로선, 경비아저씨께 직접 여쭤보는 것 말고는 딱히 마땅한 방법이 없어."

"정 그렇다면, 한 번 말씀드려보는 게 제일 나으려나."

"음…. 근데 좀 더 기다려보는 것도 나쁘지 않을 듯한데."

"그럼 일단 기다려보고 경비아저씨께서 어떻게 대처하실지 보고, 결정하자."

결론적으로 우리는, 아침에 봤던 상황에 대한 것은 기다려보다가 혹여 무슨 일이 생기면 상황에 맞게 행동하기로 정했다.

"그럼 그때 가서 상황에 따라 판단 내리는 걸로 하고, 일단 조금 있으면 조회 시간이니 다음에 이런 상황이 또 생기면 그때 얘기하자."

"그래."

우리의 대화가 끝나자 조례가 시작되었고, 점심시간에 컨테이너 앞에서 다들 만나는 것으로 하고, 우리는 각자의 학교생활을 이어나갔다.

점심시간

오늘 하루 내내 아침에 봤던 그 일이 떠올라 수업에 집중할 수가 없었다. 어찌 되었든 내가 내린 최종 결론은 밭에 가서 털북숭이 요정에게 무언가 혹시 아는 것이 있는지 물어보는 것이었다. 그래서 나는 급식을 조금만 받아 빨리 다 먹고선, 분리수거장으로 뛰듯이 빠른 걸음으로 걸어갔다.

컨테이너 앞에 도착했더니 너무 빨리 밥을 먹었는지 아직 도착한 친구들이 없었다. 일단 나는 그 요정에게 물어볼 것이 있었기에 주저 없이 철문을 열고 컨테이너 안의 그 공간으로 들어갔다. 들어가서 눈을 뜨니 요정은 피곤했는지 벌러덩 드러누운 채로 잠을 자고 있었다. 마음속에서 갈등이 일어났다. 이 자고있는 요정을 깨워야 할지 아니면 기다려야 할지. 하지만 그 고민은 금세 할 필요가 없어졌다. 내가 밭 요정에게 천천히 다가가던 중 요정이 인기척을 느꼈는지 금세 잠에서 깼기 때문이다.

"어…? 설이네! 오늘 엄청 일찍 왔다."

"나 때문에 깼구나, 미안해."

"아냐 안 그래도 슬슬 일어나야지 했어."

"그랬구나…. 그래도 쉬고 있었을 텐데 미안해 그… 사실 내가 물어볼 게 있어서 좀 일찍 왔어."

"응? 뭔데??"

"혹시 이만한 족제비인데 털은 하얗고…. 눈이 엄청 동글동글한데 혹시 본 적 있니?"

"음…. 동글동글하고 하얀 족제비면 혹시 째비 말하는 거야?"

"아 그 족제비 이름이 째비였구나…. 그냥 저번에 컨테이너 앞에 앉아있다가 어떤 하얀 족제비가 이곳으로 들어오길래…. 물어봤어."

"아! 아마 그때 내가 도와달라고 해서 와줬을 때일 거야!"

"그랬구나, 아침에도 컨테이너 앞에서 그 족제비를 봤거든, 그런 김에 궁금해서 물어봤어. 말해줘서 고마워!"

털북숭이 요정이 경비아저씨를 뵌 적은 없을 듯하여, 일단 내가 처음 이 공간을 발견한 계기가 된 그 하얀 족제비에 대해 그 요정에게 물어봤다. 다행히 그 족제비에 관한 얘기를 들을 수 있었고, 우선 그 하얀 족제비에 관한 얘기를 들었으니 아무 얘기도 듣지 못한 것보다는 낫다고 생각하여 밭에 앉아 요정과 함께 수다를 떨며 텃밭 동아리 부원 친구들을 기다렸다.

잠시 후

몇 분 정도 지났을까, 문이 드르륵─ 열리더니 동아리 부원들이 들어왔다.

"뭐야 컨테이너 앞에서 만나자더니 왜 들어와 있어? 밖에서 기다렸잖아."

"미안해, 잠깐 요정이랑 대화할 게 있어서 먼저 들어와 있었어."

"뭐, 그럼 그럴 수도 있지 근데 우리 요정 이름 몇 개 골라봤는데 한 번 들어볼래?"

"그래 그러자! 안 그래도, 이름 붙여주기로 했었으니까 이왕 몇 개 고른 거 오늘 그중에서 이름 결정하자."

"그래! 지금 불러줄 테니까 네가 제일 나은 것 같은 이름을 하나

골라서 얘기해줘."

"알겠어."

"불러줄게, 지금까지 나온 걸로는 뽀동이, 포동이, 송이 이 세 가지야 혹시 너는 뭐가 제일 나은 것 같아?"

"음 내가 생각하기엔 뽀동이가 제일 나은 것 같아."

"그래?? 그럼 우리 요정이 이름은 뽀동이로 하자! 아 참고로, 이 이름은 민준이가 생각한 이름이야."

"요정은 어떻게 생각해? 뽀동이 괜찮아??"

"응! 난 맘에 들어 이름이 생긴다는 것만 해도 기쁜걸!"

그렇게 요정의 이름은 뽀동이가 되었다.

7. 째비

뽀동이의 이름을 정한 그날, 하굣길에 분리수거장 쪽을 지나갔다. 화단 쪽에 앉아 있는 족제비를 발견했다. 나는 언제 또 족제비를 만날지 모르는 일이라고 생각하여 마주친 김에 족제비와 이야기해 봐야겠다는 생각으로 족제비에게 다가갔다. 그러자 족제비가 고개를 들어 나를 바라보았다.

"안녕, 네가 째비니?"

"....너 그때 그 여자애구나?"

"어 맞아 기억하는구나?"

"혹시 저번에 나랑 눈 마주쳐서 그래? 그런 거라면 걱정하지 마. 아저씨가 너한테 안 그래도 말씀해주신다고 했어."

"뭐를?"

"너 하나도 들은 게 없니? 아직 얘기 안 해주셨나 보네."

"도대체 뭔 얘긴데?? 혹 귀띔이라도 해줄 수 없니?"

"아저씨가 너한테 전해주신다고 하시긴 했는데, 미리 안다고 해도 나쁠 건 없을 테니까."

"말해준다니 고마워, 도대체 무슨 일인데??"

"그게 너희가 이 학교에 오기 오래전에, 지금 여기 근무하시는 경비아저씨께서 너랑 똑같이 학생 때, 이 컨테이너를 발견하셨어. 그때 아저씨는 너희와는 달리 학교 측에 이 얘기를 전했고, 이 학교의 전대 교장 선생님께서는 열쇠로 문을 잠가 그 컨테이너를 아무도 못 들어가게 만든 후 내버려 두셨지. 그런데 그 교장 선생님께서 퇴직하실 때까지도 그 컨테이너에 대한 조치를 아무것도 하지 않으신 거야. 그렇게 지금까지도, 그 학생은 컨테이너를 책임지려 이 학교의 경비로 다시 돌아온 거지. 그래서 경비아저씨께서는 여태까지 전대 교장 선생님의 말씀대로 그동안 저 컨테이너가 잘 잠겨있는지 혹 외부인의 출입은 없는지 살피셨어. 그런데 나이가 드신 후, 더는 이 일을 하기가 버거워지셨고, 안 그래도 뒤를 이어 이 일을 책임져줄 사람을 찾고 있을 때, 네가 나타난 거야."

"근데 내가 그 공간을 알게 된 건 문이 열려있어서잖아, 왜 열려있던 거야?"

"사실···. 그거 내가 열어둔 거야, 원래 그 문은 하루에 한 번씩 아침 9시 20분에 열려, 잠근 상태여도 말이지. 그래서 매번 아저씨께서 문이 열릴 때마다 찾아가서 문을 닫으셨는데 유독 그날은 몸이 안 좋으셔서 나에게 컨테이너의 문을 잠그지는 못하더라도, 외부인이 출입하지 않게 봐달라고 부탁하셨는데 딱 그날 네가 나타난 거지. 그때 널 처음 봤을 때, 난 네가 이 공간을 잘 책임져 줄 수 있다는 느낌을 받았고, 그래서 널 그 공간으로 이끈 거야."

"그래서 문이 열려있던 거구나?"

"응…."

"일단 말해줘서 고마워 덕분에 좀 이해가 간다 이 상황이."

나는 쩨비의 이야길 듣고 난 이후에 이 상황을 조금 더 자세히 파악할 수 있게 되었다. 그리고 내일 경비아저씨께 가봐야겠다고 생각했다. 나는 쩨비에게 말해줘서 고맙다는 인사를 하고 학교 정문을 빠져나와 집으로 갔다. 집에 도착하여 저녁을 먹고 양치 후에, 침대에 누웠다. 어두운 천장을 바라보며 나는 하루를 돌아봤다. 그리고 확실하게 마음을 정했다. 내일 경비아저씨를 만나 대화를 하기로 말이다! 나는 몇 번이고 내일 경비아저씨께 물어볼 질문들을 머리에 되새기고 또 되새기며 잠들었다.

다음날, 아침

나는 시끄러운 알람 소리에 몸을 뒤척이며 일어났다. 부스스한 머리와 얼굴을 손으로 쓸어내리며 마른세수를 하면서 나는 내 방 밖으로 나와 기지개를 한 번 켜고, 화장실로 들어가 흐르는 물로 얼굴을 한 번 적신 다음, 클렌징폼으로 거품을 내어 세수하고 나서 베란다로 나섰다.

오랜만에 베란다로 나가서 따스한 햇볕도 쬐고, 기분 좋게 학교 갈 준비를 했다. 준비를 마치고 가벼운 발걸음으로 학교로 걸어갔다. 학교에 일찍 도착하여 반에 들어가니 반엔 아무도 없었다. 나는 책상 위에 가방과 실내화 주머니를 두고선, 경비실로 향했다. 예상대로 경비 아저씨께선 일찍부터 학교로 오셔서 경비실에 앉아계셨다. 나는 먼저 경비아저씨께 말을 걸기로 하고 경비실로 다가가 창문을 두드렸다. 그러자 경비 아저씨께선 창문을 열고 말씀하셨다.

"일찍 등교했구나, 혹 경비실에 무슨 볼일이 있니?"

경비 아저씨는 인자한 미소로 인사를 건네셨다. 나도 덩달아 경비 아저씨께 인사를 드렸다.

"아 네! 안녕하세요!:)"

"그 제가 여쭤보고 싶은 것이 좀 있어서 찾아뵈러 왔어요! 혹 여쭤봐도 괜찮을까요?"

"어이구 그럼 당연하지, 물어보고 싶은 것이 뭐니?"

"그게 사실 제가 전에 분리수거장 옆 화단에서 하얀 족제비 한 마리를 발견했는데요, 그 족제비가 분리수거장 옆 컨테이너에 들어가는 모습을 보고 우연히 학교가 끝나고 그 컨테이너에 들어갔었어요. 그곳에서 이상한 일도 있었고요……. 그래서 쩨비에게 전해 듣고 찾아뵙게 되었어요."

나는 여태 내가 겪었던 일들을 요약하여 차근차근 말씀드렸다. 그러자 경비 아저씨는 놀라시더니

"아 네가 쩨비가 말했던 그 여자아이구나! 반갑다!"

"쩨비에게 얘기는 미리 들었다. 쩨비가 나 대신 너에게 설명해 주었다지? 앞으로 그 공간을 잘 부탁한단다."

라며 말씀하셨다. 내 얘기를 듣고 나를 반기실 줄은 몰랐는데⋯. 경비 아저씨께선 이미 쩨비에게 얘기를 들었다며 내게 잘 부탁한다고 하셨다. 그리곤 작은 열쇠를 하나 내게 건네셨다.

"이건 컨테이너의 문을 잠글 수 있는 열쇠란다. 앞으로 너에게 이 열쇠와 컨테이너를 맡겨야 할 것 같구나."

"정말 잘 부탁한다 얘야."

"네! 저도 잘 부탁드려요, 이젠 앞으로 제가 그 공간을 잘 가꿔볼게요!:)"

나는 그렇게 경비 아저씨와의 대화를 끝내고 인사를 하고선, 반으로 돌아왔다. 반으로 돌아와 보니 일찍 학교에 도착해 보았던 반 풍경과는 다르게 왁자지껄한 웃음소리와 대화 소리가 반 곳곳에서 들렸다. 자리에 앉아 주변을 살피니 설하도 등교하여, 1교시에 검사하는 수학 숙제를 급하게 하는 모습이 보였다. 나는 설하에게로 다가가 말을 걸려고 했으나, 바빠 보이는 설하의 모습에 자리에 앉아 1교시 수업 준비를 미리 하며 조례하러 들어오시는 선생님을 기다렸다. 그렇게 종이 울렸고, 선생님께서 들어오셔서 출석번호를 부르시고 간단히 공지를 전해주신 후에 조례를 마치셨다. 나는 설하와 얘기하고 싶은 맘에 얼른 1교시 쉬는 시간이 왔으면 좋겠다고 생각하며 수업 시작종이 울리기 전까지 처음에 봤을 때 표지가 예뻐서 읽으려고 사두었지만, 읽지 않고 들고만 다녔던 미니 소설책을 꺼내 읽었다. 한참 그 책에 집중하여 읽고 있는데 예비령이 쳤고, 나는 다시 그 책을 가방 속에 집어넣고 교과 책을 꺼내 수업을 듣기 시작했다. 수업을 듣는 동안 내내 설하에게 빨리 아침에 있었던 일을 이야기 해주고 싶어 입이 근질거렸다. 하지만 1교시 수업에 집중하려고 노력하다 보니 어느새 수업에 집중하게 된 것인지 설하에게 말을 걸고 싶은 마음이 한없이 작아져 잡생각들이 떠오르지 않았고, 수업에 집중하게 되었다. 그렇게 수업에 집중하니 시간은 평소보다 빠르게 흐르는 듯했다. 수업을 시작한 지 20분도 다 안 되었을 줄 알았는데 글쎄 시계를 보니 쉬는 시간 종이 울리기 1분 전이었다. 그제야 설하에게 말을 걸고 싶어 했던 마음이 다시 꿈틀꿈틀 올라왔고, 나는 종이 울리자마자 설하에게로 다가가 말을 걸었다.

"설하야 내가 저번에 경비 아저씨께서 우리가 활동하는 컨테이너 안의 그 장소에 대해 아시는 것 같다고 말했었잖아…."

"사실 어제 누구한테 좀 추가로 전해 들은 게 있어서 오늘 학교에 일찍 와서 경비실에 찾아갔었는데, 가서 경비 아저씨와 대화하다 보니 어떻게 어떻게 하다가 그 컨테이너를 내가 관리하게 되었어."

"헐 진짜? 그럼 잘 해결된 거네 이제 이런 일로 걱정하게 될 일은 앞으로 안 생기겠다."

"그런가…? 뭐 그렇겠지 아무튼 잘 해결됐으니 다른 부원들한테도 걱정하지 말라고 단톡에 말해놔야겠다."

"그래그래 설이 너도 해결하기 복잡했을 텐데 잘 대처하느라 수고 많았어. 정말."

"에이 내가 뭘, 다들 현실적으로 조언해준 덕분에 잘 대처할 수 있었지, 뭐. 안 그래도 부원들이 나 믿고 따라와 준 게 정말 고마웠는데 애들한테 뭐 해줄 수 있는 거 없나?"

"흠 네가 정말 애들한테 그렇게 고마우면 앞으로도 부장 활동 열심히 해주고, 다음에 자그마한 간식이라도 전해줘 내 생각엔 그게 괜찮을 듯하다."

"좋아! 그럼 다음 활동 때 애들한테 고맙다고 간식 꾸러미 만들어서 나눠줘야겠네! 근데 당장 내일이 활동이니 오늘 학교 끝나고 바로 마트 가야 할 텐데…. 혼자서는 고르기도 힘들고, 같이 가줄 친구 어디 없나?"

"어휴…. 알겠다, 알겠어! 내가 특별히 같이 가준다."

"ㅋㅋㅋ 고마워 진짜, 그럼 이따 학교 끝나고 정문에서 보는 걸로 하자!"

"그래 먼저 온 사람이 기다려 주는 걸로!"

"그래!"

우리는 학교를 마치자마자 정문에서 함께 마트로 향했고, 어떤 것들을 간식으로 담으면 좋을지 생각하며 장바구니에 간식들을 담았다.

"야 너무 많이 담은 거 아니야?"

"나눠서 담다 보면 그렇게 많지 않을걸?"

"그런가…. 헐 야 저것도 맛있는데."

"뭔데??"

"아몬드 초코봉이랑, 츄파춥스, 그리고 저기 저 하르방 젤리있잖아."

"아 맞아 저거 맛있는데!"

"저것도 담자…. 그리고 이것도."

우리는 1시간 동안 고민하며 간식들을 골랐고, 추가로 간식 꾸러미들을 담을 포장지도 골랐다. 그리고 산 간식들을 봉투에 담아 집으로 가져왔다. 부모님께서 양손에 가득 든 봉투를 보시고는, 파티 여는 사람처럼 뭘 이리 많이 샀냐 물으실 정도로 우리는 많은 간식을 샀다.

하지만 이게 끝이 아니었다. 내일 아침 설하와 일찍 만나서 같이 간식 포장을 하기로 했기에 나는 알람을 맞추고는 서둘러 양치를 하고, 옷을 잠옷으로 갈아입은 후, 침대에 누워서 잠을 청했다.

8. 텃밭 동아리를 위해

아침 일찍 울리는 알람을 끄고 나는 서둘러 학교에 갈 준비를 했다. 오늘은 텃밭 동아리의 부장인 나와, 부부장인 설하가 부원들에게 줄 간식 꾸러미를 일찍 등교하여 함께 포장하기로 했던 날이기에, 나는 더욱더 빨리 준비를 마치고 집을 나섰다. 약속 시간에 맞춰 정문으로 가니, 설하가 기다리고 있는 것이 보였다. 우리는 정문에서 만나 같이 반으로 들어가 간식들을 포장하기 시작했다. 하나하나 고마운 마음을 담아 포장하다 보니 생각보다 금방 포장이 끝났다. 우리는 이른 대낮부터 나온 탓에 서로 지치고 피곤한 상태라 일단 간식은 점심시간 부 활동 시간에 나눠주는 것으로 하고 우리 둘 다 자리에 엎드려 누워있었다. 한참 누워있다 깜빡 잠이 들었는 데 누군가가 나를 흔드는 느낌에 일어나보니 벌써 1교시 수업이 시작되고 있었다. 졸고 있던 나를, 아니 자고 있던 나를 깨워준 것은 다름 아닌 내 짝꿍이었다. 그렇게 비몽사몽 한 상태로 수업을 계속 듣다 보니 어느새 점심시간이 되어있었다. 설하는 그새 잠이라도 잤는지 눈빛이 아침보다 맑아 보였다. 점심시간이 되자 설하와 나는 같이 밥을 먹고서 나는 설하에게 먼저 텃밭에 가 있으라고 하고, 반에서 간식 꾸러미들과 다른 친구들 몰래 준비한 뽀동이의 선물을 챙겨 천천히 텃밭으로 향했다. 선물을 전해줄 생각에 들떠 빠르게 걷다보니 눈앞에 컨테이너가 있었다. 나는 문손잡이를 돌리고, 텃밭으로 들어갔다. 눈을 감았다 뜨니 부원들과 뽀동이가 웃으며 대화를 나누고 있었다.

"얘들아, 나왔다!!"

"아 뭐야 부장이 이래도 돼? 맨날 늦는구먼."

"쟤는 언제 왔대?? 백설 빨리 와!!"

"얼른 뛰어와!!"

"알겠어! 늦어서 미안해, 얼른 갈게!"

"뭐야 설이다! 얼마 만이야!!"

그렇게 나는 그날 도착하자마자 부원들에게 각각 고맙다는 메시지가 담긴 간식 꾸러미들을 나눠주었고, 우리 텃밭을 관리해주는 밭 요정인 뽀동이에게는 내가 직접 만든 밀짚모자를 선물했다. 뽀동이는 내 예상보다도 훨씬 밀짚모자를 아주아주 마음에 들어 했고, 부원들은 모두 귀엽다며 뽀동이에게 말을 건넸다.

"사실 처음 만난 이후부터 텃밭을 관리해주고, 선물도 해준 뽀동이에게 뭐라도 주고 싶어서 그때부터 선물로 줄 밀짚모자를 만들기 시작했는데…. 그땐 뽀동이란 이름이 아닌 요정이라고 불렀을 때라 밀짚모자에 이름을 못 새기고 있었어. 그런데 드디어 오늘 이름도 지어주고 선물도 전해주게 되었네, 정말 그동안 매번 정말 고마웠어. 뽀동아 앞으로도 우리 잘 지내보자! 그리고 설하랑 민준이, 현우 너희한테도 그동안 내가 동아리 활동하면서 많이 부족한 점도 있었을 테고, 여러모로 너희들에게 많은 일을 부탁했을 때가 많았는데 그때마다 군말 없이 도와줘서 정말 고마웠어! 앞으로도 잘 지내보자!"

나는 그동안 애들에게 전하지 못했던 진심을 하나하나 얘기했고, 우리 민준, 설하, 현우, 나, 뽀동이를 포함한 다섯은 서로에게 전하고 싶었던 말들을 서로에게 모두 전했다. 그 짧지만 따뜻했던 시간은 우리 각자에게 생각날 때마다 꺼내게 되는 소중한 추억이 되었다.

"정말 이 텃밭 동아리가 어떻게 될지 내가 장담하여 말할 순 없지만, 적어도 나는 내가 이 공간을 책임질 수 있는 동안에는 나에게 행복이라는 소중한 감정을 선물해준, 이 친구들을 기쁘게 해주리라 단단히 마음을 먹었어! 그러니 앞으로 일어날 우리의 행보 또한 계속 기대해 주길 바래."

The end.

발언단속

임유진 지음

[작가의 말-계산여자중학교 2학년 임유진]

 쓰면서 갈아엎은 아이디어만 3개. 하루에 3~5장을 쓰며 겨우 마감일을 맞추는 등. 다사다난했지만 재밌는 경험이었습니다.
 솔직히 첫 단편이다 보니 표현, 스토리 진행 등 부족한 점이 많아 아쉬움도 있지만, 그냥 완성한 것만으로도 뿌듯합니다. 그럼 발언 단속 끝까지 봐주셔서 감사드리고, 이상 도서부의 말하는 감자, 임유진이였습니다.

찰칵-

쉴 새 없이 반짝이는 카메라와 셔터 소리. 눈이 부실 정도로 밝은 조명들. 한 사람에게 둘러 약속이라도 한 듯 모두 핸드폰을 내미는 기자들. 하지만 말소리는 전혀 들리지 않는다. 그저 다들 먹잇감을 찾은 맹수의 눈으로 핸드폰을 내밀 뿐이었다. 기자에게 둘리어 있었던 사람은 눈을 마주치며—도시의 새로운 기술이다—기자들의 질문에 대답하는 모습이 보였다. 그렇게 여러 차례 질문을 받던 사람은 지친 듯한 표정으로 종이를 꺼내 신중하게 써 내리고선 카메라 앞에 내밀었다.

지금부터 전국으로 발언 단속 시행하겠습니다.

소름 끼치도록 조용한 역 한 가운데 전광판에서 영상 소리가 울려 퍼진다. 저게 언제 적 영상인데, 역에서 저걸 틀어주는지. 외부에서 온 사람들도 조금의 관심도 보이지 않는다. 이미 우리나라는 전 세계적으로 유명하니깐. 브레인 토킹. 이게 시발점이었다. 뇌에서 생각한 행동, 감정 등이 눈으로 보이면서 우리는 말을 하지 않아도 서로의 생각을 알 수 있게 되었다. 이 기술이 개발된 후, 거의 모든 사람에게 배부되었고, 그로 인해 자연스럽게 말 이란 행위는 사라졌다. 그리고 몇 년이 흘러 여러 연구 끝에 비말의 위험성이 크다고 판단하여 발언자들까지 단속하기 시작했다. 그러니깐 좋게 말하면 기술력이 뛰어난 나라, 나쁘게 말하면 소름 끼치게 조용하고 엄격한 나라이다. 그래도 중앙역은 그나마 소리가 다양하다. 바쁘게 걸어가는 사람들의 발걸음, 만년필을 끄적이는 소리, 전광판의 소리. 그리고 어리석게 규칙—말을 하는 행위를 금지한다—을 어긴 사람들의 비명.

"살려줘! 난 아무것도 몰랐다고!!"

귀가 멍하다. 오랜만에 큰소리를 들어서 그런가. 외부인은 도망치기 위해 죽을 듯이 뛴다. 미친 듯이, 덫의 걸리지 않기 위해 발버둥친다. 하지만 대부분 사냥감을 잡을 때 덫을 한 개만 두지 않는다. 덫이 하나만 있으면 목표물을 잡을 수 없기에. 그러니 최소 10걸음 내에는 잡힌다.

"뭐… 뭐야 저 로봇들? 저기 안 가?!"

"살려주세요!! 다들 가지 말고 제발!!"

그렇게 오늘도 한 사람이 잡혀 들어간다. 그 이후에는 뻔하다, 구속당하고, 처형당하게 될 것이다. 이게 일반적인 절차다. 사실 뇌물을 좀 주면 살 수 있다는 소문도 있지만, 아무것도 모르고 온 외부인들이 뇌물이 있겠나. 잡힌 이후부터는 조금이라도 발버둥 치며 울부짖는 일밖에 할 수 없다. 그래도 나라면 이렇게 소리 지르면서 힘 빼는 것보다 그냥 처형당하고 죽는 게 훨씬 편할 것 같다. 딱히 살 의미도 없고, 아무 생각 없이 돌아다니기만 하는 데 뭘.

나는 흰 모자를 쓰고 중앙역을 빠져나왔다. 가방 속에 남은 건 삼각김밥 두 개와 물 한 개. 하루 정도는 버틸 수 있겠지만 진영이의 잔소리 듣기는 싫었다. 지금도 왜 안 오냐고 짜증 내고 있을 게 뻔하다. 이제는 진짜 가야겠지. 나는 걸어가던 발걸음을 멈추고 잠시 하늘을 올려다보았다. 맑은 하늘, 눈부시게 빛나는 햇빛. 짜증 날 정도로 밝다. 그리고 이 나라, 나와는 전혀 다른 날씨여서 짜증 난다. 괜히 봤네. 나는 한숨을 쉬고, 고물 핸드폰에 이어폰을 꽂아 시내를 걸어 나갔다. 가끔 지직-하는 소리가 들리긴 하지만 꽤 들을 만하다. 경쾌하면서도 밝은 노래. 하지만 사람 소리는 전혀 들리지 않는 노래.

"… 노래 부르는 걸 들은 게 언제였더라."

아. 길가인데. 나는 떨리는 마음을 가지고 주변을 둘러보았다. 여기서 들키면 어떡하지, 혹시나 조사를 받고 애들까지 들킨다면 어쩌지 하는 생각이 든다. 나는 두려운 마음을 안고 뒤를 돌았고. 아무도 없다. 나는 안도의 한숨을 내쉬고 다시 길을 걸어갔다.

내 이름은 한새미. 그냥 나라의 한 시민이다. 조금 더 자세히 말하면 나라에 불만 좀 많은 사람. 위에서 말했다시피 우리나라의 전 국민은 거의 다 기술을 동원 받았다. 하지만 밑바닥에 사람들은 아무것도 모르고, 알아도 그저 그림의 떡이다. 나도 그런 사람 중 한 명이다. 그렇게 대학 졸업 후, 발언 단속이 시작됐고, 쥐 죽은 듯이 살아가다 나와 비슷한 처지에 애들과 만나 함께 생활 중이다. 사실 저 애들만 아니었다면 난 진작에 죽었을 테다. 난 잃을 것도 없고, 지킬 것도 없다. 하지만 같이 살고, 이끌어가는 사람이 한 명이라도 생긴다면 어떻게든 사람을 위해 살아간다. 그리고 약속까지 걸려있다면 더더욱. 그러니 관계를 끊지 않는 이상, 내가 죽는 일 같은 건 절대 없게 해야 한다. 살아야 하고, 또 살아남아야 한다.

조금 걷다 보니 골목이 나왔다. 길가와는 다른 어두운 하늘과 매연들. 이곳은 이런 풍경이 일상이다. 공장이 돌아가고 아무런 조치가 없으니 그럴만하다. 여기서 파란 하늘을 보는 건 과거로 가거나, 죽어서 영혼으로 보는 게 빠르겠지. 골목을 걸어가다 보니 사람들이 보였다. 경계하던 사람들은 나를 보고 끝내 미소를 지으며 다가왔다. 조금 주춤했지만 나도 사람들에게 다가가 여러 이야기를 나눴다. 며칠 동안 돌아다니며 봤던 것들, 고물 핸드폰으로 찍은 사진. 어른들은 이야기를 들으며 흥미로워했고, 아이들은 사진을 보고 이쁘다며 웃음을 지었다. 평화롭다, 화목하다는 말은 이럴 때 쓰는 걸까. 이대로만, 적어도 이 일상이 끝까지 가면 좋을 텐데. 나는 잠시 생각을 뒤로 하고, 사람들과 웃으며 대화했다. 시간이 지나고, 나는 사람들에게 인사를 하고 받으며 다시 가던 길을 걸어갔다.

낡은 나무 문을 연다. 끼익-. 고막을 긁는 듯한 소리와 함께 문이 열렸다. 나는 소리에 표정을 찡그리고 안에 들어갔다. 굴러다니는 캔, 구겨진 종이 상자들, 그리고 최근 신문들. 집 좀 치우라니까. 나는 신문들을 집어 들고 소파 위에 올려놓은 뒤, 캔과 상자들을 정리했다.

나는 한숨을 쉬며 거실로 걸어갔다. 거실 의자에 석하가 앉아있었다. 석하는 나를 발견하고는 손을 흔들었다. 그러고는 의자에서 일어나 나에게 다가왔다.

"한새미, 오랜만이네. 다친 곳은 없고?"

"다친 게 뭐가 있겠어. 근데 다른 사람들은 어디 갔어? 왜 너만 있냐."

"지금 다들 자는 중이야. 왜인지는 모르겠네."

"뭐, 큰일 아니면 됐지. 난 진영이 잔소리 안 들으면 됐다."

"ㅋㅋ. 너는 약간 들어야 할 것 같은데."

"조용히 해. 걔는 산책 다녀온다고 해도 난리잖아. 나도 억울하다고."

"네네~. 빨리 씻기나 해."

방금 대화한 사람은 안석하. 발언 단속으로 부모님이 끌려가시고 혼자 살아가던 애다. 만나게 된 건 대학교에서 같은 동아리 때문에 모를 수가 없는 사이였다. 그렇게 알다 보니 혼자 사는 것도 알게 되어서 같이 살게 되었다. 같이 사는 애 중에선 애가 그나마 제일 정상이다. 나머지 자는 애들까지 말하자면 백선일, 이진영. 고등학교 때 만났고, 어쩌다가 같이 살아가는 중이다. 공통점이라 하면 3명 다 발언 단속으로 가족을 잃은 게 전부다. 그래서 이 나라를 끔찍하게 싫어한다.

"난 이제 알바 다녀올게. 그동안 좀 쉬어. 오랫동안 돌아다녔잖아."

"그래, 고맙다. 조심히 다녀와. 말 안 하는 거 조심하고."

"당연하지. 다녀올게."

쾅-. 아직도 저 문 닫는 소리는 귀에 익지 않는다. 나는 소리에 놀라 멈춰있던 다리를 움직여 방으로 향하였다. 문을 여니 푹 잠든

2명이 눈에 띄었다. 얼마나 졸렸으면 오후 2시에 자는지. 나는 조심스럽게 사이를 지나가 가방을 정리했다. 그래봤자 안에 있는 물건은 삼각김밥, 물 정도이다. 아, 노트도. 나는 혹시나 하는 마음에 노트를 펼쳐보았다. 가끔 중요한 내용을 적어두기도 했으니깐. 한장, 한 장. 꼼꼼히 넘겼지만 아쉽게 얻을 수 있는 건 없었다. 하긴 있었으면 기억했겠지. 나는 아쉬운 마음을 뒤로 한 채, 마저 정리하고 옷까지 갈아입은 뒤 빈자리에 누웠다. 오랜만에 제대로 누우니 확실히 편했다. 덥지도 찝찝하지도 않았다. 앞으로는 이틀 동안에 외출은 자제해야겠다. 나는 편안함을 느낌과 동시에 그동안 못 잤던 잠이 몰려왔다. 그리고 잠에 이끌려 눈을 감았다.

띠띠딕-

나는 알람 소리에 몸을 일으켰다. 내가 맞춘 알람은 아니었지만. 나는 몸을 일으켜 제일 먼저 시간을 보았다. 오전 7시. 눈을 비벼 다시 보았다. 진짜네. 이 정도면 기절했던 게 아닌가 싶었다. 그래도 17시간 동안 자니 피로라는 건 전혀 모르는 가벼운 몸이 되었다. 나는 이불을 걷고, 방을 나가기 위해 문을 열었다. 그러자 방문 사이로 빛이 눈부시게 들어왔다. 그 빛에 진영은 인상을 쓰더니 눈을 비비며 천천히 일어났다.

"뭐야..한새미. 이제야 일어났냐."

"어. 나도 이렇게 오랫동안 잘 줄은 몰랐네."

"나 진짜 너 기절한 줄 알았다니깐."

"근데 그래서 이틀 동안 산책은 재밌으셨나요? 새미씨."

"아하하… 근데 너희는 어제 왜 2시부터 자고 있었냐."

"말 돌리는 거 봐. 그냥 백선일이랑 안석하 싸워서 그래."

"걔네가 싸웠다고? 무슨 일로?"

"글쎄, 무슨 내용으로 싸웠는지는 모르겠는데 안석하 눈 뒤집혔던데."

"그 둘이 싸울 일이 없는데. 그냥 백선일이 안석하한테 뭐라고 한 거 아냐?"

"차라리 그러길 빌어야지. 난 졸려서 좀 더 잘게."

"응 그래. 잘자."

나는 진영이와 이야기를 마치고, 거실을 나갔다. 하룻밤 사이에 달라진 건 별로 없었다. 있다고 해도 낡은 소파 위 최신 기사들 오래된 기사가 섞여 있었고 노트, 펜이 있을 뿐이다. 나는 몰려온 갈증에 소파를 뒤로 하고 식탁 위 물을 마셨다. 물을 다 마시고 나는 소파로 돌아와 기사들을 보기 시작했다.

[속보, 8월부터 전국 발언 단속 강화…]

[최근 발언자까지 단속…]

등등 전부 단속 이야기다. 단속이 언제 적 이야기인데. 나는 단속을 제외한 기사들을 보고 있었다. 그렇게 기사의 첫 문장을 읽으려고 했을 때,

딸랑-

문밖에서 소리—고장 난 초인종을 대신하는 종소리—가 들렸다. 뭐지? 석하가 알바하러 갈 때 열쇠도 안 챙겼나?

"… 하. 자려는 데 또 왔어?"

진영이 소리에 짜증을 내며 방을 나왔다. 이런 상황이 이미 있었던 걸까. 나는 진영에게 소리에 관해 물어보았다.

"익숙한가 보네? 아는 거라도 있어?"

"그건 아니고, 그냥 며칠 전부터 종소리 들리더라."

"누군지는 모르니깐 없는 척했는데. 진짜 끈질기네."

나는 진영이의 말을 듣고는 경계하는 마음을 가지고 노트와 펜을 들었다. 그러고는 현관문 앞으로 다가갔다. 진영은 나에게 다시 오라는 눈빛으로 손을 흔들었지만, 계속 울렸다면 무시할 수는 없다. 나라도 확인해 보는 수밖에. 문에 작게 뚫린 구멍으로 문 앞의 사람을 보았다. 벨을 울린 사람은 벨을 울린 이후 아무런 행동도 하지 않고, 그저 문 앞에서 가만히 기다렸다. 저 사람의 정체는 뭘까. 도대체 누구길래 며칠째 초인종을 울린 걸까.

[한새미씨, 계십니까?]

현관 앞에 사람의 메시지가 보인다. 기계다, 로봇이다. 작게 지직-거리는 소리, 사람과 다른 메시지 색깔-사람은 파란색, 로봇은 흰색의 메시지가 뜬다.- 그리고 문 앞에서 나사가 떨어지는 소리가 분명하게 났다. 뭐지? 길가에서 말한 게 들킨 건가? 그러게 왜 말을 해서. 여기서 죽나? 벌써 이렇게 가는 건가? 난 지금까지 아무것도 못 했는데. 벌써 이렇게 가는 건가? 나는 불안한 생각들과 함께 손이 떨려왔다. 나의 반응에 진영은 불안한 표정으로 날 계속해서 불렀지만, 나는 대답할 만큼의 여유가 없다. 이 문 하나로 내 생사가 결정될지도 모르는 상황에서 작은 소리라도 냈다간 목이 붙어있긴 어려울 테다.

[잡으러 온 게 아닙니다. 우편입니다, 한새미씨 앞으로.]
[혹시나 불편하다면 문을 두 번 두들겨 주십시오. 문 앞에 두고 가겠습니다.]

머리가 복잡하게 돌아갔다. 현명한 선택 같은 건 안중에도 없었다. 나는 그저 떨리는 손으로 문을 두 번 두들겼다.
똑똑-
문을 두들기니, 로봇은 문 앞에 우편을 두고는 골목을 걸어 나갔다. 아무 일도 없다는 듯이, 그저 일정한 속도로 걸어갔다. 그 모습을 보고 힘이 풀린 나는 현관에 주저앉았다. 벌써 죽지 않았다는 안도감과 우편의 내용이 무엇일까 하는 불안감이 같이 몰려왔다. 진영은 주저앉은 나를 보고는 다급하게 달려와 괜찮냐며 등을 토닥였다. 나는 괜찮다고 말하며 일어났고, 문을 열었다. 문을 여니 떨어진 나사와 우편이 있었다.
하얀 봉투. 발신자 00 과학기술 연구소, 수신자 한새미. 겉에는 그렇게만 적혀 있었다. 이런 곳에서 왜 나를? 나는 의아한 마음을 품고 떨리는 손으로 봉투를 열었다. 봉투 속엔 흰 종이 하나만 있었다. 나는 접힌 종이를 꺼내 펼쳐보았다. 그리고 경악을 금치 못했다.

한새미님께

안녕하세요. 한새미님.

로봇으로 인해 많이 놀라신 마음과 정신은 대신 사죄해 드립니다.

워낙 상황이 급해 어쩔 수 없었던 점 양해 부탁드리겠습니다.

아무튼 다름 아닌 편지를 보내는 이유는 한새미님께서 저희 ' 브레인 토킹 ' 연구에 도움을 주셨으면 합니다.

'브레인 토킹' 에 대한 것은 잘 아실 것으로 생각합니다.

저희 연구진들은 한새미님의 여러 연구 자료 등을 보고

'브레인 토킹' 연구진으로 알맞다고 생각하였습니다.

혹시나 집안이나 여러 개인 사정으로 어렵다면 그 부분은 나라에서 지원 가능하니 안심하셔도 됩니다.

만약 저희의 연구에 관심이 있으시다면 8월 14일, 중앙역으로 와주시면 감사하겠습니다.

'브레인 토킹'.

말로만 듣던 기술, 난 절대로 보지도 못할 것 같았던 그 기술. 그

기술을 연구할 기회가 눈앞으로 왔다. 아니 정확하게 말하자면 이 생활에서 벗어날 기회가 눈앞에 왔다. 하지만 이게 거짓말이라면, 진실이어도 내가 간다면 다른 애들은? 머릿속이 새하얘진다. 여러 생각들이 마음대로 뛰노는 느낌이다. 하지만 이런 상황에서도 이 생각은 정확하게 들었다. 이 사실이 절대 애들에게 보이면 안 된다는 것.

 나는 편지를 들고, 다시 집안에 들어왔다. 마음이 착잡했다. 나로 선 손해 볼 게 없었다. 이 지긋지긋한 가난에서 벗어나고 새 삶은 사는 것이니깐. 하지만 난 이미 애들과 만났고, 이걸 말한다 한들 전부 나라에 적대심이 강하고, 단속으로 가족을 잃었으니 이런 날 이해하지 못할 것이다. 나는 복잡한 마음에 한숨을 쉬었고, 진영은 그런 나를 보며 우편에 협박이라도 있냐며 장난스럽게 이야기했다. 나는 웃으며 그럴 일 있냐며, 우편은 별거 아니라고 말했다. 진영은 의심스러운 듯한 표정—하지만 장난기가 있다—을하고는 다시 방으로 들어갔다. 나는 삐걱거리는 의자에 앉아 다시 한번 더 우편을 보았다. 내용을 제외하고 가장 신경 쓰이는 건 과학기술 연구소. 이 단어로 의심이 늘어날 수밖에 없었다. 이런 곳에서 실적 하나 없는 나에게 연락을 주었다는 게 말이 안 됐다. 하지만 이런 걸로 날 속일 사람이 누가 있는데? 아무것도 정리되지 않는다. 왜 나한테 이런 우편이 날라와서는.

 나는 혼란스러운 생각을 뒤로 하고 마저 기사를 읽기 시작했다. 최근 인터넷 사기와 해킹 등의 내용이 나와 있었다. 나하고는 전혀 관련 없는 이야기다. 아니, 이제는 아예 관련이 없지는 않은가. 아, 내가 지금 무슨 생각을. 심장이 빨리, 크게 뛰었다. 머리가 지끈거렸다. 나는 읽던 신문까지 접고 일어나 옷을 갈아입었다. 빨리 여기라도 나가야지, 조금이라도 진정될 것 같다. 지금은 있어봤자 해결되는 것도 없고, 아무런 판단이 안 됐다. 나는 모자까지 눌러쓴 채로 문밖을 나섰다. 쾅- 문은 삐걱거리는 소리와 함께 세차게 닫혔다.

 골목을 당차게 뛰어나갔다. 숨이 차도록 뛰었다. 그렇게 골목을 빠져나오니 햇빛이 날 반겨주었다. 더럽게 눈부시네. 나는 잠시 숨을 고르고 걷기 시작했다. 그리고 조금 더 걸어가서 계단에 앉아 하늘을 바라보았다. 하늘은 파랬고, 구름은 뭉게뭉게 조금씩 있었다. 단순하게 말하자면 그냥 이뻤다. 하늘을 보면 아무 생각도 안 든다. 브레인 토킹, 가난, 여러 문제 고민 다 증발하는 것 같았다. 저 넓은 하늘에 비해서 이건 작은 생각들뿐이니깐. 나도 참, 이진영 닮아가나. 나는 헛웃음을 짓고 핸드폰을 꺼내 사진을 찍었다. 이거 좋아하겠지. 항상 진영은 푸른 하늘을 좋아했다. 보면 항상 상쾌해진다나 뭐라나. 이해는 안 가지만, 좋다면 좋은 거겠지. 나는 계단에서 일어나 다시 길을 걸었다. 길을 걷다 보니 출근하는 사람들이 보였다. 로봇같이 표정 변화는 없었으며, 발 빠르게 움직인다. 나는 그런 사람들 보고 이질감을 느꼈다. 분명 단속 전까진 안 이랬었는데. 가끔 단속 전에 세상이 그립다.

 나는 다시 골목으로 들어갔고, 문 앞에는 석하가 들어가고 있었다.

"야, 안석하. 같이 가."

"뭐야, 새미? 네가 왜 거기에 있어?"

"잠깐 산책. 너도 어디 갔다 오냐, 오늘 알바 아니지 않아?"

"알바생 한 명 시간 안 된다고 해서 대신하고 왔어."

"아아, 그렇구나."

"응, 근데 우리 문 앞에서 뭐 하냐. 들어가자."

"그래."

나는 안석하와 짧은 대화를 하고 집에 들어왔다. 거실로 가니 백선일이 보였다. 머리는 까치집에 눈도 비비는 거 보면 방금 일어난 것 같다. 백선일은 우리는 보고는 하품하며 손을 흔들었다. 나와 석하는 손을 흔들었고, 석하는 옷을 갈아입으러 잠시 방에 들어갔다. 그리고 백선일은 나를 손짓하며 불렀다.

"한새미, 잠깐만 와봐."

"왜? 무슨 일로."

나는 이어가는 말을 멈췄다. 우편이 식탁에 있다는 걸 의식하지 못했다. 산책할 때 챙겨갔어야 했던 건데. 저걸 어떻게 해야 하지? 백선일이 보지는 않았을까? 만약 봤다면 날 뭐라고 생각할까. 내가 당황하는 모습을 본 백선일은 의아한 표정으로 바라보았다. 그러고는 입을 열었다.

"왜 그렇게 눈치를 보냐. 화장실 가고 싶은 강아지처럼 그러고 있어."

"아, 아무것도 아냐. 진짜 화장실 좀 가야겠다."

"가기 전에 내 말부터. 혹시 너 말이야."

식은땀이 흐른다. 연기를 하는 걸까, 정말 모르는 걸까. 숨이 막힌다.

"삼각김밥 저거 안 먹는 거 맞냐. 맞으면 먹게, 나 배고파."

"아, 먹을 거면 먹어. 남은 거라 상관없어."

"그래, 땡큐"

나는 백선일이 방에 들어가고 한숨을 쉬었다. 다행이다. 아직 우편을 못 본 모양이다. 나는 재빨리 식탁에 우편을 가지고 급한 마음에 구겨서 바지 주머니에 넣었다. 나중에 혼자 있을 때 가방에 넣을 생각이다. 나는 모자를 벗고 소파에 앉아 잠시 멍을 때렸다. 많이 생각한 것 같았는데, 무슨 말이든 할 수 있을 것 같았는데. 막상 상황이 다가오니 아무것도 할 수 없었다. 나중에 한 명이라도 이 우편을 읽고 나에게 온다면 나는 과연 이 우편의 내용을 포기할 수 있을까. 함께 의지한다면서, 약속을 지키겠다면서 사실 약속을 어기는 사람은 내가 아닐까 싶다. 내가 멍을 때리는 동안 석하가 옷을 갈아입고 나왔다. 나도 그 뒤를 이어 옷을 갈아입고 나오자 전부 거실에 나와 있었다. 나는 그 들 사이에 껴서 자연스럽게 이야기를 이어 나갔다. 그냥 평범한 이야기들이었다. 17시간 정말 기절한 줄 알았다는 이야기, 산책 때 찍었던 사진들 등을 보면서. 웃으면서, 또 조금은 다투면서 이어갔다.

새벽 2시. 나는 더위에 잠에서 깼다. 도대체 언제 잠든 거지. 그래도 방금 일어난 것과 반대로 생각보다 정신은 맑았다. 나는 이불을 걷어차고선 거실로 나갔다. 거실은 창문으로 들어온 바람 탓에 조금 더 시원했다. 나는 소파에 앉아 천장을 보았다. 아무 소리도 들리지 않았다. 이 집이 조용한 것도 오랜만이네. 흰색 천장, 아무 생각 없이 보기 딱 좋았다. 나는 천장을 바라보며 멍을 때리다, 바지 주머니에서 우편을 꺼냈다. 브레인 토킹 연구. 사실 이건 내 관심 선상에 있지 않았다. 지원, 지금보다 더 잘 살 수 있다는 저 한마디에 흔들리고 있다. 심장이 빠르게 뛰었다. 솔직히 무섭다. 진실이면 좋겠지만, 만약 정말, 만약에 아니라면. 그런데 왜 내가 안 된다는 가정에 두려워하는 걸까. 딱히 사는 게 좋지도 않았으면서.

나는 우편을 구겨 바지 주머니에 넣었다. 그리고 다짐했다. 한번 해보자고. 지금 내 상황에선 무엇이든 잡아야 하는 심정이다. 일단은 몸을 던져 봐야 물어뜯기든 살든 결정이 나는 것이다. 만약 저 내용이 진실이 되면 연구와 지원을 받으며 살게 될 것이고, 아니라면 죽는다. 그리고 내가 떠나면 애들은 날 좋은 시선으로 보진 않을 테고, 그러면 모든 게 해결됐다. 속았더라도 관계는 전부 끝나니, 죄책감 없이 죽을 수 있다. 나는 올린 고개를 다시 내리고 의자에서 일어났다. 그리고 고민을 처리해 홀가분한 마음과 어느 한구석의 답답한 마음을 가지고 다시 방에 들어왔다. 이제 1일. 하루만 버티면 죽든 살든, 둘 중 하나다. 나는 다짐의 한숨을 쉰 뒤, 다시 누워 잠을 청했다. 이제 흔들리지만 않으면 되는 거야. 그러면 되는 거야.

9시. 나는 찌뿌둥한 몸을 일으켜 앉아있었다. 내가 일어난 뒤부터는 지극히 평화로운 날이었다. 밥을 먹고, 답답할 때쯤 밖으로 나가기도 했다. 내일이면 이런 날도 특별한 날이 되겠지. 그렇게 의미 없는 시간을 보내고, 나는 애들과 밥을 먹은 뒤, 진영과 함께 밖을 나갔다. 그것도 진영이 먼저 나가자고 이끌었다. 나는 그런 진영의 손에 이끌려 나갔다. 아, 물론 안대를 써 조금 불편했다. 그렇게 걸어가다 진영은 어느 순간부터 말이 없었다. 아마 골목 밖이라 그러겠지. 나는 대충 눈치를 채고 입을 다물었다. 그리고 우리는 어느한 건물로 들어갔다. 나는 조심스럽게 계단을 하나씩 올랐고 진영은 도착했다며 잠깐 서 있으라고 말했다. 그러고는 여러 소리가 들렸다. 유리 조각을 치우는 소리와 무언가를 끌고 오는 듯한 소리. 내가 소리에 의아해하고 있을 때, 진영은 안대를 벗으라고 말했다. 나는 진영의 말에 안대를 벗었고, 내 인생에 가장 멋진 광경이 펼쳐졌다. 안대를 벗고 앞을 바라보았을 땐 보랏빛의 하늘과 적당히 낀 구름 전경이 나타났다. 그리고 그런 하늘 사이에 커다란 달이 보였다.

"짠! 하늘 이쁘지? 내가 이날만 얼마나 기다렸는지 몰라."
"진짜, 진짜 이쁘다. 근데 넌 어떻게 알고 여기까지 온 거야?"
"그 구닥다리 인터넷. 그걸로 겨우 찾아봤지. 오늘이 슈퍼문이더라고!"
진영은 달을 뒤로 하고 속삭이는 말투로 나에게 미소를 보이며 말했다. 달빛이 등 뒤로 비친다. 무엇보다 아름다웠고, 이쁘고. 그냥 벅찼다. 발언 단속으로 속삭이는 것조차 하나에 매력이었다. 나는 그런 모습에 조용히 웃었고, 진영도 따라 웃었다. 그리고 진영은 나에게 다가와 말했다.

"너 나랑 그때 했던 약속 안 잊지? 우리 끝까지 행복하게 살기로 했잖아!"

"내가 그걸 어떻게 잊어. 당연히 기억하지."

"오오 좀 감동인데. 그러면 너도 약속 하나 걸어! 나만 걸기엔 좀 양심 없잖아."

"좀 큰 거 걸어야겠는데 나중에도 기억하게."

"뭐 그건 네 마음대로 해."

나는 조금 고민하고 의자에서 일어나 진영에게 말했다. 진영에게 는 조금 미안한 약속이지만, 내가 할 수 있는 마지막 약속이고, 어 떻게 보면 넓은 의미의 사과이다.

"내가 무엇을 하든, 어떤 행동을 하든 그냥 인정해 줘. 그게 너의 생각과 다르다고 하여도. "

진영은 생각하지 못한 듯 표정을 지으며 당황스러운 듯한 모습을 보였다. 그러고는 멋쩍게 웃으며 나에게 말했다.

"그래! 진짜 못 잊는 약속이겠네. 알겠어!"

진영은 나와 손가락 약속하자는 말을 했고, 난 유치하다는 말과 함께 손가락 약속을 걸었다. 그렇게 우리는 옥상에서 약속을 다짐 했다. 그와 동시에 우리는 서로 약속 지킬 수밖에 없는 사이가 되 었다. 나는 약속 다짐 후, 의자에 앉아 마저 하늘을 바라보았다. 그 러자 진영도 뒤따라 앉아 나에게 어렸을 적 이야기를 하였다. 얘가 웬일로 이런 말을 하는지. 나는 진영의 말에 같이 어렸을 적의 추 억을 같이 이야기했다. 즐거운 시간이다. 그리고 이 즐거운 시간은 이제 막을 향하고 있었다.

진영과 옥상을 다녀온 뒤, 진영은 옥상에 두고 온 게 있다며 다시 달려갔고 나는 집 안에 들어왔다. 그리고 현관을 열자 바로 보였던 건 백선일이었다. 나는 백선일에게 손을 한번 흔들고는 거실로 향하였다. 아니 향하려고 했다. 백선일은 갑자기 나를 불러 세우고는 방으로 손을 이끌었다. 나는 그 손에 이끌려 방으로 들어갔다. 그러고는 문을 잠그고, 나를 보고 한숨을 쉬고 입을 열었다.

"한새미, 너 말이야. 혹시 우편 같은 거 못 봤어?"

"무슨 우편. 그, 그런 거 본 적 없는데."

우편? 설마. 나는 백선일의 말에 대답하며 주머니에 손을 넣었다. 없다, 아무것도. 도대체 어디서 떨어트린 거지? 옥상인가? 아니면 제대로 안 들어갔나? 내가 우편으로 당황한 사이, 백선일은 그런 나를 빤히 바라보고는 헛웃음 치며 말하였다.

"못 봤구나. 그래, 그러겠지. 지금 내 손에 있으니깐."

말을 함과 동시에 백선일의 왼손엔 우편이 있었다. 왜 저게 저기에. 나는 이유를 생각할 시간 따위 없었다. 백선일로부터 뺏어야 했다. 어떻게든. 나는 백선일에게 달려들었다. 백선일은 이런 행동에 당황하는 모습을 보였지만 나를 단숨에 밀쳤다. 나는 밀쳐진 탓에 넘어졌고, 백선일은 그런 나를 바라보고 우편 안에 종이를 꺼냈다. 그리고는 표정을 찡그리며 눈으로 내용을 훑어보았다. 그리고는 나를 바라보며 우편의 내용을 또박또박 읽기 시작했다.

"안녕하세요. 한새미님. 로봇으로 인해 많이 놀라신 마음과 정신은 대신 사죄해 드립니다. 워낙 상황이 급해 어쩔 수 없었던 점 양해 부탁드리겠습니다. 아무튼 다름 아닌 편지를 보내는 이유는 한새미님께서 저희 '브레인 토킹' 연구에 도움을 주셨으면 합니다. '브레인 토킹'에 대한 것은 잘 아실 것으로 생각합니다. 저희 연구진들은 한새미님의 여러 연구 자료 등을 보고 '브레인 토킹' 연구진으로 알맞다고 생각하였습니다. 혹시나 집안이나 여러 개인 사정으로 어렵다면! 그 부분은 나라에서 지원 가능하니 안심하셔도 됩니다. 만약 저희의 연구에 관심이 있으시다면 8월 14일, 중앙역으로 와주시면 감사하겠습니다. 참 가지가지 한다. 그렇지? 같은 집에 사는 것도 모르나. 어떻게 똑같은 내용을 보낼 수가 있지."

"뭐?"

나는 백선일의 말에 당황해 대답했다. 똑같은 내용이 보내졌다고? 그러면 백선일도 이런 우편을 똑같이 받은 거야?

"왜 그렇게 쳐다봐? 한 번 더 말해줄까? 나도 똑같은 내용에 우편 받았다고."

"말도 안 돼⋯. 진짜로 너도 받았다고? 이 우편을?"

"그래, 똑같은 말 반복하게 하지 마. 안 그래도 이걸로 안석하랑 싸우고 짜증 나니깐."

"그러면 너는 어떻게 할 건데. 내일 중앙역에 갈 거야? 그게 궁금한데."

백선일은 나의 말을 듣고는 어이없다는 듯의 표정으로 날 바라보았다. 그러고는 나에게 다가오며 당당히 대답했다.

"당연히 안 해야 하는 거 아니야? 이걸 질문이라고 해?"

"그래도 넌 계속 이 가난에 있고 싶어? 이 우편 내용이 맞는다면 당분간은 돈 걱정 없이 살 수 있다고. 그런데 넌 이런 기회가 와도 이 지긋지긋한 삶을 이어가고 싶냐고!"

"아닐 가능성도 같이 생각해. 그리고 난 지금이 나아! 끝까지 함께 있자고 했던 건 너잖아. 네가 이런 말을 할 자격이란 게 있어?"

"그건 이진영이 한 거지! 난 애초에 이딴 삶 살 거면 차라리 죽는 게 낫다고 생각했다고!"

아뿔싸. 나는 말을 뱉고선 입을 막았다. 백선일은 나의 말에 잠깐 말을 멈췄다. 그러고는 아무 말도 없이 고개를 숙였다. 이미 주변 사람의 죽음을 겪었던 사람 앞에서 이런 말은 죽어도 하면 안 되는 거였다. 순간 욱하더라도 하면 안 되는 거였는데. 나는 백선일의 얼굴을 바라보았다. 백선일은 이미 정신이 나간 상태로 땅만 바라볼 뿐이었다. 그러고는 헛웃음을 뱉으며 눈이 붉어진 채로 나에게 말했다.

"그럼, 너 알아서 해. 이딴 나라에 목숨 바치고 여유롭게 살아가던가, 아니면 이 지긋지긋한 가난에 찌들어서 살던가. 그리고 죽는 게 나아? 그딴 말 함부로 하지 마. 적어도 내 앞에서는."

백선일은 말을 뒤로 한 채 방을 나갔고, 난 그 자리에 서 있을 수밖에 없었다. 백선일에게 말을 거는 것은 늦었고, 나는 내 뜻을 꺾을 생각이 없었으니깐. 미안하지만 어쩔 수 없어. 나는 금방이라도 빠져나가고 싶거든. 나는 떨어진 우편을 주워 가방에 넣었다. 그리고 여러 물품을 챙겼다. 노트, 펜, 생필품과 옷들. 그리고, 아니다 이제는 없다. 난 가방에 지퍼를 잠그고 마지막으로 책상을 정리했다. 이제는 여기도 마지막이다. 다시는 볼 일 없을 테고, 돌아올 일도 없을 테다. 애들도 그걸 원하겠지. 나는 옷을 갈아입고 이불에 누웠다. 밖에선 대화 소리가 들렸다. 아마 이진영이랑 백선일이겠지. 나는 애써 무시하고 눈을 감았다. 오늘은 최고이면서 최악의 날이었다.

띠리리-

귀가 찢어질 듯이 시끄러운 소리가 들린다. 오늘은 조금 더 자고 싶었는데. 나는 비몽사몽인 상태로 몸을 일으켰다. 드디어 14일이다. 그렇게 기다렸던 날이 왔다. 기분이 날아갈 것 같았다. 이 가난을 이제야 빠져나가니깐. 근데 난 왜 그냥 앉아만 있는 걸까. 나는 잠시 옆을 바라보았다. 전부 자고 있었다. 평소와 같이. 나는 그저 자는 모습만 계속해서 바라봤다. 미련이라도 남은 걸까. 1분, 3분. 나는 5분이 되어서야 겨우 정신을 차리고 일어났다. 그리고 화장실에 가, 세수와 양치를 시작했다. 세수와 양치를 끝낸 뒤 거울을 바라보았다. 한껏 늘어난 옷, 조금 찢어진 바지. 이제 이런 모습도 오늘이 끝이다. 화장실을 나와 거실을 둘러볼 때, 거실엔 진영이 고개를 숙인 채, 소파에 앉아있었다. 나는 그 모습에 살짝 당황하였지만 진영에게 다가가 장난을 치며 말했다.

"뭐야 진영. 놀랐잖아! 웬일로 일찍 일어났어?"

진영은 내 장난을 받고도 아무 반응 없이 가만히 앉아있었다. 잠이 덜 깬 건가? 나는 의아해하며 진영에게 다시 다시 말을 걸었다.

"왜 반응이 없어. 서운하게 정말."

"진짜로 서운한 게 누구인데?"

진영은 그제야 고개를 들며 내 얼굴을 똑바로 보았다. 눈물이 흐르고 있었다. 한 방울, 한 방울 바닥에 떨어졌다. 나는 당황하며 진영에게 무슨 일이냐 묻던 차, 진영은 나에게 떨리는 목소리로 말했다.

"어제 나갔다 오는 데 백선일 눈이 붉더라. 울 애가 아닌데, 무슨 일인가 싶어서 물었어. 그런데 네가 나라에 간다더라? 브레인 토킹 연구 목적으로. 난 처음에 안 믿었어. 우리 어제 몇십 분 전까지만 해도 서로 약속 지키자고 했잖아. 같이 끝까지 행복해지자고. 그래서 내가 백선일한테 뭐라고 하니깐 백선일이 그러면 내일 아침 확인하라고, 가방에 전부 있을 거라고. 그리고 너 나갈 때까지 기다리고 보는데, 웬일로 그 자식 말이 맞더라. 차라리 이게 꿈이길 바랐는데. 난 지금도 우편 내용, 말하라고 하면 바로 뱉을 수 있을 정도로 생각나. 내가 기억력이 좋은 것도 아닌데 말이야."

"하지만 난, 빠져나가고 싶었어. 언제까지 이러고 살기 싫었다고."

"하하! 진짜 백선일이 말한 것과 너무 똑같아서 소름 돋는다. 그래, 백번 이해해서 그럴 수 있다고 할게. 그런데 적어도 네가 갈 거였으면 우리한테 말 한마디라도 해줄 수 없었어? 이제는 그냥 쓸데없다고 선 긋은 거야? 이것까지 맞으면 그냥 어제 잡은 손 뿌리치지, 그랬어. 왜 괜히 이끌려 가서 사람 희망 고문시키냐고!"

나는 거기서 아무 말도 할 수 없었다. 아니 입이 벌어지지 않았다. 이제 이 말을 부정할 수도 없었고, 이미 갈 마음을 다졌으니깐. 그저 묵묵히 서 있을 뿐이었다. 진영은 내 모습을 보고선 무언가를 억누르는 듯한 목소리로 말을 덧붙였다.

"이젠 변명도 안 하는구나. 진짜 이 삶이 싫었구나."

"그래. 할 말 없으면 마지막 한마디만 할게. 난 어제 너랑 같이 봤던 하늘이 그 어떤 것보다 소중하고 예뻐. 파란 하늘에 적당한 구름. 선선한 바람까지 완벽하잖아. 우리 둘의 추억으로는 가장 좋았던 장면 아니었을까. 물론 그게 마지막일 거로 생각하진 못했지만. 그래도 난 몇 년이 지나도 지금과 똑같이 생각할 거야. 그리고 내가 말했던 약속, 차라리 이렇게 이기적일 거면 끝까지 이기적으로 살아줘. 그냥 너라도 행복하게 지내라고. 물론 둘은 아니지만. 네가 말한 약속은 지금 상황으로 대신할게. 이것만 이해해 주면 좋겠네."

진영은 감정을 쏟아내는 듯한 목소리로 나에게 말했다. 그러고는 나에게 환하게 웃었다. 슬픈 감정 하나 없이 맑은 미소. 마치 우리가 봤던 하늘처럼. 말부터 표정까지 전부 진심이었다. 나는 그 모습에 고개를 숙였다. 그동안의 추억이 생각났다. 결국 난 전부 내 이익으로 모두에게 상처를 주고 가는 것이 아닌가 하는 생각이 들었다. 나 자신이 조금은 한심해졌다. 아냐, 이럴 때 흔들리면 안 되는데. 나는 겨우 맘을 잡고는 진영을 바라보며 말했다.

"너는 이런 내가 싫지도 않아? 왜 갈 때까지 웃어주는 건데."

"난 너처럼 이기적인 사람은 아니라서. 그냥 예의라고 생각해."

"아무튼 대답은 해줄래. 살아남을 거면, 이것보다 더 좋은 삶 살거면 차라리 끝까지 네가 누구보다 더 행복하게 살아. 알겠지?"

바닥에 물이 떨어졌다. 한 방울, 한 방울. 아까 세수할 때 물기를 제대로 안 닦았었나 보다. 나는 미소를 띠는 진영을 바라보며 대답했다.

"그래. 이해해 줘서 고마워. 내 최고의 친구야."

"그건 좀 영광이네. 이기적인 내 친구."

나는 모자를 눌러 쓰고, 가방을 챙겨 현관에 섰다. 이제 이곳도 정말 마지막이다. 나는 마지막으로 집을 눈으로 훑어본 뒤, 문을 닫고 집 앞을 보았다. 처음 이 집을 보았을 때, 산책을 다녀왔을 때, 항상 이 모습이었다. 그냥 허름하기 짝이 없다. 문 앞엔 여러 잡동사니가 나뒹굴었고, 지붕의 도자기는 조금씩 깨져있었다. 상자는 전부 비에 젖었고, 종이들은 형체를 못 알아볼 정도로 구겨져 있다. 나는 그 모습에 헛웃음을 지었다. 이 정도로 허름할 줄이야. 집을 나설 때 비로소 집을 제대로 본 나도 참 한심하다. 나는 집은 뒤로 하고 골목을 걸어 나갔다. 어디 가냐 물어보는 사람들 사이 나는 그저 미소만 보이고 걸어갔다. 점점 밝은 빛이 보인다. 이게 내 미래이길, 나는 간절히 빌어본다.

중앙역이 보인다. 이틀 전까진 그저 한 산책로였던 곳이 지금은 내 인생의 중요 장소가 되었다. 심장이 떨린다. 두려움도 온다. 하지만 지금 돌아갈 순 없었다. 끝을 냈으니깐, 모든 것을 끝맺음했으니깐. 나는 모자를 한번 눌러쓴 뒤, 중앙역으로 걸어 나갔다. 중앙역은 평소와 다름없었다. 그저 조용한 분위기 속 영상 소리만 울려 퍼졌다. 그런데 하나 신경 쓰이는 점은 유독 차가 많았다. 평소엔 2~3대만 있다면 지금은 최소 5대는 있었다. 나는 의아한 마음을 가지던 찰나 멀리서 내 이름의 메시지가 누군가의 머리 위에 떠 있었다.

[한새미님, 여기입니다.]

나는 메시지를 발견하고 그 사람에게 다가갔다. 그는 키가 크며 덩치도 꽤 있었다. 아마 경호원인 듯했다. 그는 정장을 입고 있던 상태로 나를 빤히 바라보았다. 아무 생각 없는 듯이 보이지만 그 속에 눈빛은 사냥감을 보는 맹수 같은 느낌이었다. 나는 그런 눈빛을 애써 피하고 메시지가 뜰 때까지 기다렸다. 그러자 남자는 표정 변화 하나 없이 메시지를 띄었다.

[할 말 없으시면 출발하겠습니다. 따라와 주세요.]

나는 고개를 끄덕이고 남자의 뒤를 따라갔다. 한 걸음, 한 걸음. 적막한 이곳엔 발걸음 소리만 들렸다. 그렇게 걷다 그는 한 검은 차에 멈춰 섰고, 이 차로 들어가라는 듯한 손짓을 보냈다. 나는 차로 들어가 앉았고, 차 안엔 남자와 비슷한 사람들이 앉아있었다. 그들은 나에게 오래 걸리니, 잠시 자도 된다는 말과 함께 자율 주행 운전을 시작했다. 나는 그 말에 고개를 끄덕였고 창밖을 바라봤다. 도로 위 달리는 차들, 눈을 뜨기도 어려울 정도의 햇빛. 도저히 창문을 볼 수 없었다. 나는 아쉬운 마음을 뒤로 하고 고개를 돌려 다시 차 안을 살펴보았다. 차 안은 먼지 하나 없이 깨끗하게 관리 되어 있었고, 여러 물품이 실린 상자가 있었다. 지금 나에겐 이 모든 것이 이질적이었다. 특히 골목에 살았던, 세상과 거의 단절된 나로선 더더욱. 그래도 가장 이질적이었던 건 앞 좌석에서 올라오는 메시지. 그들에겐 재밌는 이야기였을지 모르지만, 나에겐 그저 로봇들의 대화 같았다. 시간이 지나고 나는 쏟아지는 햇빛에 잠기운이 몰려왔다. 그리고 잠을 이기지 못한 난 그대로 잠들었다.

내가 잠에서 깨어났을 땐 차는 정차했고, 다른 차들도 정차해 있었다. 역에서 봤던 차들이었다. 밖에 사람들은 차에서 내렸고, 나도 그 모습에 차 문을 열고 밖으로 나왔다. 그러자 내 앞엔 거대한 건물이 자리 잡고 있었다. 무채색에 높은 건물이었다. 내가 건물을 보는 동안, 안내원은 사람들에게 여러 내용을 전했다. 대충 요약하자면 이곳에서 며칠 지내다 부서가 결정된 후부터 일을 시작하게 될 것이라는 내용이었다. 이야기를 끝낸 안내원은 우리는 건물 안으로 안내했다. 이제 진짜 새 삶의 시작이구나. 심장이 뛰었다. 긴장감과 설렘, 두 감정이 휘감겼다. 나는 그렇게 안내를 따라 건물 안을 걸어 나갔다.

나는 1인방을 배정받고 나서 다짜고짜 침대에 누웠다. 이게 얼마만의 침대인지. 누웠을 때 허리가 안 아픈 느낌이 오히려 이상했다. 나는 몇 분 동안 침대에 누워있다 일어나 방을 둘러보았다. 깔끔한 벽지, 흠집 하나 없는 서랍장과 밝게 빛나는 전등. 당장 오늘까지 있었던 집과 너무나도 달랐다. 이 기회를 놓칠 뻔했다니, 생각하면 할수록 아찔했다. 나는 매고 있던 가방을 정리했다. 그래봤자 몇 개의 옷과 생필품이지만. 전부 정리한 뒤, 시간을 보니 8시였다. 한 것도 없는데 시간은 빨리 지나갔다. 나는 다시 침대에 누워 아무 생각 없이 천장을 바라보았다. 이것도 흰색 천장이네. 방 안엔 시계 소리만 울려 퍼졌다. 그러고 보니 8시인데도 참 조용했다. 밖이니 당연하겠지만, 원래 같았으면 시끌벅적했을 시간에 조용하니 왠지 기분이 이상했다.

말소리 하나 없다고 이렇게 허전한 것까지 있나. 그냥 이상했다. 그래도 이젠 이런 분위기에도 익숙해져야겠지. 애초에 말이 없는 게 이 세상에 더 맞는 것인데. 나는 침대에서 일어나 샤워하고 창문을 바라보며 누웠다. 내일이면 전엔 생각조차 못 했던 일들이 있겠지. 전에 있던 고민도, 전부 사라질 것이다. 그냥 새 삶을 산다. 더는 돈에 쫓기듯이 살지 않아도 되고, 누군가와 책임질 관계도 없다. 그냥 정말 나, 한새미 만의 삶이다. 나는 오랜만에 편안하게 눈을 감았다. 내일을 기다리며, 앞으로 다가올 날들을 생각하며.

새벽 2시, 떨어진 물건 소리의 잠에서 깼다. 꽤 큰 소리에 머리가 아팠다. 나는 무거운 몸을 일으켜 이불을 걷고 물건을 주웠다. 갑자기 웬 시계가 떨어져선. 시계를 다시 걸고 침대로 돌아가던 때, 옆 방에 작은 말소리가 들렸다. 방에 방음이 잘 안 된다더니 좀 심하게 잘 들렸다. 이런 방음에 말소리면 당장이라도 목이 날아갈 텐데. 나는 궁금한 마음에 들려오는 말소리에 향해 귀를 기울였다. 죄송합니다. 죄송합니다. 누군가 계속 같은 말을 반복했다. 불안한 듯이 목소리까지 떨면서 말이다. 시간이 지나도 반복되는 말에 나는 흥미를 잃고 자려던 찰나, 말소리가 끊겼다. 그리고 무언가 벽에 세게 부딪힌, 아니 박는 소리와 비명이 들렸다. 나는 소리에 놀래 자리에 주저앉았다. 옆 방에 사람은 똑같은 말만 반복하였고, 말은 점점 희미했다. 살인이라도 당한 건가? 아니면 말한 것에 대한 처벌인가? 심장은 빠르게 뛰었고, 머리는 점점 아파졌다. 만약 말한 것이 처벌이면, 나는? 내가 말했던 사실도 들켰으면? 사실 연구 목적이 아닌, 처음부터 발언자를 처벌하기 위해 날 부른 거라면? 머릿속이 새하얗다. 아무런 판단도 되지 않았다. 그저 조용히 지나갔으면 하는 생각만 들었다. 옆 방에서 문이 열리고 발걸음 소리가 들렸다. 한 걸음 한 걸음. 나는 떨리는 손으로 입을 막아 숨죽이고 앉아있었다.

터벅 터벅

발걸음이 내 방 앞에 멈췄다. 아냐, 아닐 거야. 머릿속엔 부정의 말만이 가득 차 있었다. 아닐 것이라고, 그냥 할 말이 있을 것이라고, 부정했다. 그래야만 했다. 하지만 밖에선 이미 도어락 소리가 나고 있었다. 아니야, 나 살고 싶어. 비밀번호가 하나씩 눌러졌다. 이제야 살 이유가 생겼는데. 1 7 0 4 0 7. 조금이라고 탈출하고 싶었는데. 발걸음 소리가 들려왔다. 두려움의 눈물이 한 방울씩 떨어졌다. 점점 발걸음 소리는 가까워졌다. 그리고 소리는 내 앞에서 멈췄다.

나는 떨리는 마음으로 고개를 올려다보았다. 정장의 남자가 주저앉은 날 내려다보고 있었다. 쓰레기를 보는 듯한 표정으로, 상종하지 못할 것을 본 표정으로. 난 표정 따위 신경을 겨를이 없었다. 떨리는 손으로 몸을 일으켜 무릎을 꿇었다. 그리고 고개를 숙여 빌었다.

"한 번만, 제발 한 번만 살려줄 수 없나요?"

처절한 모습이다. 무릎 꿇은 자세부터 말하는 목소리조차 떨려왔고 눈물은 바닥에 계속해서 떨어져 내렸다. 사실 살려달라는 말부터 이미 처절한 모습이었다.

"제발, 정말 나라에 목숨 걸고 살 자신 있어요. 한 번만, 기회를 주세요. 이제야, 이제야 가난에서 벗어났는데."

나는 두려움에 말을 이어 나갔다. 남자는 그런 내 모습을 계속 바라만 보고 있었다. 어떠한 메시지 하나 없이 그저 초라한 모습을 바라만 보았다. 1초, 6초. 22초 시간이 흐를수록 난 더욱더 불안해졌고, 그로 인해 말을 더 이어갔다. 조금이라도 살아남고 싶었다. 내 억울함을 풀고 싶었다. 조금 더 편안한 삶을 살고 싶었다. 그렇게 몇 분을 말하던 나는 지친 탓에 그저 고개만 숙인 채로 눈물을 흘렸다. 남자는 내 말이 끝나고 내 턱을 잡아 고개를 들게 했다. 난 남자의 손에 억지로 고개를 들었다. 그리고 위에 메시지를 읽게 되었다.

[난 아무것도 안 했는데. 왜 그렇게 말을 열심히 하는지. 발언자들의 작은 반항인가.]

[네가 그렇게 말해봤자 변하는 건 없어. 나라는 네 사연에 관심이 없거든. 오히려 형벌만 더 생길 뿐이지. 그렇게 구구절절 말할 거면 그냥 조용히 처형당하고 죽는 게 낫지 않겠어?]

아무 말도 할 수 없었다. 아니 정확히는 막혔다. 고작 며칠 전까지만 해도 조용히 처형당하는 것을 생각한 것도, 말을 해 봤자 변하는 건 없다고 생각한 것도 전부 나였으니깐. 나는 허무함과 한심함에 웃었다. 그냥 웃겼다. 결국 사람은 자신의 환경에서 생각하고 판단한다. 조용히 처형당하기를 바랐던 나는 지금 죽기 직전에 구구절절 말을 이어갔다. 그냥 이런 내가 너무 한심하고 이기적이었다. 나는 허탈하게 계속해서 웃었고, 나를 바라보던 남자는 한숨을 쉬고는 그냥 '빨리 끝내줄게'라는 메시지와 함께 주머니에서 한 기계를 꺼내 버튼을 눌렀다. 버튼을 누르자 방 안에 연기가 들이닥쳤다. 나는 웃음을 멈추고 당황스러운 마음으로 코와 입을 막았다. 그리고 잠이 조금씩 몰려왔다. 남자는 그런 나에게 미소를 보이며 메시지를 올렸다.

[수면 가스야. 물론 처벌이니 독성 성분도 있지만. 그래도 생각보다 잔인하지는 않잖아? 칼 쓰고 하는 건 피 튀기고 나도 싫어서 말이야. 그럼 잘 자. 끝까지 가난한 삶이었던 새미씨.]

눈이 감겨 온다. 몽롱했다. 몸에 주고 있던 힘이 하나둘씩 빠지기 시작했다. 정신 차려야 하는데. 마음만큼 몸이 움직이지 못했다. 눈치 없는 눈물은 볼을 타고 내려갔고, 입과 코를 막고 있던 손은 맥없이 떨어졌다. 조용히 죽어간다. 아무 소리 없이, 아무 반항 없이 서서히. 며칠 전 내가 생각했던, 나는 그럴 것이라며 생각했던 대로 죽어간다. 여태껏 삶의 주마등이 스쳐 갔다. 사실 볼 것도 없다. 그냥 밑도 끝도 없이 가난했다. 결국 이렇게 된 것도 가난이었다. 어떻게 생각해보면 나는 죽고 싶었던 게 아니라, 이 환경을 벗어나고 싶었던 것 같다. 그걸 이제야 깨달았다니, 한심하다. 그렇게 후회만 가득한, 이기적인, 가난했던 나는 끝내 눈을 감았다.

203n년 4월 7일 오전 11시 37분

[한세미, 잘 지내?][1]

[뭐 적어도 나보다는 잘살고 있을 거라고 믿을게.][1]

[그래도 연락 한 통 없냐. 좀 아쉽네.][1]

[나 이제 취업도 했다? 그냥 작은 디자인 회사야. 묵혀놨던 그림을 여기서 쓸 줄은 나도 몰랐다니깐. 그리고 브레인 토킹. 그건 이제 한물갔다더라. 이젠 말해도 괜찮은 기술 연구 중이래. 나는 나중에 이걸로 하려고.][1]

[아, 이 기술을 네가 연구하려나. 그러면 안심해도 되겠다. 너 머리 하나는 좋잖아. 사실 너 이미 회사 사람들한테 질투받는 거 아니야? ㅋㅋ][1]

[나중에라도 한번 만나고 싶네. 밉기는 해도 네 생각 계속 난다.][1]

[만약 이 연락 보면 꼭 연락해야 한다? 새벽이든 언제든 내가 온다. 진짜로.][1]

[그럼 갈게. 잘 살아.][1]

The end

중독

(당신도 읽으면 뜨끔할 이야기)

조하율 지음

[작가의 말-계산여자중학교 2학년 조하율]

 소설에 도전을 해봐야겠다고 생각한 건 정말 잘한 일인 것 같다. 방학동안 내가 가보지 않은 길을 경험하는 것도 언젠간 나에게 큰 도움이 될 것 같아 겁도 없이 도전했다.
 주제 선정은 생각보다 어렵지 않았다. 늘 사회적으로 문제가 되면서도 전혀 해답이 없는, 떼려야 뗄 수 없는 스마트폰 중독에 관한 내용을 언젠가 나도 비판에 동참하고 싶었다.
 필자는 SNS를 하지 않는다. 혹여라도 나중에 SNS에 발을 들이게 될 경우, 온별의 선택까지 가지 않도록 하기 위한 나만의 경고문이라고 할 수 있겠다.
 많은 청소년이 스마트폰 중독에서 벗어나 푸른 하늘을 바라보는 여유를 가졌으면 좋겠다. 나의 첫 소설이 나오기까지 많은 도움을 주신 작가 선생님과 엄마께 진심으로 감사를 드린다.

"주문하신 에그베네딕트 나왔습니다."

"감사합니다. 어? 잠깐만요. 여기 베이컨이 좀 탄 것 같은데요?"

"손님, 저희 매장에서는 이 정도 굽기를 원칙으로 해서 탄 게 아닙니다."

"아, 내 눈엔 탄 것처럼 보이는데. 여기 맛집이라고 해서 사진 찍어서 온스타에 올리려고 했는데 생각보다 별로네요."

"손님, 여태껏 저희는 항상 이렇게 요리하는데 이걸 보고 탔다고 하시는 손님은 없었습니다."

"그럼 제가 잘못됐다는 말이에요? 제 온스타 팔로워가 몇 명인지 아세요? 이 가게 홍보 좀 해주려고 했는데, 안 되겠네요."

"죄송합니다, 손님. 마음에 안 드신다면 다시 만들어드리겠습니다."

"네, 베이컨은 적당히 익혀주세요. 너무 바싹 구운 건 별로예요."

쓰디쓴 웃음을 뒤로한 채 점원은 접시를 들고 다시 주방으로 향했다.

"야, 적당히 좀 해라. 내 눈에도 괜찮아 보이는데 뭘."

"내 팔로워가 몇 명인 줄 알아? 3만 5천 명이야. 내가 시작한 지 1년도 안 됐는데 요즘 팔로워 느는 것 보면 10만은 금방이야. 여기서 글 하나 잘못 올리면 이 가게 망하는 거 순간이라고."

"어휴, 그놈의 온스타 병."

"요청하신 대로 메뉴 다시 나왔습니다."

"네, 감사합니다."

- 찰칵, 찰칵!

#브런치맛집#에그베네딕트#송수동맛집#태닝한베이컨#내가예민한가#하마터면그냥나올뻔#나름착한직원#이집브런치잘하네#10만달성목표

이름 나온별, 나이 25세. 직업은 자칭 온스타 여신. 전문대 졸업 후 경리로 잠깐 취업 활동을 했지만, 얼마 전 SNS에 빠진 이후 회사를 그만두고 여기저기 맛집 다니기, 유명 장소 다니기 등으로 활발한 SNS 활동을 하고 있다.

"아 배고프다, 사진 그만 찍고 얼른 먹자."

"잠깐만 기다려. 나 이거 자르는 모습 사진 좀 찍어줘."

"으휴, 알겠어. 내가 널 어떻게 말리겠니."

사진은 완벽했다. 먹음직스러운 브런치와 그걸 먹으려고 하는 사진 속의 여신. 모든 것이 완벽했다. 내일은 미국에서 처음 들어오는 커피숍이 오픈한다고 한다. 새벽부터 가서 줄을 서야 한다. 오픈런에 성공을 하고 나서의 모습에 그녀는 벌써 흥분이 되었다.

온스타그램 속의 그녀는 이미 완벽한 여신이었다. 필터 하나로 아이돌의 얼굴과 몸매가 되고 사람들은 그것에 열광한다. 사람들은 왜 비싼 돈을 주고 마약을 하는 건지 모르겠다. 이것은 그녀에게 마약 같은 존재였다. 그녀의 성격은 극 소심한 성향이었다. 외모에 자신감도 없었고 성격도 밝지 않아 학창 시절엔 존재감이 거의 없었다. 대학 졸업 후 특별한 것도 없는 무료한 사회생활을 하던 어느 날, 젊은 사람들 사이에서 구하기 어렵다는 젤리를 우연찮게 손에 얻게 되었고, 내심 자랑하고픈 마음에 젤리와 함께 보정 셀카를 찍어 그녀의 SNS에 올렸는데 사람들의 반응은 굉장했다. 사람들은 신상 젤리에 관심을 기울이는 것 같더니 곧 그녀의 외모로 관심이 기울어졌다. 이 계기가 그녀를 SNS 중독의 길로 이끌었다.

MBTI에서 I로 분류되는 소심한 성향의 그녀는 온스타그램에서는 많은 연예인이 갖고 있다는 E의 밝은 성향으로 연기를 한다.

「ENFP의 인생이란. 아, 피곤해. 나도 쉬고 싶은데 쉴 새 없이 휴대폰이 울리네. 여러분의 MBTI는 뭐예요?」

「언니 너무 예뻐요. 저는 I예요. 언니 성격 너무 부러워요.」

「꺄아 언니 여신이에요. 언니 온스타 잘 보고 있어요.」

「언니가 입은 원피스 너무 잘 어울려요. 저도 사고 싶은데 품절이래요. 언니는 어쩜 그렇게 신상을 잘 사나요?」

「언니는 MBTI도 연예인급이네요.」

방 안에 누워 사람들의 댓글을 보며 온별은 구름 속을 거닐고 있다.

- 띠리리링. 띠리리링.

"어? 얘가 어쩐 일로 전화를 했지? 여보세요?"

"어이! 나온별 잘 지내냐? 온스타 보니까 아주 여기저기 쏘다니면서 잘 지내는 것 같던데? 아직도 공주 놀이 중이냐?"

장서연. 대학 시절 유일한 단짝이었으나 사회생활 후 온스타에 빠진 자칭 온스타 여신 온별이의 팔로워가 늘어날수록 그녀의 무시아닌 무시를 느껴 점차 연락을 줄여나간 친구의 전화였다.

"어쩐 일로 전화를 다 했어?"

"감히 평민 따위인 내가 여신 온별이에게 전화를 건 이유가 뭐겠어? 나도 급히 연락해야 할 일이 생겼으니 전화했지."

"비꼬지 말고…. 무슨 일인데?"

"너 솔로지? 온스타 보니까 아직도 혼자 그러고 다니는 것 같더만. 소개팅할래?"

"갑자기 소개팅?"

"너 내 남자친구 알지? 주안이 오빠."

"그 오빠랑 아직도 사귀냐? 진짜 오래 만나네."

"부러우면 부럽다고 말해. 안 그래도 우리 주안 오빠 친구가 나한테 하도 여자 좀 소개해달라고 해서 온스타에 네 사진 보여줬더니 당장 날 잡으라고 난리야.

그 오빠 우리보다 네 살 많고 얼마 전에 삼별에 취직했대. 그래서 집에서 외제 차도 뽑아줬다나 뭐라나. 그 오빠가 너무 진심인 것 같아서 연락해봤어. 너 싫으면 안 해도 돼."

"그래? 그럼 한 번 만나보지 뭐. 이름이 뭐야? 얼굴은?"

"이름은 심지호. 키는 177이고 생긴 건 사진으로 보내줄게."

"키가 좀 걸리는데 일단 사진 보내줘 봐."

"지금 톡으로 보냈어. 나랑 주안 오빠 옆에 앉아있는 사람이 지호 오빠야."

카메라를 향해 훤칠하게 웃고 있는 그의 모습이 썩 끌리진 않았지만 그래도 이 정도면 대기업에 외제 차라는 배경을 포기할 수 없어 온별은 긍정적인 대답을 보낸다.

"그 심지호라는 오빠한테 내 연락처 줘도 돼. 나머진 우리가 알아서 할게."

"그래, 잘 해봐라. 호호."

「안녕하세요?
장서연 씨 소개로 연락드린 심지호입니다.
혹시 지금 톡 할 시간 되시나요?」

　　　　　　　　　　　　　　　「안녕하세요?
　　　　　　　　　　　　서연이 친구 나온별이에요.
　　　　　　　　　　　　　말씀 많이 들었어요.
　　　　　　　서연이 남자친구 친구분이시라고요?」

「네. 둘이 붙어 다니는 게 질투 나서
서연 씨 친구 좀 소개해 달라고 압박을 좀 넣었더니 ㅋㅋㅋ
바로 온별 씨 사진을 보여 주더라고요.
한번 뵙고 식사하며 얘기 나누고 싶습니다.」

　　　　　　　　　　「아…. 네…. 제가 좀 바빠서….
　　　　　　　　　　　되는 시간을 확인해 볼게요.」

「넵!」

「음.
다음 주 금요일 저녁 시간
괜찮은데 어떠세요?」

「넵! 다음 주 금요일 시간 괜찮습니다.
몇 시에 어디서 만날까요?
편하신 장소와 시간을 말씀하시면 맞추겠습니다.」

「6시 30분 홍대역 슈가벅스에서 봐요.
먼저 도착한 사람이 들어가서 기다리기로 해요.」

「알겠습니다. 온별 씨, 그럼 그때 뵙죠.
뵙기 전까지 안부 연락드려도 되죠?」

「네.
그래야 만날 때 어색하지 않으니까요^^」

「얼굴만 이쁘신 줄 알았더니 마음도 고우시네요.
만나는 그날까지 종종 연락드리겠습니다.」

소개팅 당일까지 둘은 연락을 하며 만났을 때 어색하지 않을 것 같은 관계로 발전하게 되었다.
만나기로 한 당일, 온별은 거울 앞에 앉았다.

"그래. 내가 뭐 본판이 되니 화장을 좀 더 신경 써서 하면 온스타에 올린 사진하고 전혀 다를 게 없을 거야. 어차피 어플도 다 내 얼굴인 걸 뭐."

약속 시간이 되어 온별은 슈가벅스 근처에 도착했다. 행여나 먼저 도착해서 기다리게 될까 봐 5분 정도는 남자가 기다려야 된다는 자존심에 온별은

「지호 씨 죄송해요. 차가 막혀서 5분 정도 늦을 것 같아요. 금방 갈게요. ㅠㅠ」

라고 연락을 한 뒤 주변을 조금 배회하고 들어갔다.

핫플레이스답게 카페 안은 사람들로 가득 찼다. 온별은 테이블마다 앉아있는 사람들을 눈으로 훑어보며 사진으로만 접해 본 지호를 찾아 두리번거리기 시작했다.

창가 구석진 2인 테이블 자리에 홀로 앉아있는 낯익은 남성을 보았다.

'음…. 저 사람인 것 같네. 사진보다는 그럭저럭 봐줄 만하네 뭐.'

"안녕하세요? 심지호 씨 맞으시죠?"

"아. 네네…. 나온별 씨…?"

"네. 저 온별이에요. 오래 기다리셨죠? 차가 너무 막혀서 늦었어요."

"괜찮습니다. 뭐 드실래요? 제가 주문해오겠습니다."

"늦었으니까 제가 살게요."

"아닙니다. 제가 얼른 가서 주문하고 오겠습니다."

"그럼 저는 스트로베리 요거트 블렌디드요. 신상이라고 해서 한번

먹어보고 싶더라고요."

"아 네…. 음료 이름이 참 기네요."

잠시 후, 지호는 온별이 시킨 신상 음료와 아이스 아메리카노가 담긴 쟁반을 들고 테이블 위에 올려둔다.

"아 역시 신상답게 색깔이 너무 예쁘네요. 저 잠깐 사진 좀 찍을게요. 제가 사진 찍는 게 취미라서요."

"네. 마음껏 찍으세요. 저는 커피 먼저 마시고 있겠습니다."

지호는 의자 등받이에 몸을 최대한 뒤로 젖히고 다리를 꼬았다.

사진 촬영 후, 둘의 대화는 생각보다 어색했다. 주변의 시끌벅적한 분위기와는 달리 두 사람의 테이블에는 얼음이 갈린 음료 때문인지 한 모금 삼킬수록 냉기류는 더해가는 것 같았다. 만나기 전 화기애애했던 두 사람의 휴대폰 속 문자는 꾸며낸 이야기 같았다.

"여기까지 어떻게 오셨어요?"

"퇴근하고 바로 오느라 차를 가지고 왔습니다."

"아 그래요? 사회 초년생이라서 차를 끄는 게 쉽지 않을 텐데. 취직하기 전에도 끌고 다니시던 차였나봐요?"

온별은 서연에게 들어 지호의 차에 관해 익히 알고 있었지만, 그의 입으로 다시 한번 확인하기 위해 모르는 척 질문을 했다.

"얼마 전에 취업해서 부모님께서 선물로 사주셨습니다."

"와. 부모님 정말 멋지시네요. 요즘 신입직원은 상사 눈치 보여서 좋은 차는 끌고 다니지 못하죠?"

"저희는 그런 거 없습니다. 저희 회사가 워낙 외제차를 많이 끌고 다녀서 부모님께서 기죽지 말라고 테슬라 전기차를 사주셨습니다."

"아 그렇군요. 요즘 그 차 엄청 유행이던데. 이따가 직접 볼 수 있겠다."

"……"

"아…. 저 잠시 화장실 좀 다녀올게요."

온별은 어색함을 뒤로한 채 화장실로 향했다. 오래간만의 소개팅이라서 그런 것이라, 생각하며 잠깐 숨을 돌리고 싶었다.

화장실에 들어가자마자 온별은 갑자기 기분이 좋아졌다. 주홍빛 화장실 조명이 사진 찍기에 안성맞춤이었다.

"아우. 여기 화장실 조명이 대박이고만. 셀카 찍어서 아까 그 음료랑 업로드 좀 해야겠다."

#홍대슈가벅스#MZ놀이터#스트로베리요거트블렌디드#신상은먹어줘야지#화장실조명맛집

업로드 하자마자 '좋아요'가 많이 눌러졌다. 본인 게시물에 '좋아요'와 댓글이 달리는 재미에 시간 가는 줄 모르는 온별은 정신을 차리고 다시 화장실 밖으로 나왔다. 여전히 손과 눈은 휴대폰에서 떠나지 않은 채 지호를 향해 가고 있었다. 하마터면 다른 손님과 부딪혀 상대방의 음료를 쏟을 뻔하기도 했다.

테이블에 앉자 지호는 손에 들고 있던 본인의 휴대폰을 테이블에 내려놓았고, 표정은 조금 굳어있는 듯했다.

"화장실 다녀오신다더니, 꽤나 늦으셨네요."

"아 네. 눈에 뭐가 들어가서 그것도 좀 빼고 화장도 고치느라 시간이 조금 걸렸어요.”

“음료 다 드셨으면 나가시죠. 제가 댁까지 모셔다드리겠습니다.”

“아직 저녁도 안 먹었는데 바로 헤어지자고요?”

“아, 제가 온별 씨 만나느라 퇴근을 좀 서두르는 바람에 마무리 못 한 업무가 있어서 회사에서 연락이 왔습니다. 그래도 온별 씨 댁이 여기서 멀지 않으니 예의상 모셔다드리고 저는 다시 회사로 가보겠습니다.”

“회사 일을 마무리 못 하셨다니, 어쩔 수 없죠. 그럼 집까지 부탁드려요.”

‘오예. 드디어 퇴슬라. 말로만 듣던 외제 차를 직접 타게 된다니. 역시 인싸의 삶은 대단해.’

“여기 서 계시면 제가 주차장에서 차를 가져오겠습니다.”

“네. 기다릴게요. 다녀오세요.”

남의 온스타에서만 봐 왔던 그 차를 온별이 직접 타게 된다니…. 저 멀리서 납작둥글한 귀엽고 간지나는 흰색 전기차가 서서히 다가온다. 온별은 심장이 두근거렸다.

“어 퇴슬라네.”

“우와. 차 예쁘다.”

주변에서 사람들의 감탄 소리가 나지막이 들린다. 온별은 왠지 모를 자부심이 차올랐다.

- 빵빵!

“온별 씨, 타세요.”

"감사합니다."

"벨트 매세요. 출발합니다."

"저…. 잠시만요. 저 잠깐 사진 좀 찍어도 될까요?"

"무슨 사진이요?"

"차가 너무 예뻐서 사진 좀 찍고 싶어서요. 제가 사진 찍는 게 취미라고 말씀드렸잖아요."

"하…. 네. 마음대로 하십시오."

- 찰칵! 찰칵, 찰칵, 찰칵!

"제가 일이 좀 늦어서. 출발해도 될까요?"

"네. 다 찍었어요."

"온별 씨 댁이 회곡동이니까 그쪽으로 가겠습니다."

"네. 감사합니다. 그런데 일이 많이 바쁘신가 봐요. 신입이라 눈치 보여서 그런가? 호호홍."

"아 네. 제가 신입이라 그런지 여유가 많이 없네요."

"그럼 지호 씨 되는 시간으로 날짜를 잡을 걸 그랬나 봐요."

"괜찮습니다. 오늘 만나 뵙게 되어서 반가웠습니다."

"저도 즐거웠어요. 시간이 조금 더 많았으면 저녁도 먹고 좋았을 텐데 아쉽네요."

"…… 음악 좀 틀어도 되겠습니까? 제가 운전할 때 음악을 듣는 습관이 있어서요."

"네 그렇게 하세요."

신나는 음악이 나오지만 둘 사이엔 고요한 적막만이 흐를 뿐이었다.

"여기서 우회전하시면 돼요."

"아, 죄송합니다. 온별 씨. 제가 시간이 없어서 여기에서 내려드려도 될까요? 거의 다 온 것 같긴 한데 집 앞까지 갈 시간은 안 될 것 같습니다."

"아 네. 여기서 내려주세요. 얼른 회사 가보셔야죠."

"그럼 즐거웠습니다. 안녕히 가세요."

"안녕히 가세요. 지호 씨."

온별이 내리자마자 차는 바로 출발했다. 거기서 약간의 매정을 느꼈다.

"뭐야. 얼마나 급한 일이 있으면 애프터 신청도 안 하고 그렇게 쌩하고 가버리냐. 기다려보지 뭐. 집에 가서 업로드나 해야겠다."

#튀슬라#남친차#일론마스크보다부자되자#튀슬라타고화성으로#홍대데이트

「우와. 언니 간지 나요.」

「언니한테 딱 어울려요.」

「다 가진 언니. 완전 부럽. ㅠㅠ」

「언니 남친 재벌? 대박 좋겠다. 인생은 언니처럼.」

"후후. 내가 이 맛에 온스타를 하지. 완전 갓생이고만. 이제 지호 씨 연락만 기다리면 되겠다."

주말이 지났다. 황금 같은 주말이었지만 지호에게는 아무런 연락이 없었다.

"뭐야. 바쁘다더니. 주말에도 일하나? 왜 연락이 없지? 아오. 자존심 상해서 먼저 연락하긴 싫은데. 서연이한테 연락해봐야겠다."

- 따르릉. 따르르릉.

"어, 온별아. 이 밤 중에 무슨 일이야?"

"너 혹시 지호 오빠한테 연락 온 거 있어?"

"무슨 연락?"

"너도 알잖아. 우리 엊그제 소개팅한 거. 오빠가 갑자기 회사에서 연락 왔다고 급히 가더니 그 이후로 연락이 없네. 혹시 너한테 무슨 얘기 나온 거 있어?"

"지호 오빠가 너한테 연락 안 했어?"

"어, 연락 안 왔는데. 무슨 일 있었어?"

"저번 금요일 저녁에 지호 오빠가 주안 오빠한테 술 먹자고 연락이 와서 둘이 만났대. 그날 너랑 소개팅 한 날 아니었어?"

"맞는데. 나한텐 회사 간다고 했었는데? 뭐야. 짜증 난다."

"지호 오빠가 너한테 따로 얘기 안 했구나. 난 얘기한 줄 알았지."

"그래서, 그 사람이 너네 오빠한테 뭐라고 했는데?"

"솔직하게 말해도 돼?"

"어, 아무것도 빼지 말고 솔직하게 다 말해줘."

"오빠가 너 처음에 보자마자 실망했대. 온스타에서 본 모습하고 너무 딴판이었대. 그래서 너 아닌 줄 알았대. 그러게, 내가 보정 좀 작작 하라고 했지."

"그 말만 했어?"

"너 화장실 간다고 하면서 또 온스타에 사진 올렸다면서? 처음 만

조하율　　229

나는 자리에서 그렇게 오랫동안 자리 비우는 거 매너 아니라고 하더라."

"내가 말 안 하고 간 것도 아니고 그거 올리는 거 시간 얼마나 걸린다고 쪼잔하게 구냐."

"그리고 너 지호 오빠 차 완전 네 남친 차인 것처럼 올렸더라? 그것도 어이없어하던데."

"지 얼굴 올린 것도 아닌데 지가 무슨 상관이야. 어이없어 정말."

"암튼 오빠가 너 외모랑 온스타에 빠진 모습 보고 크게 실망한 것 같아. 저녁도 같이 먹으려고 식당 예약했는데 취소했대."

"정말이지? 알겠어. 끊어."

"그러게. 정신 차리고 너답게 살아라. 내가 마지막으로 충고하는 거야. 앞으로 너 만날 일 없겠지만 그래도 친구였으니까 내가 진심으로 얘기하는 거야. 솔직히 말해서 너 이렇게 될 줄 알았어. 셀카 보정도 작작 해야지 원."

"너 완전 나 엿 먹이려고 작정한 거였어? 그리고 네가 뭔데 나한테 충고질이야. 내 걱정하지 말고 너나 잘 살아. 난 그래도 남들한테 많이 인정받고 부러움 받으며 살고 있어. 알지도 못하면서 나불거리지마. 재수 없어. 끊어."

전화를 끊자마자 온별은 분노가 치밀었다. 여태껏 온라인상에서 들어보지도 못한 모욕감을 직접 귀로 들으니 자존심이 완전 무너지고 세상을 잃은 기분이었다. 치가 떨리고 온몸이 부서지는 듯했다. 거울을 보니 온스타에 올린 얼굴과 다를 바 없어 보이는데 그런 소리를 들었다는 것에 발가벗겨진 느낌이었다. 애써 부정하고 꼭꼭 숨겨왔던 현실이었지만 정곡을 정확히 찔린 듯한 기분에 눈물이 났다. 슬픔인지 분노인지 모를 감정들이 눈물을 타고 내려왔다.

바로 스마트폰을 들어 검색창에 성형외과를 검색했다. 갱남에 있는 평점 좋은 성형외과를 검색한 후 상담 예약을 잡았다.

'보정 없이 예뻐질 테야. 내가 왜 이런 소리를 듣고 살아야 해. 완벽한 내 모습을 보여 줄 거야.'

갱남 한복판에는 성형외과 건물이 즐비했다. 건물 벽에 붙어있는 비포 애프터 사진이 호객 행위 하듯 손짓하고 있었다. 예약한 병원을 찾는 건 어렵지 않았다. 인터넷 평점이 병원의 크기를 알려주는 것 같았다.

"어서 오세요."

병원 안은 굉장히 쾌적하고 산뜻했다. 이곳에서 새 얼굴이 된 듯한 간호사들이 친절하게 맞이해 주었다.

"저 예약하고 왔는데요."

"아, 예. 성함 알려주세요."

"나온별이고요. 오늘 10시 30분 상담 예약했습니다."

"네. 저기에 앉아서 기다리시면 저희 실장님께서 상담해드리도록 하겠습니다. 지금 앞에 예약자분이 있으셔서 상담 중이십니다."

"네 알겠습니다."

예약 시간보다 조금 늦어졌지만 기다림이 지루하지 않았다. 아니, 지루할 수 없었다. 보정 없이 예뻐질 기회를 왜 이제 생각하게 되었는지. 스스로가 조금은 한심하게 느껴졌다.

"나온별 씨, 상담실로 들어오세요."

"네."

상담실에 들어가자 얼굴이 하얗고 오목조목 예쁜 얼굴의 상담실장이 맞이해 주었다. 책상 위에는 컴퓨터와 거울, 그리고 얼굴 모형이 놓여 있었다. 온별은 긴장됐지만, 최대한 티를 안 내려고 노력했다.

"성형을 좀 해보려고 하는데요."

"전신이요? 안면이요?"

"얼굴만 생각하고 있어요."

"아, 네. 일단 몸매도 그 정도면 괜찮고 가슴도 좀 큰 것 같으니 안면 쪽으로 견적 내드릴게요. 어디 어디 원하시나요?"

"어…. 눈이랑 코 정도 생각하고 있어요."

"눈과 코 정도만 하실 거면 굳이 여기까지 안 오셔도 돼요. 저희는 인터넷에서 얼굴 전체를 자연스럽게 성형해주는 곳으로 평점이 높은 곳이에요. 검색해보셔서 아시잖아요."

"아, 네. 그렇죠…."

손님을 대하는 자신만만하고 뻔뻔한 태도에 온별은 기분이 상했지만, 눈과 코 성형만 할 거라면 굳이 이 병원에서는 나 같은 손님은 필요 없을 거란 생각이 들어 순간 납득이 되었다.

"그럼 어느 정도 선까지 하는 게 나을까요?"

"일단 고객님은 앞트임, 쌍꺼풀, 콧방울, 안면 윤곽 3종, 그러니까 광대, 사각 턱, 그리고 턱 끝과 이마까지 하면 될 것 같아요. 앱으로 사진 많이 찍으시죠? 제가 안내해 드린 대로 수술하시면 앱으로 사진 안 찍어도 돼요."

상담실장의 말에 신뢰감이 가득 들어있었다. 보정 앱을 안 써도 된다니. 진정한 여신이 되는 길이 열린 것이다.

"그럼 비용은 어느 정도 되나요?"

"쌍꺼풀, 눈매 교정, 앞트임 해서 250이고요, 콧대 높임과 콧방울 축소는 300, 그리고 안면 3종 광대 축소, 사각 턱, 턱 끝 해서 2500, 이마 보형물은 250이고요. 윤곽 수술해서 얼굴이 갸름해지면 입꼬리도 자연스럽게 올라가는 게 보기 좋아요. 입꼬리 수술도 하게 되면 눈 밑 애교 지방은 서비스로 해드릴게요."

"입꼬리까지 해서 전체 견적 내주세요."

"250, 300, 2500, 250, 입꼬리는 120. 그러니까 총 3420이네요. 3400에 해드릴게요. 여기 견적서 뽑아 드릴게요. 저희 원장님이 예약 수술이 많아서 지금 잡아도 3개월 기다리셔야 해요. 빨리 결정하셔야 많이 기다리지 않으시겠죠? 결정하시고 다시 내원해주세요."

"네, 알겠습니다. 결정하고 연락드리겠습니다."

"네 안녕히 가세요. 또 뵙길 바랄게요."

집으로 돌아오는 길, 온별은 많은 생각들이 교차했다. 예뻐지고 싶은 마음도 컸지만, 병원비를 감당할 수 없는 현실에 한숨만 나왔다.

"너는 아침도 안 먹고 어딜 그렇게 다녀오는 거야? 얼른 점심 먹어."

"엄마 나 할 말 있어."

"뭔데? 네가 할 말 있다고 하면 무섭다. 이번엔 뭘 사줘야 하는데? 뭐, 또 신상 핸드폰 나왔어?"

"아니야. 그런 거 아니야."

"그럼 뭔데? 밥도 안 먹고 갑자기 할 말 있다는 게?"

"엄마. 나 성형시켜줘."

"뭐라고? 얘가 뭐 잘못 먹었나. 무슨 헛소리야."

"나 정말 진지해. 나 성형외과 가서 견적 받고 왔어."

"갑자기 무슨 성형? 이젠 신상도 모자라서 얼굴까지 새로 만들겠다고?"

"엄마 내가 어떤 말을 듣고 사는 줄 알아? 내가 정말 자존심이 상해서 이딴 얼굴로 사느니 죽는 게 나아."

"얘가 엄마 앞에서 못 하는 소리가 없네. 너 얼굴이 어때서. 누가 뭐래?"

"엄마 아빠가 이렇게 낳아 줬으니까 엄마 아빠가 책임져. 나 온스타 여신 되고 돈 많이 벌어서 엄마 아빠 호강 시켜 줄게. 그러니까 나 성형 비용 좀 내줘."

"그래서 얼마 나왔는데? 얘기나 한번 들어보자."

"3천4백…."

"미쳤어? 당장 우리 집에 그런 돈이 어디 있어. 너 그놈의 온스탄지 온스튼지 한다고 잘 다니던 직장도 때려치우고 온종일 핸드폰이나 붙들고 한량처럼 사는 거 옆에서 보기 한심해 죽겠는데 엄마 아빠 주머니 털어다가 너 얼굴 고치는데 돈이나 대라고? 그게 말이 되는 소리야? 당장 먹고 죽을 돈도 없지만 있다고 해도 한 푼도 줄 수 없어."

"엄마 나 죽는 꼴 보고 싶어? 이제 얼마 안 남았단 말이야. 팔로워 좀 더 늘면 광고도 들어올 테고 광고 수익으로 그깟 직장 생활 하는 것보다 훨씬 더 많이 벌 수 있어. 3억 4천도 아니고 그깟 3천 4백 딸한테 투자해달라는데 부모가 그것도 못 해줘?"

"너 아빠가 알면 가만둘 것 같아? 너 그놈의 온스탄지 뭐시깽이 한다고 맨날 신상만 사달라 그러고 백화점에서 사고 사진만 찍고 환불하고 그렇게 한심하게 사는 거 언제까지 지켜봐야 해? 엄마 아빠가 환갑이 다 되어가는데 너 뒷바라지 하고 있어야 해? 하나밖에 없는 딸이 이렇게 부모 힘들게 하면 되겠니?"

"그럼 엄마 아빠는 하나밖에 없는 딸한테 이렇게밖에 못 해? 하나밖에 없는 딸이 행복해질 수 있다면 뭐든 해 줘야 하는 게 부모 아니야? 남들 다 하는 성형수술 왜 못 하게 하는데?"

"아유. 난 모르겠다. 엄마 출근해야 하니까 이따 저녁에 아빠 오면 얘기해. 밥솥에 밥 있으니까 굶지 말고 밥 먹고 있어."

"몰라! 가든 말든."

엄마가 나가자마자 온별은 손에 잡히는 물건들은 집어 던지며 오열을 했다. 리모컨, 쿠션, 인형 등 분이 풀릴 때까지 던지고 또 던졌다. 온별의 눈에 한 달 전 바꾼 자신의 새 휴대폰이 눈에 띄었다. 어차피 성형도 못 할 거 그깟 온스타 여신이 무슨 소용이냐며 휴대폰마저 집어 던지려는 순간, 띠링하고 알람이 울렸다.

「안녕하세요? naon_star206 님.

온스타 확인하고 연락드립니다.

저희는 차량 인테리어 전문 업체 〈차가조아〉입니다.

드릴 말씀이 있는데 지금 디엠 가능하신가요?」

　온별은 깜짝 놀라 가슴이 두근두근했다. 시답잖은 애송이들에게만
맞팔하자는 디엠 또는 성희롱 섞인 불쾌한 디엠뿐이었는데, 자동차
인테리어 업체라니! 사람이 죽으란 법은 없나 보다.

「안녕하세요? 지금 디엠 가능합니다.
무슨 일이시죠?」

「얼마 전에 남자친구분 차량 사진을 올리셨더라고요.
요즘 MZ들에게 정말 핫한 차량이던데, 차량 내부에
아무런 인테리어가 되어있지 않아서 저희 회사 제품
홍보 겸 남자친구분 차량도 꾸며보시는 게 어떨까 해서요.
당연히 광고비는 드리겠습니다.」

「아 그래요? 근데 왜 하필 저한테 연락을 하셨나요?
광고를 하시려면 저보다 더 팔로워가 더
많은 사람한테 부탁해도 됐을텐데요.」

「물론 naon_star206 님 외에 다른
인플루언서 분들께도 요청 드렸습니다.
많은 광고 효과를 내기 위해 저희도
여러 계정을 찾아본 중 요즘 활발히

뜨고 있고 너무 티 나지 않는 선에서
자연스럽게 광고할 수 있는 분이
naon_star206 님이라 생각을 하여
연락 드리게 되었습니다.」

　　　　　　　　　　　「그렇군요. 좋게 봐주셔서 감사합니다.
　　　　　　　　　　　　　　제가 어떻게 하면 되나요?」

「광고에 협조해주신다면 저희가
차량용 인테리어 물품과 설명서를
보내드리겠습니다. 사용 후 최대한
광고스럽지 않게 업로드 해 주시면
됩니다. 바로 가능하신가요?」

　순간 온별은 환상 속에서 현실로 돌아왔다. 나는 남자친구가 없는
데…. 그 차는 남자친구 차가 아닌데… 이 상황을 어떻게 해결해야
할지 성형수술은 뒷전이었다.

　　　　　　　　　　　「제가 지금 필라테스 수업이 시작되려고 해서
　　　　　　　　　　　　　　끝나고 다시 연락드리겠습니다.」

「네. 연락 기다리겠습니다.」

　급히 상황을 마무리하고 온별은 지호에게 메시지를 보내기 위해

까톡의 대화 목록을 뒤져보았다. 소개팅 이후로 연락은 전혀 없었다. 하지만 지금, 먼저 연락해야 하는 자존심 따위는 중요하지 않았다. 인플루언서의 입성이 드디어 코앞에 다가왔다.

「안녕하세요 지호씨. 저 온별이에요.
더운 데 잘 지내고 계시죠?
지난번 소개팅 이후로
연락이 없으셔서 안부 연락드려요.
드릴 말씀이 있는데
톡 확인하시면 답장 주세요.」

10분이 지나도 20분이 지나도 대답은 없었다. 살짝 자존심은 상했지만, 업무 때문에 바쁘겠거니 하고 생각하니 기분이 한결 나아지는 것 같았다. 점심시간이 한참 지난 늦은 오후에 답장이 왔다.

「무슨 일이시죠?」

「제가 부탁 하나만 드려도 될까요?」

「무슨 부탁이요?」

「조금 전 제가 차량 인테리어 전문 업체에서 온스타 광고 제의가
들어왔는데, 지호 씨 차량에 설치 후 제가 사진만 찍어서

제 온스타에 올려도 될까 해서요. 염치없는 줄 알지만
잠깐만 부탁드릴게요.」

「죄송한데 부탁을 들어드릴 수가 없겠습니다.
제가 차에 이것저것 꾸미는 걸 좋아하지도 않고
더는 온스타에 빠진 온별 씨와는 엮이고 싶지 않습니다.
그럼 저는 업무 때문에 바빠서 이만.」

「정말 너무하시네요. 용기 내서 먼저 연락드린 거였는데
단칼에 거절하시다니. 매정하세요. 그냥 차량 부착 후
사진만 찍고 다시 떼도 되는 건데
지호 씨도 업무를 하듯이 저도 이게 업무예요.」

하지만 지호는 답이 없었다. 숫자 1은 사라지지도 않았다. 왜 자꾸 나에게는 이런 일만 생기는 걸까. 어쩔 수 없이 인테리어 차량 업체에 답장을 보냈다.

「운동 끝나고 남자친구가 데리러 와서 물어봤는데
급하게 해외에 장기 출장이 잡혔다고 해요.
사흘 후 바로 출발해야 하는 출장이라
준비할 게 많아서 당분간 남자친구를 만날 수 없을 것 같아요.
안타깝지만 이번 광고는 어려울 것 같습니다.」

「네. 알겠습니다.

다음에 기회 되면 부탁드려요.

저희 제품 많이 사용해주세요.」

울화통이 치밀었다. 성공할 수 있는 길이 시작도 하기 전에 막혀버리는 것 같았다.

'그래. 이건 시작에 불과해. 내가 성공하려면 무조건 예뻐져야 해. 어떻게든 성형을 하고 말겠어. 이제 단식투쟁에 들어가는 거야.'

하루가 지나고 이틀이 지나고 사흘이 되었다. 밥상 앞은커녕 물 한 모금조차 마시지도 않는 딸의 모습을 본 온별의 부모는 속이 타 들어 갔다.

"여보 그냥 해줍시다. 저렇게 애가 다 죽어가고 있는데 그깟 돈이야 대출받고 우리가 벌어서 갚으면 되죠."

"아휴…. 그럼 내가 이따 은행 가서 대출 알아볼게. 딸 하나 있는 게 애물단지니 원."

3개월 걸릴 것이라 했던 수술 날짜는 중간에 예약 손님의 취소로 2주 뒤로 앞당겨졌다. 두려움 반 설렘 반으로 진정한 여신이 될 자신의 모습을 끝없이 상상했다.

수술은 성공적이었다. 아니, 성공적이라고 한다. 아직 부기도 안 빠지고 밥도 제대로 먹을 수 없지만 조금만 지나면 지나가는 사람 모두가 나를 부러워할 것이다. 성형수술 후 외출이 자유롭지 않아 온스타 업로드가 더뎌진 탓인지 팔로워 숫자가 눈에 띄게 늘지 않는 것 같다. 뭔가 새로운 게 필요하다. 여기저기 남들의 온스타를 떠돌아다니는 중 이틀 뒤 갱남 가루수길에 영국 베이글이 우리나라 최초로 오픈한다는 소식을 구했다. 오픈 전부터 사람들의 관심을 지배했다.

'여기에 내가 빠질 수 없지. 팔로워를 확실하게 늘릴 절호의 기회야.'

이틀 뒤 새벽 3시. 온별은 마스크에 모자를 푹 눌러쓴 채 완전 무장을 하며 모두 잠들어있는 새벽 거리를 나섰다. 아직 부기가 빠지지 않아 마스크 속 얼굴이 욱신거렸지만, 지난번 미국에서 들어온 레드보틀 커피숍 국내 첫 오픈 때 조금 늦게 가는 바람에 오픈런은 커녕 대기자가 너무 길어 당일 업로드는 포기하고 다음 날 새벽같이 줄을 서서 겨우 사진을 찍을 수 있었던 끔찍했던 기억을 되새기며 이번에는 반드시 오픈런에 성공하리라는 굳은 의지로 택시를 타고 가루수길로 향했다. 매장을 찾는 건 그리 어렵지 않았다. 늦은 아니 매우 이른 시간임에도 불구하고 온별과 같은 부류의 사람들이 매장 앞에 줄을 서고 있었다.

'이 정도면 오픈런은 걱정하지 않아도 되겠어.'

매장 오픈까지는 아직 6시간 넘게 남았다. 늘 그렇듯 생산성 없는 기다림은 지루함을 떠나 정신을 혼미하게 만든다. 한여름 날씨는 새벽도 이겨내지 못한다. 하지만 아무 말도 하지 않은 채 기다림에 동참하고 있는 같은 처지인 사람들이 서로에게 위안이 된다. 동이 트고 거리에는 간밤에 광란했음을 알려주는 거리를 청소차가 부지

런히 상쾌한 거리로 바꿔주니 출근하는 사람들로 부쩍 활기가 넘치기 시작했다. 길게 줄 서 있는 SNS 노예들을 보고 사람들이 혀와 고개를 내두르며 지나간다. 방송국에서도 왔다. 카메라를 들이밀고 전 세계의 유명한 베이글 매장이 드디어 한국에 입점했다는 소식을 전하는 것 같지만 새벽부터 줄 서 있는 사람들을 조롱하는 팩트로 사람들에게 전달될 것이다. 이런 일이 한두 번인가. 온별은 신경 쓰지 않는다. 한두 번 모자이크 처리된 인터뷰에도 응해봤고, 뉴스 기사엔 한심한 여자로 세간의 비난 댓글도 달려봤지만, 온별의 주 무대는 온스타그램이었다. 거기에선 영웅이고 부러움의 대상이었다. 미리 메뉴를 봐둔 탓인지 생각보다 쉽고 빠르게 구매했다. 기다림에 비해 사는 시간은 정말 하찮았지만, 온별은 남들보다 하루의 보람을 일찍 느낌에 뿌듯했다. 예전 같으면 매장에 바로 자리를 잡고 사진을 찍어 재빠르게 업로드 했지만, 지금은 마스크로 가려진 통통 부은 얼굴 때문에 어쩔 수 없이 포장해왔다. 모양이 망가지지 않게 포장을 부탁하고 아기를 다루듯 조심히 들며 택시를 타고 집으로 돌아왔다. 집에 도착하니 늘 그렇듯이 부모님은 이미 출근하고 아무도 없었다. 새벽에 온별이 없어도 이제 부모님은 온별을 찾지도 않으셨다. 예쁜 접시에 베이글을 옮겨 담았다. 최대한 유럽풍스럽게 사진을 찍고 업로드했다.

「오랜만의 업로드. 그동안 많이 아팠어요. 여러분 여름 감기 조심. 울 오빠가 나 아프다고 새벽부터 줄 서서 사 온 영국 베이글. 오빠 최고. 완전 감동. 맛있어서 또 감동.」

#영국베이글#오픈런#남친최고#여친바보#JMT#그래도내가제일좋아하는
빵은#울오빵

「언니 남친 대박. 이걸 해내다니.」

「진정한 여친 바보네요. 부럽당.」

「영국 베이글도 부럽고 남친도 부러워요. ㅜㅜ」

「이 정도면 세상 모든 남자들 언니 온스타 금지.」

「내 남친은 뭐 하나….」

너무 만족스러웠다. 생고생하며 한참을 기다려 내 손으로 직접 사
고 상상 속 남자친구까지 만들었지만, 얼굴도 모르는 남들에게 극
찬을 받으니 세상 부러울 게 없었다. 기분 탓인가 오늘따라 팔로워
가 더 늘어난 것 같았다. 깨톡 프로필 사진도 신상 제품으로 바꾸
기 위해 앱을 켰다. 새로 프로필 업데이트 된 친구 목록에 지호의
사진이 올라왔다. 여태껏 아무 사진도 올라오지 않던 지호의 프로
필이 업데이트된 걸 확인한 순간, 온별은 심장이 멎는 줄 알았다.
지호의 프로필 사진 속에는 커플링을 한두 손이 다정함을 자랑하듯
사이좋게 맞잡고 있었다. 억장이 무너지는 느낌이었다. 성형 후 예
뻐진 얼굴로 지호를 다시 만나 무릎 꿇게 만들고 싶었는데, 못 이
긴 척 받아주는 드라마를 찍고 싶었는데, 온별의 드라마는 시작도
전에 막장으로 치닫는 느낌이었다. 외제 차를 끌고 여자친구를 위
해 새벽부터 줄을 서서 베이글을 사다 준 로맨틱한 남자친구는 온
별의 현실에는 없었다.

온별은 부랴부랴 서연의 온스타를 들어 가보았다. 최근 업로드된

서연의 소박한 게시물에는 해외여행을 간 듯한 아름다운 풍경의 사진이 올라왔다. 자세히 들여다보았다. 여러 장의 사진 속에는 서연과 그녀의 남자친구 주안, 그리고 지호와 지호 옆에 다정한 포즈로 사진을 찍은 낯선 여자가 있었다. 인정하고 싶지 않았지만 사진 속 네 사람은 행복해 보였다. 해외로 커플 여행을 간 것이었다. 일 년을 온스타에 매어 살면서 신상에만 집착했던 온별에겐 커플과의 해외여행은 너무나도 충격이었다. 그녀의 꿈이었고, 누가 봐도 해외인 배경에서 커플 사진을 찍어 온스타에 올리는 걸 언젠가는 꼭 해보리라 다짐한 온별이었지만, 날 조롱하던 서연이 내가 하고 싶었던 것을 먼저 이루었다는 사실과 나한테는 그렇게 무뚝뚝했으면서 다른 여자에게는 세상 꿀 떨어지는 표정을 지은 지호에 대한 왠지 모를 배신감이 솟구쳤다.

'저 여자 자리에 내가 있어야 하는데. 나보다 이쁘지도 않은데 저런 년이 뭐가 좋아서?'

빨리 얼굴의 부기를 빼야 한다. 냉동실에 가서 얼음주머니에 얼음을 잔뜩 담아왔다. 얼굴에 감각이 사라질 정도로 얼음주머니를 비벼댔다.

며칠간 잠도 오지 않았다. 온별은 해외 여행지 사진을 검색했다. 나 빼고 세상 모든 사람이 해외여행을 가는 것만 같았다. 그중 누가 찍었는지 티 나지 않을 정도의 사진 세 장을 캡처하고 지호의 깨톡 프로필 사진도 캡처했다. 그리고 사진 밝기를 조정하고 문구를 삽입하는 등 캡처한 사진들이 한눈에 티 나지 않도록 자신의 온스타에 업로드를 했다.

#100일기념#커플링#스왈라브스키#아름다운파파섬#역시#여름엔#태국

제법 선선한 가을바람이 불기 시작했다. 생각보다 성형수술 회복이 빨랐다. 수술로 인해 한동안 일상에 그럴듯한 이벤트도 없었고 하나밖에 없는 딸의 얼굴을 고쳐주기 위해 큰 비용을 부담한 부모님에게 양심상 신상을 사달라고 할 염치가 없었다. 그래서 눈치껏 남들의 사진을 도용하여 나의 인생인 양 팔로워 관리를 했다. 팔로워 수는 점점 늘어났다. 오래간만에 화장을 해보았다. 거울 속에는 보정 없는 여신이 앉아있었다. 완전히 자연스럽진 않지만, 이 정도면 각도를 조정해서 사진 찍으면 전혀 티가 나지 않을 정도였다.

최대한 차려입고 명품 가방을 둘러맨 뒤 백화점으로 향했다. 새롭게 태어난 얼굴 탓인지 온별은 주변 사람들이 자신을 힐끔힐끔 쳐다보는 시선을 느꼈다. 아무리 유명한 백화점이라고 해도 평일 오전이라 그런지 한산했다. 늘 사람들로 북적거리던 백화점 내 포토핫플레이스는 여유가 있었다. 지나가던 직원에게 사진을 찍어달라고 부탁을 했다. 핫플레이스와 온별이 적당한 거리에서 조화롭게 찍힌 사진은 마치 화보 같았다. 역시 우리나라 최고의 백화점은 직원들의 서비스도 최상이라는 생각이 들었다. 아 물론 모델이 여신급이니 사진은 더할 나위 없음에 스스로가 황홀했다. 온별은 자신감 넘치는 외모가 집으로 다시 향하는 게 아까워 백화점 이곳저곳을 돌아다녔다. 너무 비싸서 엄두도 못 낼 명품 매장을 둘러보며 사진을 찍었다. 이런 손님이 많은지 명품관 직원들은 사진 찍는 데 간섭하지 않았다. 엘리베이터 앞 소파에 앉아 업로드를 했다. 본인의 보정

없는 화보 같은 전신사진과 명품관 몇몇 사진들을 첨부하며

「백 만 년만에 백화점 외출. 휴가 후 여태껏 일이 바빠 제대로 한숨 돌리는 중. 오늘은 쇼핑도 피곤해서 명품이들은 눈인사만 하고 커피 타임.」 이라는 글과 '#무보정'도 함께.

성형 이후 처음으로 남들의 얼굴 평가를 받게 되는 순간이었다. 오래간만에 올린 온별의 외모 사진에 반응은 뜨거웠다. 진짜 무보정 맞냐며 완전 비비인형 실사판이라고 폭발적인 반응이었다. 며칠 새 팔로워가 두 배나 늘었다. 유명 제품은 아니지만 나름 유명한 화장품 중소 업체에서 광고해달라는 제의도 있었다. 온별은 뛸 듯이 기뻤다. 그동안 유명 인플루언서의 온스타를 보면서 최대한 자연스럽게 화장품 광고를 했다. 만족할만한 수입은 아니었지만, 첫술에 배부르지 못하듯 성공의 날이 머지않음을 느꼈다.

'더 많은 광고를 받으려면 더 자극적인 게 필요해.'

온별은 최근 한 팔로워의 댓글이 자꾸 걸렸다.

「언니처럼 외모도 돈도 상위 1%로 사는 기분은 어떤 걸까요? 저도 언니처럼 되고 싶어요.」

'상위 1%라…. 1%….'

진정한 부유의 삶을 사는 것처럼 보였는지 온별은 자신의 게시글을 찬찬히 살펴보았다. 명품 가방, 명품 신발, 희귀템, 그리고 최근에 올린 화장품 광고 글에 굳이 명품 아니어도 자신의 피부에 딱 맞는 걸 찾았다며 서민 체험하는 듯한 글들이 남들 눈에는 그렇게 보였을 것 같기도 하다. 10만의 고지가 눈앞에 있다. 어차피 SNS는 나의 실체를 보여 주는 게 아닌 다들 꾸며낸 삶을 과시하는 공

간이기에 온별은 끝까지 가보기로 했다.

 -따르릉, 따르르릉

"어. 막내야. 무슨 일이야?"

"언니. 뭐 로또라도 당첨됐어?"

"그게 무슨 소리야?"

"언니 언제 이사 했어? 그것도 한강이 훤히 보이는 서울 한복판으로?"

"얘가 갑자기 뚱딴지같은 소리를 하고 있어. 우리가 그런 돈이 어디 있어. 엄마 병원에 입원했을 때 돈 없어서 병원비도 못 보탰잖아."

"그러게, 말이야. 방금 예찬이가 그러는데 온별 누나네 한강 뷰로 이사 갔다고 온별이가 사진을 올렸다는데 정말인가 해서. 언니 형편 번히 아는데 이사 갔으면 말 안 했을 리도 없고 돈이 어디서 나서 그 좋은 데로 이사 갔나 했지. 그리고 온별이 엄청 예뻐졌던데 연예인 시켜도 되겠어."

"뭐라고? 온별이가 그런 사진을 올렸다고? 그거 나한테 좀 보내줘."

"알겠어. 예찬이한테 보내주라고 할게."

 -깨톡! 깨톡!

「이모 저 예찬이에요.

엄마가 이모한테 온별이 누나가 올린

사진 보내주라고 해서 보내드려요.
온별이 누나 요즘 이런 사진 자주
올리더라고요. 엄마한테는 얘기
안 했지만, 이모가 아셔야 할 것 같은
사진과 글을 몇 장 더 보낼게요.」

「그래 고맙다 예찬아. 다음 달에 군대 간다며?
이모가 멀리 살아서 군대 가기 전에 얼굴을 못
보겠네. 너희 엄마한테 용돈 보낼게.」
「고맙습니다. 이모.」

　조카가 보낸 사진은 가히 충격적이었다. 한강이 보이는 시그니엠
이라는 듣도 보도 못한 아파트에 이미 온별이네 가족은 거주하고
있었다. 온별의 아빠는 의사였고, 엄마는 대학교수였다.
　한 방에는 명품 가방으로 진열되어 있었고 남자친구가 명품 시계
도 사주었다. 온별의 엄마는 소름이 돋았다. 내가 알던 딸이 아니었
다. 아니, 원래 이런 딸을 내가 못 알아보았던 건 아닌가 자책도 들
었다. 딸에게 어떻게 이야기를 해야 하나.
　퇴근하고 온 온별의 아빠에게 조카의 메시지를 보여 주며 눈물을
흘렸다. 평소 차분하던 온별의 아빠도 손을 파르르 떨었다.
　"여보. 아무리 생각해도 심각한 것 같아요. 없는 형편에 성형까지
해줬는데도 만족을 못 하고 아예 상상 속의 삶을 살고 있어요."
　"어쩌겠어. 가난한 부모를 만난 잘못이지."

"이따 온별이 집에 오면 같이 얘기 좀 해요."

"온별인 어디 갔어?"

"모르겠어요. 금방 들어오겠죠. 에휴."

그때, 경쾌한 도어락 소리가 들리더니 온별이 들어왔다.

"온별아, 여기 좀 앉아 봐."

"아우 나 피곤해. 무슨 일이야?"

"너 요즘 핸드폰에 뭘 자꾸 이상한 걸 올리는 거야?"

"뭐가?"

"우리가 언제부터 그렇게 한강이 보이는 비싼 아파트에 살았어?"

"그걸 엄마 아빠가 어떻게 알았어?"

"지금 그게 중요해? 아빠가 의사고 엄마가 대학교수라고? 너 미쳤어?"

"뭐 어때! 누가 확인하는 것도 아닌데. 나만 그런 줄 알아? 다들 그렇게 살아!"

"누가 그렇게 살아? 엄마는 그렇게 사는 사람 한 번도 못 봤어."

"엄마가 일일이 확인 해봤어? 요즘 사람들은 다 이래. 엄마 아빠 세대 같은 줄 알아?"

"너 그거 정신병이야. 심하면 병원 가봐야 해."

"그럼 세상 사람 다 병원 가게? 내가 범죄를 저지르는 것도 아니고 엄마 아빠가 뭔 상관인데! 알지도 못하면서 나한테 뭐라고 하지 마. 나 그리고 요즘 이걸로 돈도 벌고 있어. 그럼 되는 거 아니야?"

"엄마 아빠가 너 걱정 돼서 그러는 거지. 남의 집 자식이라면 신경도 안 써."

"그럼 엄마 아빠가 거기 살게 해주던가! 그런 데 사는 사람도 있으니까 그런 사진도 있는 거지. 내가 거지 같이 그런 사진이나 퍼다가 올리는 건 좋을 것 같아?"

"얘가 진짜 못 하는 소리가 없구나. 됐다. 말을 말자."

온별은 문을 쾅 닫고 들어갔다. 온별의 엄마 아빠는 불과 일 년 전까지만 해도 엄마 아빠와 웃으며 이야기를 나누던, 평범한 회사원이었던 온별이가 너무 그리웠다.

정적만이 흐르는 토요일 오전, 거실에서 TV를 보고 있던 온별의 휴대폰에 낯선 번호의 벨이 울렸다.

"여보세요? 네…. 맞는데요?"

"@#$&^%&)@!+%$_"

"……. 그거 제 사진 맞는데요?"

온별의 목소리가 살짝 떨리는 듯했다. 온별은 휴대폰을 귀에 댄 채 방으로 들어갔다. 한 시간쯤 뒤, 초인종이 울렸다.

-띵동, 띵동.

"택배 왔나? 누구세요?"

"회곡경찰서입니다."

"네?"

경찰서라는 소리에 뭐에 홀린 듯 엄마는 문을 열었다.

"나온별 씨 댁이죠?"

"네, 맞는데요. 무슨 일이시죠?"

"사이버수사팀에서 나왔습니다. 나온별 씨에게 전화를 드렸더니 계속 전화를 끊고 안 받으셔서 찾아왔습니다. 나온별 씨 집에 계시죠?"

"아, 네. 그런데 무슨 일인 진 알려주셔야죠."

"며칠 전 신고가 들어왔습니다. 나온별 씨 SNS에 다른 사람들의 사진을 도용해서 본인 것인 것처럼 남용하고 있다고요. 어머님 되시죠? 몇 번 그 사람들이 개별적으로 따님분께 연락을 드린 것 같은데 전혀 사과하지도 않고 사진도 내리고 있지 않다고 해서 피해자들이 자료를 모아 신고가 들어왔습니다. 나온별 씨 좀 만나고 싶은데요."

"세상에…. 그럼 어떻게 해야 하죠?"

"여보 무슨 일이야. 우리 온별이가 왜?"

"경찰분들이 오셨어요. 사이버수사팀이라고 하는데, 어떡해요."

"나온별, 이리 나와 봐!"

"싫어, 안 나가! 난 잘못 없어!"

"죄송합니다. 형사님. 저희가 어떻게 해야 할까요?"

"일단 신고가 들어왔기 저희는 의무적으로 조사해야 합니다. 가급적 피해자와 원만히 합의 하는 것이 서로에게 시간도 낭비 안 되고 가장 빠른 해결 방법입니다. 다음 주 월요일 9시까지 회곡경찰서 사이버수사팀으로 본인이 직접 조사받으러 오셔야 합니다. 경찰 조사 거부 시, 불이익을 받을 수 있습니다."

"네, 알겠습니다."

"그럼 이만."

"월요일에 온별이 데리고 가겠습니다."

형사들이 가고 난 뒤, 온별의 부모는 한동안 말이 없었다. 도대체 이 SNS 중독의 끝이 어디인지 갈피를 잡을 수 없었다. 월요일이 오지 않길 바랄 뿐이었다.

월요일 오전, 온별의 부모는 회사에 월차를 내고 억지로 온별을 끌어내어 조사 시간보다 일찍 경찰서로 향했다. 살다 살다 딸 때문에 경찰 조사를 받아보다니. 기가 막힐 노릇이었다.

"연예인처럼 예쁘신 분이 정직하게 사시지, 왜 그런 일을 하셨어요."

"⋯⋯."

"형사님, 우리 딸 순진한 아이예요. 부모 잘못 만나서 풍족하게 못 살게 해줘서 그런 거예요. 제발 용서해주세요."

"나온별 씨, 본인 게시물에 엘메스 가방. 푸라다 지갑. 가르티에 시계. 시그니엠 거주 사진 도용 신고 들어왔습니다. 다 인정하시죠?"

"아니요. 그거 제 거 맞아요. 다른 사람 얼굴이 찍힌 것도 아니고, 제가 제 공간에 자유롭게 사진 올리는 건데 뭐가 문제죠? 대한민국은 그런 자유도 허용이 안 되나요?"

"하 이거 심각하네. 여태껏 스마트폰 중독자들 많이 봤는데, 경찰서에 와서 조사받으면 다들 인정하고 뉘우치는데 나온별 씨 같은 경우는 처음이네. 네. 물론 상대방 얼굴이 안 나왔기 때문에 크게 문제가 될 것은 없었습니다. 하지만 그러한 사진을 올림으로써 나온별 씨 온스타가 더욱 관심을 받게 되었고, 그로 인해 광고도 하게 된 거 아닌가요? 직접적인 관련은 없지만, 간접적으로라도 남의 사진을 도용해서 유명세를 치르고 결국 수익을 창출하게 되는 결과를 가져오게 되어 문제가 된 것 같습니다."

"……"

"아이고, 죄송합니다. 형사님. 저희 애가 요즘 힘들어서 그래요. 피해자분들에게 사과하고 합의할 테니 한 번만 용서해주세요."

"나온별 씨, 부모님 봐서라도 정신 차리고 사세요. 피해자분들에게는 원만한 합의 원하신다고 말씀드리겠습니다. 그분들도 민사 소송까지는 생각 안 하고 계신 것 같으니 잘 해결되길 바랍니다."

"감사합니다. 형사님."

집으로 가는 차 안, 온별 부모의 대화가 정적을 깼다.

"어찌 됐건 우리 세 식구 모처럼 한 차에 타고 있으니 옛날 생각 나네요. 이렇게 셋이 차 타고 주말마다 가까운 데라도 여행 다녀오곤 했는데."

"말 나온 김에 드라이브나 갑시다. 온별이 생애 이런 일도 겪어보고 앞으로 험난한 일 더 많을 테니 액땜한 셈 치고 기분 전환이나 하고 옵시다."

"온별아 어때? 엄마 아빠랑 같이 바람이나 쐬고 오자."

"마음대로 해."

온별은 이렇게 얘기하면서도 휴대폰에서 눈을 떼지 못하고 있다.

"에휴."

엄마의 작은 탄식이 들리지도 않은 것 같았다. 차는 두 시간 가까이 달렸다. 빽빽한 도시를 지나 건물들이 듬성듬성 떨어진 외곽에 도착했다.

"온별아, 다 왔다. 내려."

휴대폰만 하느라 주변도 살피지 않은 채 온별은 엄마 아빠가 가자는 대로 발걸음을 옮겼다. 정신을 차리고 보니, 이상함이 감지됐다. 드라이브라고 하면 멋들어진 경관에 예쁜 음식점이 숨어있는 곳이어야 하는데, 이곳은 조용하고 공기마저 불쾌했다.

"나온별 씨, 들어오세요."

엄마 아빠 힘에 이끌려 들어간 곳에서 하얀 가운을 입은 의사와 대면하게 되었다.

"앉으세요. 무슨 일로 오셨죠?"

"의사 선생님. 우리 딸이 온스탄지 뭔지에 중독된 것 같아요. 여기에서 입원하면 고칠 수 있을까요?"

"뭐라고 엄마? 미쳤어? 내가 왜 입원해? 나 멀쩡해. 기껏 드라이브 가자 한 게 여기야? 이제 딸을 정신병자 취급해?"

"환자분, 여기는 정신 병원이 아닙니다. 환자분처럼 일상생활에 지장이 갈 정도로 어느 하나에 중독이 되거나 마음 치료가 필요한 사람들에게 도움이 되는 정신 요양원입니다. 걱정하지 마세요."

"의사 선생님. 우리 딸, 꼭 고쳐주세요."

"오늘 당장 입원할 수 있겠죠? 저희도 딸을 위해 이게 최선입니다."

"네. 입원 가능합니다. 저희가 따님의 상태를 아직 잘 모르니, 따님은 옆방에 잠시 계시고 부모님은 잠깐 저와 상담 하시죠. 박 간호사, 나온별 씨 좀 잠깐 환자 대기실로 안내해 주세요. 혹시 모르니 부모님께서 같이 이동해주시고 오세요."

"뭐야? 엄마 내가 거길 왜 가? 나 안 가!"

"온별아, 여기 그런 데 아니야. 걱정하지 말고 기다리고 있어. 엄마 아빠가 의사 선생님하고 상담 한 번 해볼게. 다 너를 위해서야."

온별은 끝까지 거부했지만 계속 거부하면 진정제를 맞아야 한다는 의사의 이야기를 듣고 마지못해 대기실에 들어갔다. 대기실로 들어간 순간, 밖에서 문이 잠겼다. 문을 열고 뛰쳐 나가지 못하도록 병원에서 설치해 둔 대비책이었다.

"의사 선생님, 우리 딸 좀 살려주세요. 이건 중독을 넘어서 거의 미친 수준이에요. 남의 사진을 도용하고도 뭘 잘못 했는지도 몰라요."

"걱정하지 마십시오. 이곳 환자 중 절반 이상이 같은 증상으로 입원을 하고 있어요. SNS에 중독이 된 이유는 현실 도피로 인한 과대망상증이 대부분이에요. 약물 치료와 심리 치료를 병행하면 충분히 좋아질 수 있어요."

"그럼 선생님만 믿겠습니다."

"오늘 바로 입원 수속하고 치료에 들어가겠습니다."

검사할 게 있다며 온별을 환자복으로 갈아입히고 검사만 끝나면 집에 갈 수 있을 것이라 안심을 주었다. 빨리 이곳에서 벗어나고 싶은 마음에 온별은 순한 아기 양처럼 따랐다. 피검사를 위해 잠시 팔을 걷고 누워있으라는 말에 그대로 했다. 간호사가 팔에 주사를 꽂았다. 그건, 피를 뽑기 위한 검사가 아닌 마취제였다. 온별은 기억도 없이 잠이 들었다.

세 시간 전

– 깨톡! 깨톡!

「이모, 저 예찬이에요.

아무리 봐도 온별이 누나 너무 심한 것 같아요.

여기저기 검색해보니 이런 SNS 중독자들을

입원 치료하는 요양원이 있다는데 괜찮으시다면

제가 사이트와 주소 알려드려도 될까요?

진짜 걱정돼서 드리는 말씀이에요.」

눈을 뜬 온별은 주위를 둘러보았다. 딱딱한 침대와 낯설고 차가운 환경에 현실을 자각했다.

"나온별 님, 정신이 좀 드세요? 여기는 환자분 입원실이에요. 이곳에서 퇴원하실 때까지 지내실 곳이고요, 휴대폰 사용은 가능하지만, 치료를 위해 병원 내 데이터 사용은 차단됩니다. 그래서 인터넷 사용이 어려워요. 하지만 인터넷 연결할 수 있는 시간이 딱 하루 세 번. 아침, 점심, 저녁 식사 시간에 식당에서 사용할 수 있어요. 식사를 안 하시면 인터넷 사용을 할 수 없으니 꼭 식사 시간 맞춰서 식당으로 오세요. 지금 한창 점심시간이니 저 따라서 식당으로 가시면 돼요. 여기 병원 시설 사용 안내문이 있으니 점심 식사 후 꼼꼼히 확인하시고 생활하시면서 불편한 사항 있으시면 여기 벨 눌러주세요."

병원 식당에서는 온별과 같은 병명의 환자들이 식사 중이었다. 밥을 다 먹고 약을 먹지 않으면 인터넷 연결을 할 수 없기에 사람들은 절대로 식사를 거르지 않는다. 식사를 마치고 약까지 다 먹은 환자는 각자 이름이 쓰여있는 개인 와이파이 미니 기계를 받는다. 사용 시간은 아침 점심 저녁 각각 90분씩이다. 이 시간만큼은 환자들에게 가장 황금 같은 시간이다. 다들 환자복에서 벗어나 드레스를 입고 턱시도를 입은 영화 속 공주, 왕자들이 된다.

지금 온별의 행색은 이루 말할 수 없이 초라하고 비참하지만 수시로 나를 기다리는 얼굴도 모르는 많은 사람의 메시지가 다시금 자신을 꿈틀하게 만든다. 습관처럼 또 어디선가 멋들어진 휴양지 사진 한 곳을 가져왔다. 온별은 사진과 함께 「월요일은 휴양으로 힐링하기」라고 글을 올렸다. 월요병에 지친 사람들은 또 온별을 부러워했다. 온별의 기분은 훨씬 나아졌다.

'여신인 내가 이런 정신 병원 같은 곳에 처박혀 있을 줄은 아무도 모를 거야. 또 알면 안 돼. 내가 있는 곳이 어디든 나는 상위 1%야.'

차가운 병실 속 딱딱한 침대는 어느새 고가의 푹신한 침대로 바뀌었고 물병만 덩그러니 올려져 있는 테이블은 알록달록 꽃병 속의 꽃들과 입에 대기도 아까운 예쁜 디저트들로 한껏 차려져 있었다. 창밖엔 비쩍 마른 나무들이 아닌 햇빛에 반짝이는 한강이 드리워져 있다. 이젠 눈을 감아도 온별의 눈엔 이러한 그림들로 익숙하다.

'그래, 이게 진정한 나의 삶이야. 이게 바로 여신, 비비인형 실사판 나온별이야. 나는 평생 이렇게 살 거야'

*

"얼른 뛰어!"

대형 마트 오픈 시간. 어른이나 아이 할 것 없이 모두 뛰었다. 어디로 뛰어야 하는지는 몰랐지만, 모두 앞 사람을 따라갔다. 그중에, 마트를 손바닥처럼 잘 아는 사람들은 그들만의 지름길로 달렸다.

"엄마 내가 잡았어!"

"헉헉. 정말? 우리 딸 최고! 우리 딸 대단하네."

"당신은 무슨 일곱 살짜리 애보다 달리기도 못 해."

"그럼 그렇게 달리기 잘하는 당신이 가져오지, 그랬어?"

"나는 그런 거 동참하고 싶지 않아. 여기까지 따라와 준 것도 고맙게 생각해."

"엄마. 이거 비비인형 예쁘지? 엄마 나 잘했지?"

"우리 딸 너무 잘했어. 이거 사려고 주말에 늦잠도 못 자고 달려왔는데. 보람이 있네."

"이게 뭐라고 사람들이 이 난리야? 이게 그렇게 대단한 거야?"

"당연하지. 이거 이번에 바바인형 영화 개봉 기념으로 나온 리미티드 에디션이야. 우리나라에는 거의 없어. 이번에 아니면 영원히 못 사는 거라고."

"아무튼 대단해."

"그럼. 대단하지. 나는 이걸 구한 상위 1%야."

-찰칵! 찰칵!

The end

비밀수사

최유진 지음

[작가의 말-계산여자중학교 1학년 최유진]

 안녕하세요. 단편소설 '비밀수사'를 쓴 최유진입니다. 책을 쓴 지 얼마 안 된 것 같은데 어느새 완성되었네요.

 첫 작품이기도 하다 보니 긴장돼서 어떻게 시작해야 할지, 어떻게 마무리 지어야 할지 그리고 스토리 구성은 어떻게 해야 할지 고민을 많이 했던 것 같습니다. 하지만 어느새 완성되었네요.

 초반에 다 완성했다는 마음에 들떴지만 고쳐야 할 부분이 정말 많았습니다.

 그래도 조금씩 조금씩 수정하고, 보충하다 보니 어느덧 완결지을 수 있었습니다. 지금까지 작가 최유진의 소감이었습니다!

프롤로그. 살인사건

2029년 7월 3일 어느 여름날.

내 이름은 정이안. 19살 고3이야. 사실 방금 우리 학교 내에서 살인사건이 일어났다는 걸 들었어. 나는, 나의 부모님이 살인사건으로 돌아가신 후로 살인사건에 대해 무척 예민해져 있어. 나는 살인사건이 일어날 때마다 살인사건의 진실을 파헤쳐 보려고 무척 애를 썼어. 그러다 마침 학교에서 살인사건이 일어난 걸 알게 되었고, 나는 숨을 헐떡거리면서도 살인사건이 일어난 곳으로 달려갔어.

가는 길에는 사이렌 소리가 들렸어. 경찰이 도착한 모양이야. 애들이 속삭이는 소리가 모여서 아주 큰 소음이 일으켰어. 내가 가보니 살해된 피해자는 없었고 폴리스 라인이 쳐져 있는 곳에 검정 모자를 쓰고 있는 과학수사대원들만 보였어. 폴리스 라인과 조금 떨어진 곳에서 구급차에 사람이 실리는 듯했어. 자세히 보니 조유리였어.

1. 우리는 한 팀

나는 유리를 보고 오면서 학생들 사이에 껴있는 한 학생을 봤어. 사람은 많는데 유독 그 사람만 눈에 띄었지. 그의 눈은 반짝였으니깐. 그도 나와 같은 마음인 것 같았어. 그래서 그 친구에게 다가가서 먼저 말을 건넸어.

"안녕? 나는 정이안이야."

그러자 그 애가 답했어.

"응 안녕. 나는 한범이야. 무슨 일이야?"

나는 한범에게 말했지.

"그…. 여기는 사람이 너무 많이 있어서 장소 좀 바꿔도 될까?"

다행히도 범이는 수락해줬어.

"이안아. 근데 중요한 일이야?"

"뭐 상황에 따라 다르지."

그렇게 우리는 카페로 장소를 이동했어.

"이안아 너 뭐 마실래?"

"난 아이스티로 시켜줘 네가 사는 거지?"

"그래."

"헐 대박 땡큐!"

'장난으로 말했던 건데.'

그렇게 우리가 시킨 음료가 나왔고, 나는 아메리카노를 마시고 있는 범이에게 물었어.

"너 혹시 살인사건에 관심이 있어?"

내가 이렇게 묻자 아메리카노를 마시던 빨대에서 입이 떨어지고는 범이의 표정이 진지해졌어.

"응. 완전!! 내 꿈이 탐정이라."

나는 그때 느꼈지. 범이랑 같이 살인사건을 해결해나가야겠다고!

"범아, 그럼 나랑 같이 유리를 죽인 가해자를 찾아낼래?"

범이는 한 치의 고민도 없이 나에게 대답했어.

"그래 좋아."

다행히도 나와 범이는 마음이 통했어.

"범아, 우리 일단은 조그마한 단서도 좋으니 단서를 수집해보자."

근데 왠지 옆 테이블에 앉은 자몽에이드를 시킨 사람이 나와 범이를 계속 쳐다보는 거야. 나는 뭔가 아주 꺼림칙했어. 하지만 근래에 내가 잠을 많이 못 자서 느낀 기분 탓이라고 생각했어.

"우리가 CCTV를 확인하긴 좀 그러니깐 먼저 타살인지 자살인지부터 확인해 보자"

나와 범이는 유리랑 친하다던 친구들 명단을 짜봤지. 다행히도 유리는 인싸더라고…. 나는 범이에게 물었어.

"일단 여기에 있는 애들을 직접 찾아가서 유리가 원래 우울하거나 자살 이야기를 꺼낸 적이 있는지부터 알아보자."

"10번부터 20번까지는 내가 직접 찾아갈게."

"음 그러면 나는 1번부터 9번까지 해볼게. 그럼 다 조사하고 전화해."

그렇게 나와 범이는 유리와 친했던 친구들을 모두 조사했어.

밤 11시 37분 난 비어있는 학교에 도착했어. 그런데 계속 뭔가 불안한 거야. 오싹하기도 했고. 하지만 그 두려움을 떨쳐내고 한범과 만나기로 한, 우리 학교 지하 1층 음악실로 들어갔어. 우리는 12시까지 만나기로 했거든. 약속 시간이 이십여 분 남아서인지 범이는 아직 오지 않았어.

12시가 늦은 걸 알지만 만나자고 한 건 우리의 조사가 오후 10시

30분에 끝났기 때문이야.

아, 참고로 문자로 하면 타자 속도도 딸리고 진지하거나 표정을 볼 수 없을 것 같아서 그랬어.

왜 하필 음악실이냐면 다른 곳은 선생님이 퇴근할 때 잠가놓는데 음악실은 선생님들이 귀찮아서 거의 매일 안 닫으셔서 여기서 만나자고 했던 거야. 헐, 주변에 악기가 이렇게 많은지는 처음 알았네.

피아노는 먼지와 거미줄로 가득 차 있는 게 안 쓴 지 꽤 된 것으로 보였어.

여기 음악실은 아마 고장이 난 악기가 많아서 거의 안 쓰이는 듯해. 그래서 안 잠가 놓은 것 같고. 아무튼 주변에 있던 바이올린, 피아노, 드럼 등을 보다 보니 범이가 도착했어.

범이는 들어오자마자 움찔하더라 자신의 옆에 있던 먼지 쌓인 바이올린을 보면서. 하지만 지금 그게 중요한 게 아니야. 얼른 유리를 살해한 범인을 찾아야 한다고. 음···. 일단 조사가 해봤으니 나와 범이는 얼른 유리가 타살인지 자살인지를 구분해야 해. 그때 한범이 먼저 입을 열었어.

"이안아 너 조사해 보니 어때? 유리가 자살 이야기를 꺼냈던 적이 있었대?"

"아니. 유리는 평소에도 밝고 즐거워 보였고, 결코 죽고 싶어 하는 것 같지는 않았던 것 같아."

"그렇지? 내가 조사한 애들도 그래. 절대 죽고 싶어 하지 않았다더라고."

역시 조유리는 죽고 싶어 하지 않았던 것 같아. 하…. 그럼 이제부터 진짜 본격적으로 조사해 보자!

"범아, 그럼 우리 진짜 본격적으로 조사해 보자."

"응. 그 현장은 잘 보존되어 있겠지?"

"음…. 하지만 설령 보존되어 있다 해도 우리가 현장에 들어가기는 어려울 거야."

"뭘 그런 거까지 생각했어."

"네가 말했잖아 밤에는 사람이 단 한 명도 없다고."

"그렇지. 누가 우리를 미행하지만 않는다면야."

"지금 당장 가보자."

그렇게 나와 범이는 아주 조용하고 은밀하게 움직였어. 하지만 거기에도 난관이 있었지. 경비아저씨 때문이야.

경비아저씨는 그 작은 직육면체 집 같은 곳에서 8시까지 근무하시고 집으로 가셔. 하지만 하필 어제 일어났던 살인사건 때문에 당직을 서는 경비아저씨가 생겼어. 아 하필 그걸 까먹다니!!! 그렇게 지하로 가는 문이 잠기고 말았어. 우리는 이대로 포기해야 했었지. 내일을 기원하며. 그때 나는 범이와 어디 사냐, 무슨 음식을 좋아하냐 등 여러 가지 질문을 했어. 어라? 근데 생각보다 재밌는데? 나는 사실 전교 2등이야. 그리고 늘 1등을 따라잡고 싶어 했어. 그러기 위해 나는 매일 공부, 잠, 밥, 공부 등을 반복해서 친구를 사귈 시간과 기회조차 없었거든. 근데 나도 이젠 친구 좀 사귀어야겠어…. 애들이 왜 항상 별것도 아닌 주제로 떠들며 웃는지 나는 몰랐거든.

이제 알았어. 이럴 줄 알았으면 진작에 친구 좀 더 사귈걸⋯. 이런 생각을 하고 있을 때, 범이가 나에게 조심스럽게 물어봤어. 나는 너무 진지해서 사건에 대한 이야긴 줄 알고 내 표정도 진지하게 바뀌었어.

"그 실례가 되지 않는다면 질문 하나만 해도 될까⋯?"

"어떤 질문인데?"

"그 꿈에 관한 이야기야."

"아 꿈에 관한 거라면 물어봐도 되지 히히."

"그 너는 언제부터 탐정을 꿈꿨어?"

그 순간 나는 표정 관리를 할 수가 없었어. 나에게는 아픈 기억이자 내가 해결하지 못한 미스터리로 남은 이야기였거든.

"그래 이제는 말할 때가 됐지⋯."

2. 과거

2020년 3월 1일.

벌써 9년 전. 내가 어렸을 때 일이야. 나는 엄마에게 물었어.

"엄마! 우리 어디 가요??"

"아 우리 이안이 기대되니?"

"네!"

"우리는 지금 동해안 가는 중이야~. 내일부터는 우리 이안이가 초등학교에 가야 하잖아."

그때 아빠도 덧붙였어.

"그리고 우리 이안이 생일이잖아~~"

이때만 해도 난 세상을 다 가진 것처럼 기분이 너무 좋았어. 하지만 사건이 발생한 건 5분 뒤였지.

"꺄악!!"

"이안아! 도망가 뒤돌아보지 말고 도망쳐!! "

그렇게 엄마가 나에게 소리치자 아빠도 나를 보면서 외쳤어.

"이안아!! 앞으로 쭉 뛰어!!!"

엄마 아빠가 나에게 외쳤어. 하지만 나는 뛸 수가 없었지. 그때 당시 나는 한적한 바다 위 고속도로에서 아스팔트 위에서 5명의 검은색 옷과 무기로 무장한 사람들이 아빠와 엄마를 때리는 광경을 보고 나선 움직일 수 없이 몸이 굳어 버린 것 같았거든. 그렇게 나는 그 광경을 봤다는 이유로 엄마 아빠와 함께 깡패들에게 납치 됐거든.

그리고 나는 나 홀로 작은 회색의 컨테이너에서 깨어났어. 나는 일어나자마자 주변을 살펴봤어. 하지만 주변에는 HDL이라는 글씨와 그 옆에는 001,002,003 이런 식으로 숫자가 쓰여 있었어. 난 그때 그게 뭔지도 몰랐어. 그래서 그냥 누워있었지. 하지만 누워 있다고 귀가 막히는 건 아니잖아? 그래서 누워서 눈을 감았어. 그때! 타이밍이 절묘하게 문이 열렸지. 그래도 문은 큰 것 같았어. 물론 기분 탓이었을 수도 있지만. 암튼 이게 지금 중요한 게 아니야. 그 문을 열었던 건 우리 가족을 납치했던 뚱뚱하고 목과 상체가 구분

되지 않을 정도의 비만인 세 명의 깡패들이었지. 깡패들은 말했어. 우리의 상태를 살피면서.

"하 왜 이렇게 안 일어나."

그때 창백한 얼굴로 다른 깡패가 말했어.

"그러니깐 산채로 생포하라고 하셨잖아."

"아냐. 긍정적으로 생각해. 만약 우리한테 저항 하거나 탈출 기미가 보이면 살해해도 된다고."

"아하! 그런 방법이! 이제 그럼 맘 놓고 있어도 되겠지?"

"그러겠지. 그럼 상태 확인했으니깐. 먹을 것만 놓고 가자."

그 뒤로 깡패들은 우리가 자는지 아니면 쓰러져 있는지 확인하고 세 가지의 수프와 적당량의 빵을 놓고 갔어.

그러던 어느 날 부모님이 일어나셨어. 부모님이 종이에 뭔가 끄적이고 깡패들이 오면 숨기고를 반복했어. 물론 나한테는 귀띔도 안 해주셨지. 그렇게 일주일이 지났어. 부모님은 드디어 나한테 그 종이를 보여 주었어. 그때는 몰랐는데 나중에 보니깐 강원도 지도였어. 컨테이너가 가득 찬 이곳의 지도였지. 그 지도에서도 유독 눈에 띄는 점이 있었어. 빨간색이었지. 아마 거기가 도착지였겠지? 암튼 엄마, 아빠는 깡패들이 나가자마자 벌떡 일어나 그 종이를 주며

"여기에 나와 있는 데로 도망쳐."

라고 딱 한 마디 하셨어. 그게 살아서 들을 수 있는 부모님의 마지막 목소리였지.

그러고는 부모님이 깡패들이 오도록 소란을 피우고는 나를 창문으로 넘겼어. 나는 부모님이 걱정됐지만 그래도 어렸을 때부터 부모

님이 운동을 꾸준히 하시면서 강한 모습만 보여 줬으니 깡패 대여섯 명 정도는 처리할 줄 알았지. 그래서 컨테이너의 창문으로만 보던 연두색 펜스만 보면서 달렸어. 다행히도 부모님이 시선을 끌어주셨는지 펜스 앞에는 자물쇠도 풀려있고 경호원도 없었어. 하지만 그 분위기가 조금 무거운 분위기였거든 그래서 지도고 뭐고 다 내팽개쳐 놓고 계속 앞만 보고 달렸지. 그렇게 나는 사람이라곤 보이지도 않는 6차선 고속도로에서 가끔 지나가는 차를 보면서 한 방향으로 지쳐도 달리고 계속 달렸어.

그러다 보니 마을이 나온 거야. 그 마을은 왠지 익숙했어. 하지만 나는 그 마을을 기억해 낼 수 없었어. 집이라곤 딸랑 여덟 채밖에 없는 데다가 아파트나 빌라라곤 당연히 찾아볼 수도 없었지. 그렇게 나는 단독주택인 그 집을 하나하나 문을 두드렸어. 물론 7개의 집을 두드렸지만 모두 나에게 친절을 베풀어주지 않으셨어. 나는 마지막 집에 희망을 걸고 마지막 8번째 집의 문을 두드렸어. '똑똑' 그러자 문이 열렸어. 나는 그때 익숙한 얼굴과 마주쳤어. 할머니였던 거야. 알고 보니 내가 있는 이 마을은 할머니가 살고 있던 마을이었던 거야. 극적으로 나는 할머니를 만났어. 그렇게 나는 할머니네 마을에서 초등학교를 졸업했어. 초6 겨울 방학 때는 할머니가 나를 서울에 있는 이모네로 보냈어. 이모는 친절하셨고, 나는 서울에서 잘 적응했어. 내가 그 뒤로 중학교는 뭐 살인사건이라고 할만한 일이 거의 일어나질 않았고 평범한 중학교 생활을 해왔어. 하지만 초등학교와 중학교 둘 다 조금 수상한 일들은 일어났지.

애들은 그냥 그러려니 넘어갔지만 나는 그렇게 넘길 수가 없었어. 그 수상한 일은 내가 다니는 학교마다 교사는 3개월에 한 번씩 바뀐다는 거야. 하지만 초등학교 때는 너무 어리다는 이유로 수사를 못 하게 했어. 중학교 때는 그런 일이 일어나더라도 학교의 보안이 너무 철저했지. 그리고 고등학교 때는 그런 일들이 사라졌어. 뭐 이제 수사를 할 수 있겠다고 생각했지만 그건 크나큰 오산이었고, 나는 그때부터 학업에 매진하게 되었지. 그러다가 이렇게 사건이 터지게 된 거야.

3. 천기훈

그렇게 우리는 많은 이야기를 나눴어. 하지만 범이의 과거는 들을 수가 없었어. 범이가 철저하게 감췄거든. 그렇게 아침이 된 후에야 우리는 나올 수가 있었어. 다행히도 경비아저씨가 문만 열고 가셨나 봐. 들키지는 않았거든.

우리는 먼지 쌓인 곳에서 탈출하였고, 서로에 대해 많은 걸 알게 되었어. 또 우리는 수사에 매진하게 되었지. 그렇게 우리는 범인의 발 크기나 지문 등을 조사하고 또 조사했어. 하지만 우리는 아무것도 찾아낼 수 없었지. 그날도 여느 때와 같이 나와 범이가 조사를 하고 있었어. 물론 점심시간이었지. 그때 기훈이라는 옆 반 애가 우리를 찾아왔어. 그리고 하는 말이

"나도 같이 수사해도 될까?"

라고 말했어. 근데 이렇게 말하는 거면 우리가 수사를 하는 걸 안

다는 거잖아. 우리는 뭔가 꺼림칙했어. 하지만

 수사는 인원이 많으면 많을수록 더 잘되는 법이지. 그래서 나는 천기훈에게 말했어.

"그럼 우리 팀에 들어올래?"

 범이의 눈빛도 나쁘지 않았어. 나는 범이가 싫어할까 봐 조금 떨렸는데 안심했지. 그러자 기훈이가 우리에게 답했어.

"그래도 된다면."

"그럼 내일 아침 7:30분까지 우리 반 앞으로 오면 돼."

"응."

 그런데도 역시 꺼림칙함은 없앨 수 없었지.

 그렇게 우리는 옆 반에 천기훈을 우리 팀에 합류시켰어. 그 뒤로 우리는 단서를 매우 빨리, 그리고 많이 찾아냈지. 역시. 백지장도 맞들면 낫다는 말이 맞은 것 같아. 그러던 어느 날 조금 이상한 단서가 발견되었어. 발 크기는 분명 250인데 막상 발자국은 235가 나온 거지. 그런데 수사를 할 때마다 기훈이가 하는 말이 있는데. 그 말들은 너무 수상한 말들 뿐이지. 그날도 기훈이가 말했어.

"역시 진범이 따로 있는 것 같네."

 나는 그게 무슨 말인지 이해를 할 수도 없고, 왜 그런 말을 하는 지도 모르겠다는 거야. 그래서 물어봤지. 그게 무슨 말인지.

"도대체 계속 그게 무슨 말이야. 진범이 따로 있다는 둥, 가짜라는 둥 왜 그런 말을 하는 건데."

"아니야. 신경 쓰지 마."

같은 팀인데 왜 신경 쓰지 말라는지. 나는 이해가 안 됐어. 분명 수사에 문제가 있었던 걸 거야.

발 크기 250은 기훈이가 들어오기 전에 나와 범이가 계단에서 겨우 찾았던 건데, 기훈이가 체육관에서 발견한 발 크기는 235가 나오게 된 거지. 근데 뭐 공범이 있을 수도 있으니 일단 나는 그냥 넘어갔어. 그렇게 우리는 또 수사에 매진했어. 하지만 수사를 하면 할수록 점점 더 알 수 없는 단서들 그리고 혼돈뿐이었어.

그래도 나는 수사를 하고 또 해봤어. 그래도 역시 혼자는 안 되나 봐. 수사가 진척이 없었지. 그래서 다시 한번 골똘히 생각을 해봤어.

그런데 그 맞지 않는 단서가 나온 건 바로 기훈이 들어오고 나서였지. 나는 역시 이번 일도 이렇게 넘어가면 안 될 것 같다고 생각했어. 그렇지만 범이와 나는 생각이 맞지 않는 것 같았어. 그래서 나는 범이와 처음 이야기를 나눴던 그 장소로 이동했어.

역시 어떤 일이 있었냐는 듯 주변은 고요했지. 그때 범이가 말했어.

"아니야. 아마도 우리가 잘못 수사한 것 같아."

말도 안 돼. 그럼 우리가 지금까지 수사한 증거들은? 그럼 그것들은 뭐가 되는 건데! 나는 절대 그렇게 생각하지 않았어.

그래서 내가 생각해낸 건 내가 혼자서라도 더 수사해 보는 거였어. 그래도 일단 범이를 설득하거나 범이의 말이 틀렸다는 것을 알려 줘야 할 것 같았지. 그래서 내가 범이에게 말했어.

"어떤 근거로? 기훈이가 들어온 이후로 우리의 수사는 점점 산으로 가고 있어. 그런데도 천기훈의 말이 맞고 수사도 맞는다고 생각하는 거야?"

"그럼 우리와 기훈이의 수사 결과가 다른 건? 그건 뭔데?"

"그건 천기훈이 우리의 수사를 방해하는 거 라니깐!"

"기훈이가 그럴 리 없다는 거 너도 잘 알잖아. 우리 둘보다 그 누구보다 적극적이고 수사에 매진했다고."

"그거는 당연히 우리를 방해해야만 해서 그런 거잖아. 그래서 적극적이었던 거잖아"

"하 우리가 여기서 더 이야기 해봤자 얘기가 안 될 것 같으니 서로 생각해보는 시간을 갖자. 나 먼저 갈게."

아마 그때부터 우리의 사이가 틀어졌을 거야. 그 뒤 우리는 같이 수사를 하지 않았어. 이야기도 나누지 않았지. 얘기할 필요도, 계기도, 할 주제도 없었거든. 그래도 나는 수사에 집중하려고 노력했어. 그래도 범이가 한발 빨랐나 봐. 나는 증거를 수집할 수 없었어. 있더라도 핵심적이지 않은 거지. 그렇게 나는 어떻게 수사를 해야 할지 누구를 잡아야 할지 생각하면서 걷고 있었어. 그때 학교 매점 주변에서 소리가 들리더라고. 사람이 많아 보이지 않았어. 나는 범인과 관련된 이야긴 줄 알고 더욱더 그쪽으로 자연스럽게 걸어갔어. 그렇게 걸었더니 익숙한 목소리가 들리는 거야.

그래서 나는 더 귀를 기울였지. 나는 훨씬 집중해서 들어봤어.

"천기훈! 너 도대체 무슨 생각인 거야?"

"그게 무슨 말이야."

"하. 다 들었어. 너 증거 조작했다면서."

"뭐? 증거를 조작했다고? 그게 무슨 소리야!"

"그럼 진짜로 내가 한 말이 맞았다고? 뭐야 도대체 왜 증거를 조작하는데. 진짜 조작한 거라고? 말도 안 돼. 그러면 우리가 지금까지 수사했던 증거들은 뭐였는데. 그것도 다 기훈이가 고의로 증거를 뿌려놨다는 거야?! 아니면 범이가 잘못 안거야? 도대체 뭔데.

"한범."

"왜. 말해봐. 변명이라도 해보라고!"

"너 그 말 어디서 들었어."

"지금 그게 중요한 게 아니잖아. 진짜 어떻게 된 건데. 그래서 일찍 왔구나. 증거를 조작하려고."

"그런 거 아니야!! 하 그럼 범인은 나로 생각을 굳힌 거야? 그렇게 굳힌 거냐고. 나랑 이제는 수사 안 할 거냐고."

"그래. 너랑 더는 수사도 안 할 거고, 범인은 너라고 생각하고 있어. 여러모로 수상한 점이 많았거든. 내가 20분이나 일찍 나왔는데도 불구하고 네가 나보다 훨씬 일찍 왔다고. 게다가 넌 매일 알 수 없는 말들을 하곤 했어. 이유도 안 알려주고."

나는 그 말을 듣고 허무하기도 하고, 충격적이기도 했어. 그래서 나도 그 둘한테 말을 했지.

"잠깐!! 너희 이게 다 무슨 말들인데."

"정이안? 한범 이게 어떻게 된 거야. 네가 부른 거야?"

"무슨 소리야 나랑 이안이랑 싸웠는데 왜 불러. 그리고 보니 싸운 것도 다 너 때문이잖아?!"

"너희. 둘 다 솔직하게 이야기하는 게 좋을 거야. 한범."

"응?"

"네가 다 말해. 천기훈은 증거를 조작했다고 하니 천기훈이 하는 말은 믿을 수 없어."

"그래 다 말해줄게!"

그렇게 나는 자초지종을 듣게 되었어.

4. 퇴출

5일 전이었어.

"기훈아, 언제 왔어? 일찍 왔네!"

"아. 나는 먼저 일찍 와 있는 게 마음도 편하고 그래서."

"그래? 나도 좀 더 일찍 올걸…. 다음에는 더 일찍 와야겠네."

"그러지 않아도 돼."

그때부터 기훈이는 수상했었지. 나도 20분이나 일찍 왔는데 기훈이는 얼마나 더 일찍 온 건지…. 그리고 내가 왔을 때는 무언가를 계속 만지며 중얼거렸어. 하지만 너무 작은 소리여서 들리지도 않았지. 그래도 그 단어는 들었어. 그 단어는 바로 조유리. 그렇게 나는 일단 아무렇지도 않게 인사했어. 왜냐면 우리가 수사하고 있는 키워드 중 조유리는 당연히 있어야 할 키워드였거든. 그렇게 계속 수사했어. 그런데 기훈이가 더욱더 이상한 이야기와 일을 하고 있었어. 하루는 자기 주머니에 몰래 증거물을 넣었지. 한 번뿐이 아니었어. 4일 전까지 계속 숨겼지. 그래도 나는 모르는 척해줬어. 그러다 오늘 일이 발생 한 거지.

어떤 학생이 다른 학생한테 말하더라고.

"야 천기훈이 증거 조작한다더라"

"뭐? 천기훈이? 뭐야 걔 한범이랑 같이 수사하고 있지 않아?"

"야! 조용히 해! 선생님들은 모르잖아."

"아 알겠어;;"

그런 말을 듣고 나는 걔네한테 조금 더 물어봤어.

"너희! 그게 무슨 말이야?"

"어? 한범?"

"기훈이가 증거를 조작했다면서."

"..."

"확실해? 너희 그거 어디서 들었어."

"아 미안. 그건 나도 알려줄 수가 없어 사건 잘 해결 길 바래."

그렇게 기훈이가 증거를 조작한다는 말을 듣고 기훈이를 찾아갔어. 다행히도 야외 벤치에 앉아있더라고.

"천기훈. 너 증거를 조작했다며."

일단 나는 침착하게 말을 걸었어.

"뭐? 그게 무슨 소리야. 일단 여기는 듣는 귀가 많으니 한적 한데로 자리부터 옮기자."

"하 그래 뭐"

그렇게 몇 분 동안 걸어서 사람이 많이 없는 곳을 찾아냈어. 거기가 매점 주위였던 거지. 그렇게 기훈이와 대화를 했어.

　"그때 때마침 네가 온 거야."

　"음 알겠어. 일단 말을 들어보니 너도 이제 기훈이랑 수사를 안하는 것 같던데 혼자 수사 해야 하지?"

　"아 응. 천기훈이 이런 일을 벌였을 줄은 꿈에도 몰랐으니깐."

　그때 내가 한범한테 손을 내밀었어. 왜냐면 이제 범이도 혼자고 나도 혼자인데 백지장도 맞들면 낫다고 하잖아. 그래서 같이 힘을 합치려고 손을 내밀었어. 그런데 손을 내밀고도 나는 살짝 민망했어. 범이가 악수를 해주지 않았거든. 그러다 내가 손을 내리려고 할 때 범이가 악수를 했어.

　"같은 팀 하자는 거지?"

　"아 응. 한범 우리 이제 열심히 수사해 보자!"

　"그래. 근데 천기훈은 어떡하지. 일단 천기훈은 팀에서 퇴출할 거지?"

　"일단 퇴출은 당연한 거야. 하지만 그 후에도 천기훈이 수사하지는 않아도 우리 말을 엿들을 수도 있고 증거 조작을 할 수도 있어. 그걸 우리는 속으면 안 되고, 그런 일이 일어나도 안돼. 이거 어떻게 할래?"

　"그러게. 그래도 일단 수사에 집중해보자."

　"응."

그렇게 우리는 계속 수사에 매진했어. 하지만 그때마다 느껴지는 시선이 있었지. 그래도 수사는 잘 돼갔지. 점점 한 사람으로 추려졌거든.

"범아 우리가 많은 증거를 모아서 수사해봤잖아. 아마 범인은 우리 학교 학생일 가능성이 커."

"음 그럼 다 일일이 조사해야 하는 거잖아."

"뭐 그렇지!^^"

"그럼 지문은? 지문을 찾으면 바로 범인을 알아낼 수 있잖아."

"그렇지. 하지만 우리 지금 수사를 학교 몰래 하는 거잖아. 그런데 만약에 우리가 지문 조사를 하려고 경찰서에 가면 경찰서에서 학교에 연락할 거란 말이야…. 그러니깐 어쩔 수 없어. 돌아가야 해."

"아…. 이런…. 일단 발 크기부터 조사해 보자."

"그럼 내가 1학년 전체랑 2학년 3반까지 돌 테니 네가 2학년 4반부터 6반 그리고 3학년 전체 돌아서 발 크기가 250인 사람을 찾은 뒤 리스트를 만들어 주면 좋을 것 같아. 나도 리스트를 만들 테니 너도 만들어서 나를 보여줘."

그렇게 조사하고 조사해서 우리는 이틀 만에 조사를 끝냈어. 이제 개인이 만든 리스트를 합칠 차례야.

"범아 네가 만든 리스트 중에서 발 크기 250이 많아? 나는 꽤 많네."

"나도…. 나도 엄청 많았어. 그럼 일단 합쳐서 학년별로 나눠보자."

"응. 근데 하려면 우리 하교가 많이 늦어지겠다…. 학원도 빼야 하고. 학원 빼야 한다고 연락 좀 하고 올게."

그렇게 우리는 통화가 끝났어. 물론 오늘 하루 통금이 생겼지만…. 7시까지는 들어오라고 하시네…. 그래도 시간은 벌었어. 그러니 이제 진짜 열심히 수사에 임해야 해.

"통화 끝났어? 이제 수사 이야기해도 되지?"

"응. 내가 보니깐 원래는 발 크기가 같은 용의자들의 행적을 살피려고 했거든. 근데 3학년 중에 천기훈이 있네?"

"아. 그러게 어쩌다가 모두 조사하다 보니 천기훈도 용의자가 되었네. 확률도 높고."

"그러게. 일단 용의자들의 행적을 다 조사하기에는 시간이 매우 많이 걸릴 것 같아. 그때 되면 증거들도 다 없어질 것 같고"

"그렇기는 하지. 그럼 다른 증거들을 봐보자. 일단 DNA는 안되고."

"…"

그렇게 우리 둘은 둘 다 어떤 증거로 잡을지 생각해내지 못했어. 왜냐고? 모두 우리는 지문이나 DNA 같은 것은 확인할 수 없었거든. 하지만 그때 내가 범이에게 말했어.

"어! 그거 있잖아! 범인이 흘리고 간 교복 넥타이! 그걸로 찾으면 되잖아!"

"아! 그러네!! 넥타이를 두고 온 학생! 우리는 여자 남자 둘 다 넥타이 있으니깐!"

"그러면 음 일단 2학년 중에서는 많이 없는 것 같으니 내가 1학년이랑 2학년은 내가 조사해 볼게. 네가 3학년 조사해줘."

"응. 그러면 우리 오늘이 화요일이니깐 우리 금요일까지는 조사해서 금요일에 만나자."

"아 그래. 근데 나 금요일에 학교 끝나고는 시간이 안 돼서 우리 만나려면 금요일 10시 이후인데 괜찮겠어?"

"당연하지. 그럼 금요일 10시 20분까지 카페에서 만나는 거로 하자. 어때 괜찮아?"

"응응 괜찮아. 우리 금요일에 만나자 학교에서 마주칠 수도 있긴 하지만."

5. 범인

목요일. 우리는 역시 평소처럼 수사하고 있었어. 하지만 우리는 조금 이상한 소식을 듣게 되었어. 우리가 조사 해야 하는 리스트에 있는 1학년들과 2학년들이 한 명씩 다쳐오기 시작했어. 하루는 1학년 학생이 한 명이 교통사고가 날 뻔하고 또 하루는 2학년이 학생 한 명의 팔이 부러졌던 거야. 좀 수상하지 않아? 물론 그 누구도 다치면 안 되긴 하지만 하필이면 리스트에 있는 애들만 사고를 당한다는 거지. 리스트에 있는 애들만 연달아 다친다는 게 너무 이상하지 않아? 범이도 이 소문을 알까? 너무 궁금한 거야 그래서 나는 범이를 찾아갔어. 다행히도 범이는 교실에 앉아있었어. 학생은 범이를 제외한다면 아무도 없었지. 그래도 천기훈이 어디서 우리가 말하는 걸 듣고 있을지 알 수 없으니 나와 범이는 사람이라곤 찾아볼 수 없는 장소로 왔어.

"범아. 내가 소문 하나를 들었는데 너도 들었을지는 모르겠네."

"어떤 소문?"

"아 우리가 만든 용의자 리스트 있잖아. 거기에서 리스트에 있는 애들만 다치고 있다는 소문."

"응 나도 들었어. 조금 수상하더라고. 게다가 3학년은 단 한 명도 다치지 않았더라고."

"그러게. 그러면 이것도 수사해야 하는 건가?"

"음 아마 이것도 수사해야 할 것 같기는 한데."

"하하…. 일단 오늘이 목요일이잖아 너 어느 정도 수사했어?"

"나는 1학년은 다 끝났고 2학년도 3반만 더 조사해 보면 돼."

"나도 2학년은 끝났고 3학년은 3반만 더 조사해 보면 돼. 그러면 내가 나머지 반을 조사해 볼게. 네가 그 애들이 왜 다치게 된 건지 조사해줘."

"응. 우리 이 사건 빨리 끝내자. 유리를 살해한 범인도 꼭 잡아내고."

"그래. 그럼 너도 내일까지 최대한 리스트에 있는 애들을 누가 다치게 했는지 조사해 줘."

그렇게 나는 수업이 끝나자마자 달리고 달렸어. 물론 범이도 마찬가지지만. 그래도 범이는 학생들을 조사하면 되는데 나는 리스트에 있는 다친 학생들에 대한 조사가 더 필요하잖아. 하지만 나는 그래도 범인은 우리 학교 안에 있다고 생각했어. 왜냐면 하필 리스트에 있는 용의자들만 다친다는 게 이상했거든. 또 하루는, 우리를 대놓고 놀리기라도 하는 듯이 우리가 이미 한번 밝혀낸 조작된 증거들을 택배로 보내왔어. 또 우리가 뽑은 리스트에 있는 애들 대신 선량한 애들의 이름을 넣어서 택배를 보내기도 했고. 나와 범이는 너무 짜증 나기도 하고 화가 나기도 했어.

"이안아. 이건 좀 너무하지 않아? 그냥 우리를 지켜보면서 놀리고 있는 것 같아. 이 범인을 잡아내고 싶어. 우리 잠복수사 할래?"

"그래. 우리 유리를 살해한 범인을 잡기는 해야 해. 하지만 수사의 혼선을 막기 위해서라도 지금 우리를 놀리고 있는 범인부터 찾아야 할 것 같아. 안 그러면 수사하기가 더 힘들어질 거야. 계속 그 범인이 방해할 테니깐."

"근데 이안아 우리 택배 보낸 범인을 도무지 찾아내기가 쉽지 않아. 택배를 어디서 보냈는지도 모르고 우체국이나 편의점을 거쳐 오지도 않았어."

"아. 그러네. 그럼 우리 택배 오는 건 다 무시하자. 우리 책상은 쓰지 말자. 또 범인이 우리 책상 위에 있는 리스트나 서류 사이에 몰래 조작된 서류를 껴놓을 수도 있으니. 카페에서 만나자. 여기는 범인이 알아냈으니깐."

"응."

아마 그때부터 느꼈던 거 같아. 우리를 쳐다보는 시선을. 계속 누가 우리를 쳐다보는 것 같은 시선이 느껴졌어. 하지만 내가 잘못 느낀 걸 수도 있고 수사에 방해될 수도 있으니 범이한테는 말하지 않았지. 근데 곧 말하려고 했어. 하지만 말을 못 하게 되었어. 물론 좋은 쪽으로 못하게 된 거지.

"정이안! 정이안! 대박! 지금 범인을 잡을 수 있는 단서를 찾은 것 같아!"

"뭐? 진짜로? 뭔데 그 단서라는 게 뭔데?"

"범인이 있었던 장소를 발견했어. 경비 아저씨에게 드릴 게 있어서 들어갔었는데 아저씨는 없고 CCTV만 있어서 혹시 몰라서 봤는데 범인이 있던 장소를 알아냈어. 물론 그 영상도 내 USB에 담아 놨고."

"와 한범 오랜만에 잘했네."

"에? 뭐? 오랜만? 항상 나는 활약했거든."

"뭐 일단 이게 중요한 게 아니지."

"이거는 언제나 중요해;;"

"그래그래 빨리 범인 잡으러 가자!"

"출발!"

우리는 밖으로 나가 범인이 갔었던 곳으로 정원으로 향했어. 우리는 거기서 잠복수사를 할 예정이었거든. 근데 우리 둘 다 잠복수사를 하게 되면 범인은 우리가 있는 데로 이동할 거야. 그때 내 생각을 읽었다는 듯이 범이가 말했어.

"이안아. 만약에 우리 둘 다 정원에 있으면 아마 범인이 우리가 있을 곳을 예상해서 이동할 거야. 그러니깐 한 명은 안에서 수사 준비를 하는 모습을 보여줘야 해. 그런데 아마 우리가 잠복수사를 하다 들키게 되면 달려가서 범인을 잡아야 하잖아. 그리고 범인은 밖으로 달아날 가능성이 있어."

"그렇지. 그럴 가능성이 있지. 그러면 안으로 들어올 가능성은 거의 없으니깐 내가 안에 있을게. 네가 나보다 힘이 세니깐 네가 밖에서 잘 잡아줘."

"응."

"그럼 이제 잠복 수사하러 가자."

"응응."

우리는 계속 걸었어. 우리가 간 곳은 우리가 계속 수사하던 한 정원이었어. 나는 중학생 때 이곳 정원에 처음 와서 이곳에 푹 빠져버렸어. 그 후로 머리가 복잡하거나 일이 잘 안 풀린다면 늘 여기를 찾았어. 여기서 꽃들을 보며 앉아있으면 새로운 대안을 찾거나 일을 잘 해결해나갈 수 있는 해답을 찾을 수 있었어. 나는 이곳에 핀 꽃 중에서 라일락을 제일 좋아했었어. 향기가 매우 좋았어. 그래서 수사도 여기에서 한 거였어. 정원에서 하면 수사하는 것도 잘 풀릴 것 같았거든.

아직 잘 풀리고 있지는 않지만 그래도 곧잘 풀릴 거라고 나는 믿어. 이제 도착했으니 범인을 잡을 덫을 놔야지. 일단 잘 안 보이게 카메라를 설치해 놨어. 제비꽃 사이에. 아마 색도 비슷해서 찾기는 어려울 거야. 그리고 범이는 밖에 범인이 지켜보던 유리창과 조금 떨어진 수풀 사이에 숨어있었지. 우리가 한 30분쯤 기다렸나? 그때 범인이 제 발로 찾아왔어. 이번에 카메라를 들고 오더라고. CCTV로 봤을 땐 수첩이랑 펜 하나 가지고 왔었거든. 범인은 쭈그려 앉아있었어. 나는 범인이 도망가지 못하게 범이를 기다리는 것처럼 열연을 펼치고 있었어. 그때 때마침 범이가 범인의 뒤로 가서 잡으려고 그랬지. 나는 범이가 잡으려는 걸 보고 도와주려고 황급히 밖으로 나갔어. 역시! 범이는 범인을 잡았어! 그때 나는 범인의 얼굴을 보려고 범인 앞으로 다가섰어, 그런데 범인은.

"천기훈?"

6. 진짜 범인

"천기훈?"

"뭐? 천기훈?"

"뭐야 천기훈! 네가 여기에 왜 있어! 네가 범인이었던 거야?!"

"하. 말도 안 돼. 천기훈이 범인이었다고?"

"후 그럼 지금까지 네가 우리 팀에 들어와서 증거를 조작한 것들도 모두 네가 범인이라서 그랬던 거야?!"

"..."

"대답해봐! 왜 사람을 죽였는데!"

"..."

"한범. 너 경찰 불러. 경찰한테 전화해서 천기훈 데리고 가라 해. 지금 당장!"

우리는 경찰한테 전화했어. 다행히도 경찰분들께서 우리말을 믿어주셨어.

"당신은 묵비권을 행사할 수 있으며 변호사를 선임할 수 있고 불리한 진술을 거부할 수 있습니다…."

"이안아. 우리 5일 뒤에 만날래? 뭐 네가 괜찮다면."

"응 그래. 범인 잡은 기념으로 재밌게 놀자."

그렇게 천기훈은 경찰서에 가서 법정으로 넘겨졌단 이야기를 들었어. 그래서 우리도 가봤지. 다행히도 우리는 들어가게 해주셨어. 물론 너무 늦게 들어간 것 같기도 하지만. 뭐 그래도 사건이 잘 해결됐으니 문제 될 건 없겠지.

우리는 들어가자마자 재판장님의 이야기에 귀를 기울이며 그렇게 어떻게 판결이 내려지는지 집중했어.

"피의자. 할 말 없습니까?"

"..."

"대답하세요."

"할 말 없습니다."

"그럼 피의자 천기훈은 살인미수로 징역 6년에 처합니다."

천기훈은 연황색 죄수복을 입고 있었고, 양손에 수갑이 채워진 채 방청석과 멀어져갔고, 천기훈이 재판장 밖으로 나가려고 할 때 아까 그 검은 후드티를 입은 사람이 천기훈을 보며 웃는 모습을 보였어. 물론 누군지도 단번에 알아보긴 힘들었고 잘 보이지도 않았어. 그렇게 천기훈은 6년 감옥생활을 하려고 재판장을 빠져나갔고 방청객들이 모두 재판장을 떠나려고 할 때쯤 그 검은색 후드티를 입은 여자를 다시 한번 살펴봤어. 그런데 자세히 보니깐… 조유리?

그 사람은 바로 조유리였던 거야.

그때 법정에서 조유리가 웃으며 말했어.

"완벽 범죄."

내가 환영을 본 건 아니겠지…??

-6년 후-

"정이안! 여기야 여기!"

"너 왜 이렇게 빨리 왔어?"

"그냥. 먼저 와 있는 게 편해서."

"너 또 사건 들어왔다면서."

범이와 나는 천기훈을 잡은 후 같은 대학교에 입학했어. 그 대학교에서 나와 범이는 1년간의 캠퍼스 생활을 끝으로 자퇴를 했지. 그리고 탐정이 되었어. 그리고 6년 전 천기훈을 검거한 사건이 결국 뉴스에 나왔고 그걸 보곤 사람들이 우리가 사건을 해결해 달라는 의뢰를 종종 해오고 있었어. 우리는 탐정이 되기로 했고, 나름 유명하게 이름을 떨치고 있었어. 그러다 나란히 길을 걷고 있는 때 편의점 앞 사거리에서 천기훈을 보게 됐어. 알고 보니 천기훈이 감옥에서 나온 지 6년째 되는 날이더라. 그런데 천기훈이 우리를 보고 있지 않은 것 같더라. 그래서 나도 천기훈이 시선을 따라가며 천기훈이 주시하고 있는 곳을 봤어. 잠시만. 조유리가 어떻게 여기에 왔지? 6년 전에 법정에서 봤던 검은색 후드티를 입은 여자가 정말 조유리였던 걸까?

그리고 나중에 들은 소식이지만 조유리는 죽은 게 아니었다고 하

네. 천기훈을 감옥생활을 하게 하려고, 일부로 조작했다고 하더라
고.

에필로그

-사건이 일어나기 6개월 전-
"아. 천기훈. 진짜 싫어. 왜 이번 성적도 나보다 높은 건데!"
그러자 천기훈이 말했어.
"그러게, 유리야. 내가 왜 너보다 높은 걸까. 분명 너희 아버지가
은퇴하기 전까지는 전교 1등이지 않았어?"
"…"
"아 맞다. 너희 아버지가 성적 조작해 주셨지?"
"너 그만해."
"아 그래 오늘은 여기서 그만하지 뭐."

그때 나랑 놀던 애들이 나한테 달려왔어.
"유리야.!"
"너희 왜 이제 와!"
"너 시험 망쳤다면서. 69등이잖아."
"하…. 너희 벽에 붙어있는 등수 표 봤어?"
"응 봤어. 우리 꺼도 볼 겸해서."
"그럼 천기훈이 몇 점인지도 봤겠네"
"아. 응. 봤어. 너 괜찮아?"

"괜찮겠어?!"

"아니 네가 69등인데 천기훈은 47등 이어서."

"그래! 내가 천기훈 보다 공부 못한다! 시간이 지나면 지날수록 내 성적이랑 천기훈 성적 차는 점점 커져! 뭐 속이 후련해?! 심지어 내가 대기업 딸인데 공부도 못해서 놀릴 맛이나?!"

"유리야! 무슨 소리야. 우리는 100등 안에도 못 들어. 네가 엄청나게 잘했던 거야."

"그래그래 우리는 100등 안에도 못 들어."

"너희는 나랑 다르잖아!"

"아 알겠어. 유리야. 우리는 가볼게."

그렇게 친구들은 걸어갔어. 그 모습은 마치 날 완전히 떠나는 느낌이었지. 그때부터 나는 천기훈을 망가트리기 위한 계획을 짰어. 그러다 보니 시간은 빠르게 흘러 고3 2학기가 되었지. 아마 이 계획이 잘 실행된다면 천기훈은 괴로운 나날을 보내게 될 거야. 그 계획이 뭐냐면 바로 천기훈을 범죄자로 만드는 거지. 물론 내가 피해자가 되고. 천기훈이 살인사건을 저지를 범죄자가 되는 거야. 그렇게 되면 천기훈의 생활이 망가지겠지. 그렇게 나는 천기훈이 범인이라는 증거를 남기기 시작했어. 물론 사람이 많이 안 다니는 곳에 천기훈의 지문도 남기고 발 크기에 관한 단서도 남겼지. 천기훈이 범인이 확실하다고 생각할 만큼의 단서를 남겼어.

3일 남았어. 현장을 검토하고 단서가 지워지거나 다른 사람이 밟은 발자국이 있나 봤지. 다행히 없더라고.

2일 남았어. 드디어 곧 천기훈에 복수할 수 있어!

1일 남았어. 나는 새벽같이 일어나 죽은 사람 분장을 하고 사방에 피를 뿌렸어. 피는 진짜 같더라고.

바로 오늘! 칼에 천기훈의 지문을 남기고 소방 사이렌을 울린 뒤 사망한 척했지. 수사를 어찌나 열심히 하는지 몇 시간을 붙들고 있더라니깐. 가끔은 숨 쉬는지도 확인했는데 이렇게 봐도 수영을 좀 배웠었지. 숨 참는 건 잘한다고. 근데 생각해보니깐 이 일도 내 인생을 포기해야 하는 일이더라고. 내가 죽은 척을 하면 다른 사람들의 눈에 띄면 안 되잖아.

그래도 뭐 이 정도는 할 수 있지. 그런데 경찰이랑 과학수사대가 병원에만 보내고 수사는 전혀 안 하더라고? 원래 이런 거는 다 수사해 줘야 하는 거 아니야? 학교에서 막았나? 그런데 다행히도 동급생 두 명이 수사라는 걸 하겠다고 자진하네? 그러면 나야 좋지. 천기훈이 범인이라는 걸 그 애들이 알아서 수사해 줄 거 아니야. 원래대로라면 내 계획은 천기훈이 무너지는 거였는데. 그런데 지켜보다 보니깐 천기훈도 수사에 참여하더라고? 그래서 훼방을 놓았지. 그러다 보니 한범이랑 정이안이 퇴출해주더라. 그러다 보니 내 계획도 잘 돌아갔지. 그렇게 천기훈이 범죄자가 되었어. 하지만 나는 그걸 들키지 않으려고 전학을 가야 했어. 뉴스에 누구라고 정확하게 나오지는 않았으니깐.

the end.

응 원 합 니 다 .

계산여자중학교 2학년 김주원

 안녕하세요. 표지 제작 일부를 맡았던 김주원입니다.

 원래 저는 도서부 부원이 아니지만, 표지 제작을 맡았던 친구를 도와주려 참여하였습니다. 표지 제작을 처음 맡았을 때는 도서부 부원 8명의 소설의 표지를 담당하게 된다고 생각하니 부담이 컸던 것 같아요. 그 외에도 기간이 매우 촉박했고, 아직 중학생인 터라 예쁜 표지를 만들어 낼 수 있을까 하며 크게 고민했습니다.

 표지 제작 과정에서도 크고 작은 사고들이 생겨서 많이 힘들었지만 잘 마무리 할 수 있어 다행이라고 생각해요. 표지 또한 모두 노력해준 덕분에 예쁜 결과물이 되었다고 생각합니다.

 우리 도서부 화이팅! :)

2023년 작가들의 여름방학은 어느 때보다도 뜨거웠을 거 같습니다. 중학생이 책을 출간한다는 것은 선생님이 중학생일 때는 상상도 못 한 일이었어요.

혼자서만 꼭꼭 숨겨두고 남몰래 내 글을 볼 때는 막 얼굴이 화끈거리고 자신감을 잃다가도 같이 글을 쓰는 친구들과 강사님의 긍정적인 피드백을 받고 나면 다시 앞으로 한 걸음 나갈 힘을 얻었던 것 같아요.

삶에서 무언가를 창작하고 만들어낸다는 것은 근사한 일입니다
우리는 1cm 더 근사한 사람이 된 거 같네요.
미르나래 도서부 작가 여러분 수고 많으셨습니다.
한 사람 한 사람 꽃다발 안겨주고 싶네요! 축하합니다!

계산여자중학교 사서 김하나

계산여자중학교 도서부의 소설집 출간을 축하합니다.

짧은 시간이었지만 작가님들의 필력과 세계관은 저를 흥분하게 만들었습니다. 모든 글이 다 재미있고 새로웠으며 흥미로웠습니다.

이번 작품을 시작으로 글쓰기에 더욱 진심이 되었으면 좋겠습니다. 그리고 작가님들이 앞으로 우리나라를 이끌어가는 훌륭한 소설가가 되었으면 좋겠습니다.

작가님들의 작품 첫 독자가 되어 영광이었습니다.

강사, 소설가 최숙향

응원합니다.   293